都江堰传奇　鳖灵治水患

百姓

李山

陕西新华出版
太白文艺出版社·西安

图书在版编目（ＣＩＰ）数据

百姓／李山著 . -- 西安：太白文艺出版社，2025.
2. --ISBN 978-7-5513-2918-7

Ⅰ . I247.5

中国国家版本馆 CIP 数据核字第 2025DG6289 号

百姓
BAIXING

作　者	李　山
责任编辑	汤　阳
整体设计	杨　桃
出版发行	太白文艺出版社
经　销	新华书店
印　刷	四川科德彩色数码科技有限公司
开　本	880mm×1230mm　1/32
字　数	180 千字
印　张	7.5
版　次	2025 年 2 月第 1 版
印　次	2025 年 2 月第 1 次印刷
书　号	ISBN 978-7-5513-2918-7
定　价	86.00 元

開明肇其端　李冰集大成

（成都望丛祠横联）

后有王曰杜宇，教民务农。一号杜主。时朱提有梁氏女利，游江源。宇悦之，纳以为妃。移治郫邑，或治瞿上。巴国称王，杜宇称帝。号曰望帝，更名蒲卑。自以功德高诸王。乃以褒斜为前门，熊耳、灵关为后户，玉垒、峨眉为城郭，江、潜、绵、洛为池泽；以汶山为畜牧，南中为园苑。会有水灾，其相开明，决玉垒山以除水害。帝遂委以政事，法尧舜禅授之义，禅位于开明。帝升西山隐焉。时适二月，子鹃鸟鸣。故蜀人悲子鹃鸟鸣也。巴亦化其教而力农务。迄今巴蜀民农，时先祀杜主君。①

————

　　①常璩著《华阳国志校补图注》卷三，任乃强校注，上海古籍出版社，2007。

目　录
CONTENTS

引　子

远古，四川盆地是一片海洋。

5000万年前，喜马拉雅造山运动使盆地的西部隆起形成高山，成为川西诸多河流的源头。这些河流挟带着巨量的泥土沙石，以数千万年的时光，不间断地充填着原始海洋、塑造着四川盆地。

后来，海水退尽，留下了一大片冲积平原，我们都知道，这就是成都平原。而那洪水浩浩的岷江，就是成都平原最伟大的创造之神。古蜀先民被成都平原的温润肥沃吸引而来，要在这里繁衍生息、开农田种水稻。那发洪水造平原的岷江，却成了他们的噩梦，神变成了魔——年年岁岁岷江水患不断，世世代代先民治水不停。数百年过去了，渐渐地，岷江变得温驯起来，它终于屈服了——它竟然被分成了两条江。

万马奔腾的岷江从高山夹缝中倾泻而下，在出山口都江堰这个地方，被一座名为鱼嘴的奇巧水坝一分为二，成为外江和内江。那外江，依旧滔滔奔流，却已完全没有了脾气。内江呢，更像是一位美丽娴静的青衣仙女，袅袅婷婷，顺玉垒山麓飘向宝瓶口，进入成都平原。从这里开始，她母亲般润泽着千里沃野，把这片土地点化成为富得流油的天府之国。岁月啊，真是神奇的魔术师：悠悠风云过往，朝代更替；茫茫沧海桑田，海枯石烂。然而，2600多年的时光逝去，那古老的都江堰宝瓶口，却风采依旧，青春不老。这，才是真正的人间奇迹！

21世纪初，一个寻常春日。都江堰景区，四处可见的桃花，开得艳艳媚媚的，看得人神怡魂飘，眼累心懒。倒是那绿树芳草勃勃萌发时吐泄的鲜爽清冽之气，随风而来，沁得人神清气爽、朝气充盈。像过去的每一天那样，一切都是那么祥和、宁静而美好。宝瓶口江面上，晓岚轻雾多情地调戏着江水，若离若即，变幻莫测。突然，一道鲜丽炫目的红光，从高空一闪，直射入江面，红光爆闪，撕裂江水，清波腾起，只一瞬间便消失不见，接着是……

"咕咚——哗啦啦——"，一声闷响，水花飞溅。

附近几个游客闻声一惊：呀，好像是啥重物坠入江中了？——不好，出事了！急跑上堤边，探着脑袋伸长脖子四下张望：护栏外的内江奔腾呼啸而下，千百年来，它就是这个样子嘛；江对岸崖壁上镶嵌着"宝瓶口"几个巨型大字，在它的上方，那玉垒山壁陡壁陡的岩坡上长满了茂密的灌木草丛，也没有巨石垮坠的痕迹呀……几个游客低声议论着——是天上的陨石坠落呢，还是深水里的"妖怪"撒欢哇？他们互相疑惑地撇着嘴笑了笑，摇摇头：什么都不是，是——虚惊！对对，什么神秘事件都没有发生，只是一场虚惊，天下太平着呢。这几个游客各自拿着手机、相机比画着，踏着堤边刚溅落的水渍，优哉游哉四散走远。

很多时候，我们身边发生的一些找不到答案的神秘事件，就这样被忽略了。是的，这都是些无关紧要的小事，谁愿花上自己宝贵的时间去琢磨呢，那岂不太傻？

数不清的旅游团队拥过来了。小小的三角团旗，红黄蓝绿青，五颜六色，犹如鹤立鸡群般，在乌泱泱人头上方晃动着、拥挤着。兴奋的游客挤满了都江堰景区的各个景点。看着这熟悉的热闹场面，连高树上居住的鸟儿们都知道：都江堰的旅游旺季又来了！在这里，你可以看到世界上各种肤色、衣着怪异的游人，听到世界上各种语言、各种古怪奇特的腔调。古老壮丽的世界灌溉水利工程遗产，撩开她神秘的面纱，袒露出妙不可言的东方智慧，深深吸引着国内外川流不息的游人。

堤边砖石护栏旁，一位漂亮的导游小姐，头戴耳麦，开始了她的工作：

"大家请向我右手方向看，这就是'宝瓶口'，是整个都江堰景区的精华。我们的先祖鳖灵，最先在这里凿山治水。后来秦国蜀郡太守李冰，又在这里进行了更大规模的全面治水。宝瓶口以下就是内江。从这里往下又分成四条大河，分别是蒲阳河、柏条河、走马河、江安河。每条河往下再分出无数干渠、支渠、细渠、毛渠，形成密密的水网，覆盖了整个成都平原，自流灌溉了一千多万亩农田、果园、苗圃。这里旱涝保收，人民不知饥馑，天府之国的美名就是这样来的……"

"啊！宝瓶口，真是名副其实！"

"是成都之宝！"

"是中国之宝！"

……

游客们发出一阵赞叹，同时响起一串相机、手机的咔咔声。

"请大家猜一猜，我们的前人是用什么法子凿开这个宝瓶口的？猜中有奖。别忘了，那可是两千多年前的事哇，而这座山，也是坚硬如玉的石头山。"

炸药炸？钢钎凿？似乎都不对。两千多年前还是青铜时代呀，没有钢铁更没有炸药！青铜也硬不过石头呀！游客们交头接耳争论起来，都直摇头，难，难，没法弄！光靠人工凿根本不可能！那，难不成真有天神相助？……最后，人们都眼巴巴地望着漂亮的导游小姐，期待她的正确答案。导游小姐挣足了眼球，等的就是这个效果。她紧闭红唇憋了一小会儿，然后骄傲地开口宣布：

"猜不出来吧？告诉你们吧——是火烧水激！先用火烧，再用冷水激，热胀冷缩，岩石变松了，就裂开了。想不到吧？我们的祖先聪明吧？"

"哇！睿智！伟大！"

"我们的祖先太了不起了！……"

人们发出一连串惊叹，又是一串相机、手机密集的咔咔声。

这个小团队渐行渐远，向下一个景点拥去。团队末尾一位戴墨镜的游客偶一回头，咦，见刚才自己站立的地方不知何时竟立着一位长相、穿着都十分古怪的人。他轻轻拉了拉身旁的同伴，指了指，低声说：

"看，那个古怪人，哪里冒出来的？"

　　只见那人身着镶着宽红边的褐黑色衣袍，腰束一条玉带，头顶金王冠，浓眉，双眼微凸，面容冷峻如冰，古铜色的脸上有着浓密的络腮胡子，足蹬一双华丽精致的锦绣翘头靴，身材壮硕伟岸。他面向江水，旁若无人地立在那儿，俨然一位古代王者——嘿，真是一个十足的古怪人！

　　这位墨镜游客有点结巴起来：

　　"……这人，是从哪里冒出来的？刚才，我就是站在那儿的呀，怎么没看见？一转眼就出现了……咦，古怪，奇怪！"

　　"嘘——别说话。看不出来吗？这是一位行为艺术家在摆造型，大概是塑造的'古代王者'吧。行为艺术！你懂不？看，多逼真，多有神，多有范儿！这不是正在讲古人凿山治水的故事嘛。嗨，你这人大惊小怪的。哎呀，快走吧！"

　　同伴见多识广，见惯不惊，拉了墨镜游客赶队伍去了。

　　这位"古怪人"面向宝瓶口，心静神定，目不斜视，喃喃自语：

　　"此处如此壮观，好眼熟啊，像在哪里见过……"

　　这位"古怪人"绝不是一位行为艺术家，他大有来头！

　　两千六百多年前，正是他，"古怪人"——鳖灵，古蜀国杜宇王朝的国相，带领国人，用整三年的血汗，才凿开玉垒山这个两丈宽的豁口，分流岷江洪水，开通了大堰河，一举治住了百年岷江水患。这个地方，他苦苦熬了三年，他太熟悉了。只是尘封了几千年的记忆，才刚刚掀开了一角。而地形地貌，在后人不断的整修和岁月无情的剥蚀下，也面目全非，难以辨认了。千年岁月，骨腐石烂，他那精魂正气，却从未远离。

……就在刚才，在九天太虚仙宫，天帝笑问鳌灵仙魂：

"鳌灵哪，你来此已有许多时日了，可想回下界去看看你的子孙臣民？下界还有一人始终想念着你呢。"

那鳌灵答道：

"我来此九天太虚仙宫，在天帝身边尽享极乐，终日与各位贤德英豪讲说些人道、国道、天道玄理，不知什么'子孙臣民'，哪管下界那些多如牛毛的琐屑之事。咦——是何人还在惦记着我呢？"

"你去了就知道了。"

"怎么去？"

"你且后退一步试试。"

那鳌灵老老实实后退一步，不料一脚踩空，惊得啊呀一声大叫，身如巨石曳着红光，从九天飞坠而下，咕咚一声闷响，端端正正直坠入宝瓶口深潭，在潭底激流中沉浮旋转，瞬间又从水下飞出，隐没在堤岸边人丛中，自顾自地观水看山。

"……啊，想起来了，想起来了！这不就是我当初开凿的石门吗？难怪如此熟悉呢。这石门当时只有两丈宽一丈深哪，门顶上也还是连着的呢，现在怕已有十丈宽五丈深了。唉，两千多年岁月流逝，这风雨雷电之力，真真是远胜人功哪！"

鳌灵记起了他当年率众凿石门的事。

"对，就是在这里，石门凿穿的瞬间，洪水猛冲，差点把我冲死啊！"

他的记忆正在一点一线串联起来、恢复起来。他出神地凝望着那大堰河急流呼啸而下，似有所思。任凭浓浓水雾浸湿衣衫，在眼眉胡须上凝出一层雾珠。良久，他用手掌抹了抹脸上的水珠，不觉触到额上的金王冠，摸一摸金王冠，看一看身上的衣装，心里一惊——我是谁？怎么还戴着个王冠？我是谁呢？哦，哦，想起来了，我想起来了——我是古蜀国开明王朝丛帝，杜宇王朝国相，楚国鳖县县令……霎时，记忆闸门洞开，早已遗忘的几十年人世历程如大堰河急流，猛地涌上心头，是那样明晰真切，宛如昨日。鳖灵胸中顿时掀起层层巨浪：命运九转，跌宕起伏；爱恨情仇，生死相许！每一步都用心血铺就，每一天都在燃烧生命。生死寻常事，人生艰难行啊！一瞬间，他真正回到了人间……

这时，他才突然感觉到周围到处都是人。这无数的人，穿着怪异，行为诡异，熙熙攘攘的，像潮水般翻涌。他感到一丝惶恐不安——此地原是荒无人烟的极冷僻之处，哪来这无数古怪人？许多人脸上还挂着笑容，手拿一个光闪闪的小方块块或精美的小方匣子在眼前不停地比画着、谈笑着。他们在干什么呢？是巫师跳神？是中了蛊毒？是吃饱了撑得慌？……也不像有恶意的样子嘛，甚至也没人注意他。难道，我的子孙臣民又要治水了吗？咋变得这般古怪了啊？真不可思议，不可思议！……正疑惑间，突然一串脆亮的杜宇鸟叫声从对面山林边传了过来：

"开田布谷，开田布谷，布谷布谷……"

"啊……这，布谷声……好熟悉呀，是——望帝？哈，就是望帝！"

　　侧耳细听，灵光一闪，鳖灵想起了望帝，对对，这就是望帝杜宇化成的杜宇鸟嘛，望帝还在?！是望帝在呼唤我吗？他，就在山林边那片粉红的桃树林里！哈哈，望帝还在！望帝还在！鳖灵兴奋地大喊：

　　"望帝啊，等等我……我正有话给你说哪……"

　　鳖灵仙魂霎时化作一缕清风飞升空中，循着杜宇鸟叫声追去……

　　鳖灵是谁？杜宇是谁？

　　杜宇鸟不就是布谷鸟吗？

　　那人、那鸟又与宝瓶口扯得上啥关系呢？

　　……

　　别急，别急，古老的都江堰必有古老的传奇故事，古老的传奇故事还得从头说起……

一、开明投蜀

  时光倒流,让我们再回到 2600 多年前……

  那时,周王朝礼崩乐坏,国力衰微,再也无力掌控各诸侯国了。于是,中原大地群雄逐鹿,诸侯争霸,战火连天。各诸侯国之间攻伐不断,惨烈残酷的兼并战争此伏彼起,无休无止。我们都知道,悠久的中华历史进入了春秋战国时期。在这期间,涌现了多少英雄人物,留下了多少精彩故事。一部《东周列国志》记下了这段历史,并把它融入中华民族的血脉之中。而在中原之外鲜为人知的古蜀国成都平原,一项惊天地壮中华傲人间的伟大水利工程,也正在静静地艰难地进行着……不错,这就是名震中外的都江堰宝瓶口!我们都知道,这是秦国蜀太守李冰的惊世杰作。但鲜为人知的是,在李冰之前四百年,我们的先祖杜宇和鳖灵,就率领着古蜀国百姓在这里洒下了鲜血和汗水……

  在远离战乱的中原,荒僻原始的西南边陲,一队疲惫的马帮在林莽小路上急急穿行着。他们已经走了一个多月了。这条时隐时现的崎岖山路,就像一条巨蟒在山林间蜿蜒盘旋,忽而爬上陡峭的高崖，忽而又窜入阴森的谷底。有时要砍开荆棘开路，有时又要搭桥过溪河。唉，这趟生意真就不是人干的！赶马哥们低声发着牢骚：当兵不打仗却来赶马贩货！当然，当个赶马哥倒也不赖，不打仗至少不死不伤嘛。命是保得住，只是这终日像野兽般在深山老林中窜，窜来窜去，那就真的都快要窜成一群野兽了，身上都要长毛了！当野兽有意思吗？还不如战死来得痛快！杀死敌人和被敌人杀死都痛快！年轻人嘛，就图个痛快。

转过一道弯，一个前哨兵丁惊叫着奔跑回来：

"将军将军，报告熊虎将军，平原！——山下就是平原了，大平原哇！刚才问了一个砍柴人，说这里叫野猪坪，是楚国地界呢。呃，他们的楚国话我们还听得懂呃，就是土了点。"

他喘着气，欣喜万分，抓起竹筒一仰脖子咕嘟咕嘟灌了几大口水，抹了抹嘴，望着将军。将军是一条壮汉，身披牦牛皮护胸铠甲，系一条豹皮腰带，脚蹬一双豹皮半长靴。长相憨厚朴实，不寻常的是左眼额前有一条长长的伤疤突起，斜插入发际。让人一看就知道这是个不好惹的狠角色，最好离他远点。这是一场拼命的战斗留下的纪念。将军按住插在腰带上的长剑，紧走几步赶到山口。放眼远望，只见一马平川。平原上村落点点，炊烟袅袅，宁静祥和，田地整齐平旷，使人备感亲切、舒畅，真有点像回家的感觉。将军喜道：

"真是个好地方哪！这该就是楚国了吧？嘻，终于到了。"

"总算到了。啊呀，累死个人啰！总算到了……"

他的部属——一群赶马哥——哼哼囔囔着牵马围了过来，

东倒西歪地坐在地上靠在树下，喝水歇息。少顷，将军站起身来向众人喝道：

"都起来起来，站好了，听我命令！"

众人即刻跳起身来，牵马肃立眼望将军。将军额上的疤痕变红了，大家都知道，将军心里发狠时就是这个样子，下面的命令听岔了，弄不好就会要被打烂屁股的！将军沉着脸，威严地巡视一圈他的部属，高声说道：

"今天，我们就要进入楚国了。楚国是个大国、强国。我们此行只是与楚国做生意，换货物，要和气，要小心，要低声下气，要当孙子！绝不敢惹事，绝不能与楚人为敌，更不能动刀兵开战。我们这个马帮，是蜀国民间马帮。大家现在就脱下甲胄，换上民间便服，收拾起弓箭和长兵器，和甲胄一起藏在这山林深草中，只随身带短刀、匕首、棍棒。从现在起，老子的名号是——蜀族马帮熊帮主。熊帮主！拿脑壳记住了！哪个再乱喊熊虎将军，喊漏了嘴，惹出事来，老子就先砍他脑壳！"

这熊虎将军，正是古蜀国杜宇王朝望帝麾下一员有勇有谋的大将，统率着蜀国最精锐的五百兵丁。这些兵丁，由各大姓族兵里挑选力壮勇猛者组成，一百兵丁一队，共五队。随死随补，永不减少。他们是古蜀国永远不死的最精锐的常备部队，称为百丁队。在蜀王望帝东征西伐无数次恶战中，他们总是冲杀在前，屡立战功，夺得无数荣耀和奖赏。此次熊虎将军由望帝秘密差遣，带领庞大的马帮，悄悄地从蜀国南境向东绕过巴国，远赴楚国，不是去打仗杀人抢东西的，而是去执行一项关乎蜀国国运的重任：换回稻谷良种！

换稻谷良种？还关乎国运？不错，就是换稻谷良种！

在古蜀国杜宇王朝时代，望帝是一位雄才大略颇有建树的明君。他承继蚕丛、柏灌、鱼凫三朝基业，将古蜀国治理得勃兴强盛，独立于中原各诸侯国之外，是中华大地西南一霸。他全力倡导农耕，以增强国力。不过，让他发愁的是：无论全蜀国百姓多么拼命地开田种稻谷，粮食总还是远远不够吃。国人还是习惯渔猎生活，终日在林中游荡，在水上漂泊找吃食。要打仗都找不到兵。什么原因呢？睿智的望帝认定是稻谷品种太差，一箩谷种才收三四箩谷米，咋够吃嘛。望帝早就听说向东方翻过九十九架大山，有个富得粮食吃都吃不完的楚国。他认准了这个楚国一定有着高产的好稻种。事关国运，他决心不惜一切代价也要从楚国换回高产稻种。有好稻种，才能多收粮食呀。

"打仗就是打粮食。粮少必败！"

这是望帝认准的死理。

于是，熊虎将军率领的这个百丁队带着满载蜀布、蜀绢、漆、麻等土产的马帮，就这样踏上了艰辛的漫漫长路。在他们身后，还有四个全副武装的精锐百丁队在二里路外悄悄跟进，以作护卫接应，统归熊虎将军指挥。同时，蜀国东南各关隘，也增派了重兵驻扎，一旦熊虎将军的运稻种马帮遇到巴、楚动兵的意外麻烦事，可立刻倾巢而出接应。为获取高产稻种、保全高产稻种，望帝不惜一战。他还命熊虎将军带上一百斤精纯白银，以备急需。望帝策划精明，决断如山，为谋取高产稻种，他不惜血本，志在必得。

"渔猎只能成部落，开田种稻才能成强国！"

这是望帝用几十年的征战悟出来的、天神指给他的强国路。

秋雨绵绵的天空渐渐放晴。熊帮主带着他的马帮顺着湿滑的山路下得山来，谨慎地踏入了楚国平原，进入了这前途难料的异国他乡。他们沿着一条河畔小道缓缓前行，路，已经不泥泞了，越走越干，越走越宽。路旁的河流不算太宽，却浊浪滚滚，流得很急，下了几天雨，像是在发洪水。第一次走入别人国家的地盘，他们死死牵紧了马，紧张四顾，屏息倾听，像一伙心虚的贼娃子。每走一步都是提着心吊着胆，真是比走山路还累呀！还好，四周宁静祥和，连路上的老农和妇人也友善地打着招呼，还打听他们要卖什么货物呢。蜀语楚音，相互都还听得懂。路两边都是大片的肥田美稻。看着这金灿灿的谷穗，众人渐渐放松下来，连熊帮主也不时停下脚步，俯身用粗大的巴掌去轻轻将那硕大饱满的稻穗儿，像抚摸婴儿娇嫩可爱的脸，忍不住赞叹：

"啧啧，要是我蜀国稻谷有这么一半的好，我就敢连吃三天的净白米干饭啰！嘿，我王望帝真英明啊，楚国是真的有好稻种咧！"

只见块块稻田像盖着黄金的被子，一直铺到天边。收割过的稻田里，立着的稻草捆像一群群零散的兵丁，四处守卫着这珍贵的稻田。蜀国赶马哥们哪见过这么迷人壮观的场面？个个喜得手舞足蹈，得意忘形，好像这丰盈的稻谷就是他自家的一般。有的说要把家搬来，有的说要来当上门女婿，有的说干脆祈请天神作法，把这许多田亩的稻田全数搬回蜀国家乡，那才惊呆一国人……

就在他们有说有笑轻松前行之时，突然前面不远处传来惊慌的喊叫：

"决堤了……决堤了！快报县令大人！不得了啊，大家快来人哪……"

"嘡嘡嘡嘡……"有人敲起了急促的铜锣，远远近近的农人噼里啪啦急向缺口跑去。熊帮主带着马帮急走几步来到缺口附近的堤岸上。只见那洪水冲出缺口直扑稻田，像一群疯狂的饿兽，张开巨口，把那黄灿灿的稻谷尽情吞去。一片又一片金黄的稻谷，瞬间就消失不见了。熊帮主急得直跺脚，连连叹息：

"可惜呀可惜！多好的稻谷啊。眼看就要到手了，这就打水漂了。唉呀唉呀，我的个天神爷爷呀……"

农人们乱跑乱窜，扛着石头往缺口里扔，可哪里管用？眼看缺口越来越大，人们喊天喊娘，哭喊声一片。正在这万分危急之时，远处跑来几个穿长衫戴官帽的人，为首一人几步跳上河堤，略一察看，随即指手画脚发号施令。顿时，人们像是有了主心骨，一切忙而不乱，紧张有序：一群人跳入水中站成一排，双手张开小篾笆席挡水，身后一排人打木桩，还有人扛沙包往水里扔填缺口……人手不够，水挡不住，都急得吱哇乱叫！那位官员急急走向马帮，双手抱拳，略一欠身：

"请问，马帮谁人主事？本官请求急急帮忙堵水，千万帮忙，我代父老乡亲们先谢过了。"

熊帮主心疼那稻谷，本就想插手帮忙，只是不知怎么下手，又怕唐突惹事。见官员请求，即刻大叫一声："一半人看马，一半人下水，要快，救稻谷！"一声令下，赶马哥们三把两把脱光衣服，扑通扑通直往水里跳……一些人抢过大木槌打木桩，一些人手挽手做人墙挡水，还有人扛大沙包、大石头，往水里填。这群蜀兵原本个个都是精挑细选的大力士，且人人熟水性，岷江边上长大的嘛。跟乡亲们学着做这堵水的事，一看就明白，哪里还要人教？不一会儿，缺口堵住了，稻谷保住了，洪水乖乖顺河道流走了。人们湿淋淋地爬上岸来，坐在地上喘气。个个面露喜色相互点头庆贺。这时，那位官员走到熊帮主面前，双手一拱，问道：

"贵客可是这马帮的帮主？"

熊帮主连忙起身应承还礼。那官员朗声说道：

"鄙人即是此地小县县令，深感各位义士不怕死、不怕劳苦，出手相助，保住我县大片稻田，真是感谢不尽。敢请各位贵客就到我县衙换衣休息，顺便奉请些酒食。不知可肯赏光？"

那熊帮主闻听此言，正中下怀，连连向县令再三拱手行礼。喜道：

"我等是蜀地商人。小人即是马帮帮主，姓熊。小人赶马帮至此，带了我蜀地土产货物，与上国交易，互利互惠。初到此地，人生地不熟的，正想结识当地官人商贾呢，不想县令大人竟肯相邀，正是求之不得，求之不得！帮忙堵水缺，小事一件，不敢受谢。那么好的稻谷打了水漂，但凡是个人，都会心痛肝痛的。救灾救水，应该的，应该的。"

县令大人找人低声吩咐了几句，几个乡亲就飞跑回去杀鸡宰羊准备款待远方的客人了。熊帮主正准备召唤众人牵马起身，这时意外发生了——两棵巨大的倒树漂来，竟恰巧端直插进刚修补好的堤岸两根木桩之中，那倒树枝丫交缠，随水摇动，不停地摇凿那刚刚修补好的缺口，木桩都歪斜松动了。众人见状，齐叫一声"啊呀——"，都惊呆了。坏了，河堤又要再破！洪灾又要再来！千钧一发之时，只见那县令大人忽地扯下衣袍，大叫一声，扎入水中，霎时就无影无踪。众人伸长脖子齐望着滚滚急流，屏息凝神，没人敢说话。良久，只见那大树竟逆水向外退去，退到中流，方转向下游漂去。这时，那县令大人方从水中冒出头来，露出半截身子向上游张望。见还有树漂来，随即踩水过去，抓住漂树向外尽力推去。如此几番，在水中蹿来蹿去，见河面干净，已再无漂树了，突然又一头扎入水中，近岸出水时，手中又多了一条大鱼。众人皆欢笑高呼：

"县令大人，火火！县令大人，火火！"

这一幕，看得熊帮主都傻眼了。暗想，水下逆流推走大树，那是神的力量啊！水下憋气那么久，凡人有十个人，十个人都憋死了！我的个天神爷爷哪，这个人不是人，他就是个神！是降临人间的神！赶紧抢上两步，将县令大人官袍衣帽双手恭敬捧送向前："县令大人，请，请穿衣……"他低头不敢仰视，谦恭地说道。县令大人穿好衣服，拿着官帽，抬头望了望天，像对众人说又像是喃喃自语：

"雨停了，天晴了，不会再有洪水了。好，走！"

天黑了，县衙大院里点起十几支火把和松明子，人人脸上泛着红光。乡亲们陪着几十个赶马哥围蹲在地面上，吃饭聊天，嬉笑不断。县衙大堂地面上，摆了一块宽木板，上面摆着烤鱼烤肉及蔬果羹汤。熊帮主带着百丁长蛮牛蹲在木板一边，县令大人带着两位小吏却是跪坐在木板另一边。两国习俗不同，跪蹲自便。面对面，熊帮主细看那县令大人，真真是气度不凡。只见他阔面宽额，络腮短须，双眼微凸，面善带笑却又英气逼人。威严中透出智慧，刚毅中含着宽厚。一身官袍罩不住神力充盈的身躯，一顶官帽压不住冲天豪气。真正是天下难得的英雄人物啊！熊帮主抢先双手端起酒碗，由衷地说：

"今天见县令大人救水，有办法，有胆气，有神功，不是神人也是英雄！小人闯南走北十多年，在我们蜀国还真没有见到过如县令大人这般贤能神勇的人啊！从心里敬服啊！小人借你的酒真心敬你。"

那县令大人哈哈大笑，将手在空中摇了几摇：

"要说治水救灾，这都是些家常小事，不值一提。我在鳖河边长大，从小就跟着父兄乡亲们一起治水、开堰、修田、种田，天天同水打交道，一年里也不知要用坏多少把木锸。来，熊帮主，你们远道而来，不顾危险辛劳，侠义相帮，算得上好汉！来来来，敬你一大碗。"

说毕，二人双手举大碗，一口干了，相视大笑。待三碗酒下肚，众人谈笑正欢之时，那县令大人忽地收住笑容，斜着眼，瞟着熊帮主说：

"痛快痛快，朋友相交，正该真心真意，见心见肺。不过嘛……熊帮主却还算不得真朋友哦，而是……一位假商人！"

熊帮主闻听此言，如雷霆震耳。假商人的面目竟被县令大人一语戳破，不禁又惊又怕，张大嘴正要辩驳，却见县令大人用双手在空中往下压了压，示意熊帮主不要急于辩说，随即缓缓站起身来，后退两步，抱着双手来回踱着小步说：

"你手下几十人都是清一色的年轻壮汉，无论是刚才跳水下河，还是行动步履都是那么整齐，训练有素，这绝非那些民间散民游商、逐利怕死懒散的赶马哥之辈能够做到的——我说得可对？再说两国相交，绝无小事，稍有不慎，即可将两国之民拖入战争水火之中！我为一县之长，对这等天大之事不可不察。你等真为蜀国'民间马帮'吗？来此究竟为何意？楚国州府驻军就在十里之内，我县兵勇也有上千……我们欢迎友好经商，却也不惧怕任何侵犯阴谋！"

县令大人越说越激昂，双眼圆睁，正气凛然，直视熊帮主。那熊帮主见身份被识破，一时又窘又羞，张嘴语塞，急得额上的疤痕红肿起来。百丁长蛮牛见状，腾地跳起身来，抽出短剑，护住主将，怒视县令。那县令的两个僚属也拔剑而起，挡在县令身前。见厅堂上刀光剑影，院内众赶马哥一哄而起，举着火把，手持短刀短剑，一步步逼向县令。眼看宴会变战场，眨眼之间将是血肉横飞，尸横遍地……千钧一发之际，那熊帮主猛地站起身来，向自己部下大喝：

"要干啥子？要干啥子！滚！都退回原地，收了兵器，各人吃各人的饭。违令者斩！"

随即一把扯开百丁长蛮牛，上前两步，对着县令大人双手抱拳深深一揖：

"县令大人好眼力，将我等一眼看破。县令大人如此诚恳真切，我岂敢不将实情相告？我，实为蜀国望帝手下大将，官封熊虎将军。麾下统率蜀国精锐之伍。我蜀国望帝忧国爱民，深感蜀国稻谷穗小籽瘪，产量低下，百姓常年饥饿不饱。早仰慕你们楚国米谷丰饶，国富民强，人民安乐不知饥馑，必定是稻谷壮硕，品种高产。此次望帝特命我率马帮入楚，带毛皮、布帛、丝麻、漆桐等土产一百驮，走了一个多月，只为换你楚国高产稻种，万斤即可，货齐即回，绝无侵扰之意，绝无侵扰之意！再说，我仅区区百人，并无甲胄、刀矛、兵器，哪敢在楚境内与强楚为敌？那不是找死嘛！万望县令大人成全。我蜀国万千百姓也会感恩于你，祈求天神护佑你啊！"

说毕，熊虎将军又是一揖到底，再三谢罪。

"当真只为换稻种？为换稻种竟然费如此大的周折？"

"实实的就只为换稻种！县令大人是神，熊虎在神前不敢说假话。"

只见鳖县令急上前一步，握住熊虎将军双手，用力摇了摇，四目对视，坦诚明澈，直透心底，乃朗声说道：

"哎呀呀，不知是上国大将军驾临我小县，多有不恭，多有得罪呀！幸会幸会！英雄遇豪杰，这莫非是天意？听将军一席话，蜀王爱民之心昭然，将军忠义之气坦然，千里奔波只为换稻种，蜀国君臣赤诚为民，真真可感天地神灵啊！你熊虎将军换稻种偏遇到我鳖灵，这莫非也是天意？——嗨，正是天意啊！你且听我慢慢说来。

"这天下之好稻种在我楚国，楚国之好稻种在我县，我县之好稻种就在我开明族。此稻种名曰'贡谷'，是年年上贡，专供楚王享用之谷，也是楚王拜见周天子时必备的贡礼。此谷经我开明族数百年种植，年年精选好田块壮稻谷留种。贡谷稻米，早已名扬四方。我县气暖水足。我们种稻谷真比养儿女还精细，一滴汗珠一粒米啊！那贡谷成熟之际，谷穗沉沉垂地，足有尺多长，十里皆闻稻香。嘿，你们刚才堵水抢救的，就是贡谷啊！这贡谷碾出米来，米粒硕大晶莹似玉，煮出饭来香软油糯，养人养身赛过大鱼大肉。这就难怪……"

说到此时，那熊虎将军早已是"饥渴难耐"，抓耳挠腮，手舞足蹈，忍不住打断鳖县令的话：

"就是它，就是它！我就换你们的贡谷！我也不算细账了，有多无少，换一万斤谷种，这一百驮货都归你啦！哎呀呀，太巧了，是天神在保佑啊！"

"咳，熊虎将军，莫急莫急，你且听我把话说完嘛。我楚王珍视此谷，将此谷专作上贡之用，严禁流转他县他州，更不准流转到境外。换贡谷稻种与你，那是死罪啊！难哪，难！不过，办法嘛，倒不是没有……"

一瓢冷水迎头浇下，熊虎将军心中顿时凉透，后一听话有转机，一拍脑袋，急唤百丁长蛮牛将一百斤白银全数从马驮子上取出，捧上献给鳖县令。鳖灵蹲下望着木板上堆成小山一般的银块子，取一块在手里掂了掂，沉吟良久，然后，丢下银块，拍拍手，叠着两个指头轻轻敲着木板说：

"不为钱财，只为义气。这可是个杀头灭族的买卖啊！金银钱财岂能买得？"

说毕站起身来，吩咐众人接着吃饭，接着一把抓住熊虎将军的手臂，转入县衙内室。二人头靠头，随即鳖灵低声耳语，说出他的计谋来：

"我开明族每年上缴完贡谷税后，尚可余少量贡谷。一是留种，二是供祭祀祖先及年节族人自用。我若将这自用贡谷卖与你，口粮必不够吃，就必须到邻县市上买米粮，这又有违常理，必然引起州府和楚王怀疑。一追查就完蛋：我获死罪，开明灭族。现有一计，叫作偷梁换柱之计，你且听我细细说来。我邻县也盛产稻米，单亩产量也高，只是品质略次于贡谷。你们明日可先到邻县贸易，不要说换稻种，只能说蜀国遭水灾缺粮，来换稻谷倒卖，赚点差价。换回一万五千斤稻谷，回到我县我族，我悄悄吩咐族人暗中凑够五千斤贡谷与你兑换邻县稻谷，只是要补价差，那贡谷无市无价，本县令就做主，你们就按双倍价格交换即可，即我五千斤贡谷换你一万斤邻县稻谷。这样，你熊虎将军至少可得到我上等贡谷稻种五千斤，再加上邻县高产稻种五千斤。完成你王万斤稻种之数，即可立即返回蜀国交旨。神不知鬼不觉中，大功可成。来往邻县换货贸易五天可回，六天后，你们马帮就可返程进入西山了。此计可好？你意下如何？"

熊虎将军一听大喜，猛地一拳擂在鳖灵肩上：

"好！听你的就好！哎呀，我真白活了二十多年，从未听到过如此高妙的计谋，叫个啥子'偷梁换柱'！哈哈，真是滴水不漏，滴水不漏。哥哥莫不是个神人？脑壳真是鬼神难测呀。要是我，想破脑壳都想不出一点点计谋来呢。好！一切听你的。明天我就带上马帮去邻县换货，五日后返回时还来你处，悄悄兑换你贡谷，再悄悄赶马帮回国，完成望帝交办的艰难重任。

我蜀国望帝也必会为你向神灵祈福的。嘿呀，县令大人计谋高妙，情谊比天更高啊！末将欠你的人情，今后有机会必多带些金银宝货来送你。哥哥大智大勇，令末将佩服得五体投地，真恨不能在你麾下为你驱使啊！"

那鳖灵一手拉住熊虎，一手揉着被熊虎捶疼的肩膀，诚挚地说道：

"熊虎啊，人生在世，总得做出几件大事来，方不负这区区几十年英雄年华。今日之事，下对得起朋友义气担当，上对得起百姓天道。来！喝酒，酒中论英雄！"

二人皆开心大笑，把臂畅饮。真是英雄识豪杰，相见恨晚，熊虎当即就跪拜鳖灵为大哥。当晚，熊虎就留在衙中歇息，竟与鳖灵同榻抵足而眠。换回稻种的重任已有门路了，竟是想象不到的顺利。熊虎心中一块大石头落了地，无比轻松。一个多月了，那熊虎都是在深山野地搭个窝棚盘个草窝，像野兽一样蜷成一团睡觉，现在一倒上县令大人又平展又软和的大床榻，刚一闭眼就沉沉睡死了，鼾声震天。万事不晓的他留着满脸憨笑，还把一只一个多月都没洗过的臭脚，直挺挺地压在县令大人胸口上。

熊虎对县令大人鳖灵佩服得五体投地，一口一个亲哥哥地喊着，他哪里知道，他那亲哥哥心机如井，深不可测哪，远远不止一个"偷梁换柱"呢，他心里还藏着更为深远不可告人的更大谋略呢。

原来，这鳖县令除了开明一支大族外，尚有十几支小族小姓，一向和睦无事。十年前，一支熊姓大族迁入，仗着是楚王旁支亲戚，自称王族，强横无比。不断挤压侵蚀开明族，年年为拓展地疆田界寻衅械斗，打伤开明族不少人，根本就不把鳖县令这个衙门放在眼里。州府官员都知道那熊族有来头有本事，能直通楚王，也就都睁一只眼闭一只眼，表面无奈，实则是纵容讨好。鳖灵虽戴着一顶县令官帽，独自苦苦支撑，上下周旋，却也挡不住熊族咄咄逼人之势。几年下来，身心俱疲。俗话说：惹不起，躲得起。那就躲吧。他竟心生携开明全族西逃入巴蜀之意，躲开这霸道的熊族，另寻生路。他也曾同族内众长老密谋多次，皆因无进阶门路而无法决断，不敢贸然行动。这次熊虎马帮的到来，不啻天赐良机，令鳖灵大喜过望：无意之中，一条能直达蜀国望帝的门路就这样突然地神奇地展现在眼前！这是多大的幸运啊！而望帝的爱民，熊虎的忠勇，也让鳖灵十分神往。他不动声色地设下了这条偷梁换柱之计，决心全力成全熊虎换稻种之大功，也以此作为日后全族投奔归顺望帝的进阶之路。鳖灵抬头看了看身边这位酣睡如泥的熊虎兄弟，轻轻掀开那只臭脚，脸上绽出一丝看不见的得意微笑：

"此计绝妙，一举两得！对，明天就同族长阿爸和众长老悄悄谋划，铺好退路。等明年找准机会就全族逃亡蜀国……对，明年！嘿呀，臭臭臭，这个熊虎，莫不是一脚踩到茅屎坑里了?!"

蜀国换走贡谷稻种和开明族叛逃投蜀，在楚国可是两件天崩地裂的大事。待鳖灵把这些要命的细枝末节都反复盘算清楚了，心里一轻松，这浓烈的脚臭味，就一下子刺进鼻孔，啧啧，我的个天哟……他侧过身来，捂住脸鼻，也酣然进入梦乡。睡梦中，他看见他的开明十二村，村村都笼罩在一片红光之中。哈哈，好兆头，这是交了红运啰……

偷梁换柱之计出奇顺利。六天后，黎明时分，熊虎将军带着他的马帮，驮着满满的楚国优良稻种，在西山路口告别了前来送行的鳖灵大哥及开明族族长、众长老们，踏上了西返蜀国的路程，行进在西山林莽之中了。

回想起昨晚在鳖灵大哥家吃的那顿饭，啧啧，好不安逸啊。鳖灵大哥的夫人荆姬嫂子给他煮了三斤贡谷米饭，他直吃了五大碗还停不下口，抚着胀得圆鼓鼓的肚皮直嚷嚷："值了值了，这辈子能吃上这么美味香甜的大白米干饭，当了一回楚王，死也值了。"

那荆姬夫人笑道："莫要说这些'死呀活呀'的晦气话哟，明年再来时，我把小玉许给你……"小玉是鳖灵父母的养女，才十三四岁。鳖灵荆姬夫妻俩像疼亲妹妹一样疼她。她模样儿俊俏，聪明伶俐，一口一个脆生生的"熊哥哥"，直喊得熊虎心里头一抖一跳的。荆姬一句话正端端地说到熊虎心尖尖上了。他涨红脸急说："不死不死，要来要来，再来我就不走了。啥子我都听嫂夫人的安排……"

想到这里，熊虎忍不住痴痴傻笑起来。回望东方的开明村，已隐没在明艳的朝霞之中，看不见了。西山满山的松树青翠欲滴，在晨风中摇曳着的枝条，就像亲人张开双臂急着要拥抱过来。山谷中，不时传来一串串快乐动听的鸟鸣，应和着清脆响亮的马铃声。熊虎心里阳光明媚，鲜花盛开，身体轻松得一步三跳，直想飞起来，直想唱起来。他似说似唱：

"咦儿哟……嗬嗬哟……太阳嘛亮光光哟……"

他忽然无师自通，扯开嗓子唱了起来，居然还有盐有味、有韵有调的：

太阳出来嘛亮光光，

赶着马儿就上山岗。

马铃儿叮当响哎——响哎——响响响哎……

响个啥子嘛？

想我幺妹儿哟——回家乡。

赶马哥们听将军这么一唱，都欢喜疯了，一窝蜂也都扯着粗嗓子尖嗓子跟着唱了起来，随编随唱，看啥唱啥，乱嚎一气。欢歌笑语，洒了一地。

爬上一座山岗，正要喝水歇气，猛见路中间赤条条一个大汉直跑过来，浑身血迹模糊，头发蓬乱。跑到近处，熊虎众人定睛一看，嘿呀！像是鳖县令？鳖灵县令大人不是两个时辰前送我们上山后，就回去了吗？怎么会在这儿？鬼！真是白日见了鬼了？……众人惊得张着大口直往后退。那鳖灵向前一步，拼力大叫一声"熊将军快救我……"就倒地昏了过去。熊虎一群人愣了一下忙围上去，脱下衣服包住县令，又赶紧烧了滚水煮了一大把茶药给他灌下去。少顷，鳖县令苏醒过来，两滴眼泪慢慢沁出，长叹一声：

"真是命中注定啊！命中注定的，该来的，是迟早都要来的啊……"

众人摸不着头脑，越听越糊涂。那鳖灵缓缓坐起身来，道出那刚刚发生的惊天巨变……

熊姓这一大族，十分霸道。强占小族小姓田地山林不说，还不断地蚕食开明族的田疆地界。保全开明族全靠鳖县令一人苦苦支撑着。熊族人对鳖县令恨得牙痒痒的，恨不得一口咬死他、吞下他。这次鳖灵用偷梁换柱之计，让熊虎将军顺利地换到了上等贡谷稻种，自以为是天衣无缝、鬼神不知，却不料熊族人通过买通的开明族内奸早已掌握了一切底细。只待马帮一走，鳖灵叛国罪就坐实了。鳖灵刚一回到县衙，熊族族兵就带着州府官兵围住了县衙，要以叛国罪、盗卖贡谷罪捉拿县令。这两宗罪都是死罪。那州府官兵平日得了鳖县令不少好处，这次只是围在县衙门外高声喊叫："拿住通敌叛国贼，不要放跑了鳖灵……"虚张声势，却不急着进去抓人，明摆着是给鳖灵报信，拖延时间让他逃跑。那鳖灵让县吏在门前支应官兵，他趁机从后门跑到河边，迅速脱下官袍冠履，叠整齐，上压他的官印，然后跳入河中。他要留下这个畏罪自杀身亡的现场，来保护他的开明族人不受株连。此时，州府官兵在熊族族兵的带领下追了过来，正好远远地看见鳖县令往河里跳。追到河边，见官袍官印都整齐叠放在地上，州府官兵遂带着官袍官印回州府衙门交差去了——罪犯鳖县令已投河自杀身亡，尸体已漂走待寻，结案。

鳖灵逆急流潜游出百步开外，在上游对岸草丛下露出头来，远远望见族兵对着河中心一阵乱箭乱射后，乱哄哄向下游搜寻而去。他们万万想不到鳖灵还有这逆急流潜泳的神功！鳖灵奋力逆水潜泳，进入山谷中，见四周确无人时，才上岸在山坡荆棘丛中狂奔，直往山上爬，欲追上马帮，却不料反追到了马帮前面。遂致力竭虚脱，昏倒在地……

"通敌国、卖贡谷都是死罪，我已做成畏罪投河自杀身亡假现场，想必州府不会再追杀我了。但我也再不能现身返回家园了。我一走，我开明族可就要吃大亏了，我家小也定然遭难啊……天啊天，多好的一条偷梁换柱计，成全了你们，却害苦了我自己啊。天啊天，怎么会是这样的一个结局啊？"

说到此，鳖灵止不住恸哭，泪流不止。熊虎跳起身来抽出长剑，大声吼道：

"都是我等害苦了县令大人，惹出这等天大祸事来！我等对不住县令大人啊。县令大人，事已至此，你要我们怎么做？你是个有主意的人，说一声，万死不辞！"

鳖灵紧抓住熊虎的手，悲戚哽咽道：

"我求熊虎将军两件事，请将军务必成全。一是容我投奔蜀国，跟你们走，我已别无生路。二是赶快派人下山，将我父母妻小接来一同奔蜀。从此断绝家乡，生作蜀人死作蜀鬼。还望将军不弃。"

熊虎双手扶住鳖灵，咬着牙说：

"大祸因我而起，该我担当！县令大人要投蜀，我蜀国望帝必是求之不得，必定重用。你带来了天下闻名的稻谷良种，又有天下难得的治水神功，正是我蜀国千年难求的神人啊！你能投蜀，是蜀国之幸，蜀国之福呀。救你妻儿老小，不消多说！他们是我的亲人嘛，全在兄弟我熊虎身上。我即刻下山接人，天黑前他们必定会站在你眼前！"

说毕点五十名兵丁由自己带领下山救人，又令蛮牛和其余兵丁用担架抬着县令大人赶着马帮往山里走，在野猪坪上等待。另派二名精细兵丁飞奔赶回后路，找寻在路边驻扎待命的四个百丁队，令他们火速赶到西山路口增援，不得有误。熊虎分拨已定，向鳌灵点点头，一回身张开大口吼了声：

"小弟若不能将嫂夫人带回，是对不起天神！"

说毕呼啸一声，率众扑下山去。一阵尘土卷起，眨眼不见人影。

傍晚，野猪坪上，鳌灵听得人声嘈杂，鸡叫犬吠，由远而近。起身一看，呀，竟是开明族众乡亲扶老携幼，挑箩背包，牵牛赶马，哭哭啼啼爬上山来，不由得惊呆了。只见荆姬头发蓬乱，衣衫已撕破，牵着儿子卢儿哭着奔过来，抱着鳌灵大哭不放，哭诉公婆被打死的惨状。岳父老族长和长老们也喘息着慢慢爬上山来，相对鳌灵无言叹息。鳌灵扑通一声跪在岳父脚下，痛哭不已：

"阿爸吔，是孩儿不孝不智，做事愚蠢，害得全族老少受此大难，是孩儿有罪，我该死啊，愧对祖宗啊！孩儿把三百年的家乡祖宗都弄丢了……"

老岳父扶起鳌灵，同众长老一起劝慰：

"那熊族欺负我族已有好多年了，这一场灾难是迟早都要来的。你一人独自在官衙苦苦支撑这么些年，也实属不易了。你就不要再自责啦，这是上天的安排，我们都顺应天意吧。再说，有熊虎将军带大军护送我们归蜀，这是多大的幸运啊。这正是老祖宗、天神的护佑啊……"

"对对，因祸得福，因祸得福。熬过一劫，享福千年。"

众长老也附和着说。

熊虎将军赶过来，竭力安抚众长老，把胸膛拍得咚咚响，保证将开明全族老小平安带到蜀国。然后就急急向鳖灵报告下山的遭遇：

当熊虎赶到鳖灵家时，正碰见熊族族兵也在家里搜查。他们在门前那棵树上吊打鳖灵父母，逼问鳖灵的下落，又抢劫财物，砸烂陶锅、瓦盆、水桶，荆姬正在同他们拼命厮打……

熊虎见状大怒，一声不吭，挥刀一阵乱砍，将那几名熊族兵尽皆杀死。待从树上放下鳖灵父母时，两位老人家已双双气绝身亡。此时，熊族兵在开明村大肆抢掠杀人，村人呼天叫地哭喊逃躲。熊虎额上伤疤发紫，怒不可遏。索性带众兵丁大开杀戒，见熊族族兵就追杀，那些族兵哪里见识过这种凶狠的兵将，丢下十几具死尸，一溜烟四散逃跑了。熊虎叫荆姬赶紧收拾衣物，弃家上山去见鳖灵，一同逃奔蜀国。正在这时，荆姬父亲老族长和几个长老跑来了，熊虎将鳖灵已逃脱州府官兵追捕，正在西山野猪坪等待荆姬一同入蜀的事，急急简单说了一遍。询问他们怎么办，族长想都不想就干脆一个字：走！全族即刻就走！有蜀兵保护，开明全族紧急逃亡入蜀避祸。此话一出，众长老尽皆赞成。于是急忙分头通知开明各村各户，带上能带走的东西，火速赶到西山路口往山上奔逃。荆姬公婆已死，熊虎叫几个兵丁在祠堂后坡挖坑掩埋。情势紧急，也无棺木，就找了一块门板垫在身下，一块门板盖在身上，权作棺木。也不立碑牌，也不做记号，矮矮平平地做了一个合葬坟。荆姬哭着拉着儿子给公婆磕了几个头，匆匆随族人向西山逃去。

熊虎令赶来的四个百丁队守住西山路口断后，防备楚兵追杀，也接应后续到来的开明族人。自己则带着族长及大批族人上山来找鳖灵。其实那熊族大户早已买通州府，赶走鳖灵县令，霸占开明族风水宝地，掠得大片成熟待收的贡谷，其意已达，哪里还想去追杀蜀兵，徒增伤亡？

天已黑尽，松风鸣咽，山中寒意渐起。鳖灵向山下望去，开明十二村已是一片火海，红光冲天，他猛然想起，这恰似前几日梦中所见之景象啊。唉，原来这梦中的"红运"，竟是如此惨烈的厄运哟！想是那熊族人见开明族已弃村逃去，正在放火焚房舍毁祠堂出气。野猪坪上，开明族数千老幼男妇眼看着自己世代生活的温暖家园在火中燃烧，化为灰烬，一时呼天抢地哭成一片，声声悲凄哭喊，在山谷中久久回荡。

突然，一声尖锐的悲歌刺破黑暗：

> 松柏青翠兮穆穆祠堂，
> 白玉栏杆兮井涌琼浆，
> 万亩肥田兮沉沉稻谷，
> 烈火腾焰兮家园尽殇。
> 开明无家兮魂飘何方？

魂飘何方兮天神何不怜我？

天神何不……怜我啊……

　　这是荆姬在唱，一字一泪，如刀剜心，连蜀兵听了也个个涕泪长流。荆姬是开明族长的女儿，鳖灵之妻，美惠贤能，是开明族人人敬爱的县令夫人。她的歌声凄楚至极，直刺族人心底，全族越加哭号悲啼不止。野猪坪不宜久留，悲伤饥饿的开明族人连夜踏上逃亡蜀国的苦难之路。山高路险雨露风雪，猛兽毒虫饥饿伤病……温饱富足的开明族啊，尝尽地狱般种种磨难，一步一步苦苦挨着拖着，走过寒冬，次年桃花盛开之时，才望见了蜀国大平原，来到了岷江边……

二、拜相治水

　　望帝杜宇穿戴整齐，从王宫内殿缓步踱上王宫大殿。站在大殿上，几乎可以瞭望半座王城。他的王宫就建在一丈五尺高的平台上，比远处的城墙还要高呢。王宫大殿正面朝南偏东，无门，全敞开，这样冬天宝贵的阳光就可完全照进来。此刻，金灿灿的阳光就正好洒在望帝身上。那望帝年逾七旬，须发大半已白，面瘦而红润，双眼略陷，却依然可以从下垂稀松的眼皮后面闪烁出深邃的目光。他头戴纯金王冠，身罩精工绣就的王袍，足蹬一双翘尖软底短靴。手握一根纯金权杖——那是代代相传的蜀王权杖——据说是从海外天神处传授的。

　　望帝眯着双眼，用右手慢慢理了理齐胸长须，向远处瞭望：王城连片的房舍间，桃花处处盛开，红粉粉一片一片的，灿烂明亮，晃得人眼睛发花，却令望帝心情格外舒畅，满脸绽放着笑容。整个冬天，天阴沉沉的，几乎没见过太阳。今天，太阳终于从浓浓的雾气中费力地钻了出来，刚在东边露出淡淡白白的圆脸，远近的狗儿们就都惊恐激动地吠叫起来，争着向主人报告这个新奇的发现。它们彼此应和着，吠叫得烦死人，可望帝却一点不烦，他心情出奇地好。杂乱的狗吠声和着铜匠、玉

石匠依稀可闻的敲打声、丝绸织机声、棉麻织机声、小贩叫卖
声……使整个王城显得生机勃勃，百业兴旺，百姓安居乐业。
不过今天，令他心花怒放的却不是这些。今天，将是蜀国一个
重大喜庆的日子：强大而富有的楚国，有一个精通水稻栽种、
又有着世上最优良最高产稻谷种子的开明部族，就将归顺自己
啦！而这位部族首领鳖灵还是一个管理几万人的县官，竟然还
是一位善治水患的"神人"。这天大的喜事双双降临，真是老
天开眼，天神恩赐啊！从接到熊虎将军快马禀报那日起，望帝
杜宇已经连续三天要求大巫师举办庄重的敬神仪式。在黎明到
来之前，他就开始虔诚祷告跪拜天神，一次次地双手掌心向天
高举，呼唤着天神，感激天神对蜀国的恩宠厚爱。直到衰老的
腰膝痛得快跪不住了，才慢慢起身。

　　要知道，几十年来，蜀国在他杜宇的统治下迅速扩张强盛。
方圆几千里，数十上百的部族小国都臣服于他的治下，年年上
贡，安分听话。汶山是他的牧场，平原是他的粮仓，朱提山地
是他的银库铜库，南中各国是他的后花园。天神已把一切都安
排得那样美好，令他无比自豪。有没有一点缺憾呢？当然是有
的：王朝发展壮大，人口剧增，粮食总是不够吃，百姓挨饿；
岷江水神暴戾，三五年必发大水一次，淹死人口，冲毁田园，
百姓泡在水中，苦不堪言，不得安居。这两大缺憾两大心病，
如鲠在喉，如芒在背，令望帝杜宇寝食难安。不过今天，就在
今天，这两大心病都将烟消云散。熊虎将军三天前就派快马回
来，禀报了开明族和鳖灵即将抵达王城的喜讯。精明的望帝很
会算账：要从邻国降伏一个大部族或者夺取一大块土地，非得
打一两场大仗，死伤个千儿八百人还不一定能占到便宜呢。而

现在，啧啧，这天大的一个大便宜就白白砸到我的头上啦，哈哈……天神啊，我尊贵的天神……我该如何感谢你啊！

眼望着殿前广场上忙碌的人丁，正按照自己的旨意将几十口大铜鼎锅、大陶鼎锅沿广场边排成一圈，咕嘟嘟煮肉煮菜粥。又有不少人烧起几十堆篝火在烤鱼烤肉，还有一些妇人在井边清洗大堆的碗罐盆瓢……一切都在井然有序地忙碌着，空中已经弥漫着焦香。那是令人心底迷醉的节日的味道。望帝眯缝着眼，吸了吸鼻子，看了看东边高高的太阳。"快中午了，应该快到了吧？"他开始在王台上缓缓地踱来踱去，不时抬头看看太阳。似乎意识到自己过于焦急，他摇摇头轻轻笑了笑。随即，他舒舒服服地坐进他的王座中，一只脚踏在熊头上悠悠摇晃着，闭目养神。他屁股下面垫在王座上的，是一整张巨大的棕熊皮，熊头在下冲外，龇着白厉厉的长牙，那是他二十多年前亲手猎杀的一头巨熊，这张熊皮就成了他勇猛威武的证明。龇着长牙的熊头面对着宽大的殿前广场，面对着整个蜀国。在这恐怖的熊头面前，还有谁敢不顺服呢？

此时，他的大臣们都已陆续赶到，见望帝正闭目养神，遂听从望帝侍卫大臣天象大将军的安排，分列望帝王座两旁，或站或坐或蹲，静心等待。

远处，传来急促的马蹄声，两匹快马飞奔而至。近前，马上跳下两人，快步拾级而上，来到望帝座前跪拜行大礼。望帝定睛一看，一人是熊虎将军，另一人个子不甚高，发须蓬乱浓密，稍显憔悴，两眼却炯炯有神。望帝暗想，这个人应该就是鳖灵了吧？那熊虎将军朗声奏报：

"上报我主，下臣熊虎将军陪送楚国县令鳖灵投奔归顺我蜀国，附鳖灵开明族两千多人口在后随即到达。下臣已购回楚国最优稻种贡谷五千斤，另高产稻种五千斤，两项稻种共一万斤。特向我主缴回军令。这位就是鳖灵大人，为我蜀国获取稻种尽心谋划，不惜破家弃官，诚心携全族投蜀，归依大王。"

望帝闻听大喜，下得王座，双手扶起二人。特别用两手握住鳖灵双臂，用力摇晃几下，感到其坚实有力，喜道：

"鳖灵后生果真是英雄人物啊！我早已接熊虎将军快马奏报，说鳖县令智谋奇妙，又是水中蛟龙。我就在想：这样的人会是什么样子呢？今日一见，哈，正是我心中所想象的模样啊。天神护佑我蜀国，我真是急盼着你的到来啊！"

定了定心神，望了望左右侍立的大臣，望帝高声宣诏：

"熊虎将军这次立下奇功，赏白银一百斤，属下兵将另有赏赐。鳖灵携全族投蜀，壮我蜀国，赏白银一百斤，铜一千斤，细布麻布各一百匹，绢绸十匹，族人所缺粮草暂由我府库支给，以保温饱……"

那鳖灵在熊虎禀报时，早已暗自细细打量望帝。见望帝衣冠华贵，金光灿灿，目光睿智，气概非凡，确有帝王气象。而他长须慈眉，面善含笑，又分明是位可亲可敬的长者。不由得心中暗想：此蜀王远胜彼楚王也。我身家性命及两千余开明族人依附于他，想来不差。随即又听见望帝赏赐，赶紧下跪谢恩，不禁内心大喜：望帝啊，你确实是我所望之帝啊！投蜀光明，投蜀投对了。这是天神护佑，指给我的路啊！

说话间，一阵人声嘈杂马嘶狗吠，原来是开明族人和熊虎手下兵丁赶着马帮俱已到来。熊虎跑下台阶，指挥兵丁们牵马列队，站在广场东头。西边则是开明族人，挑着行李拄着拐杖抬着担架，背着老人，抱着幼儿，头顶着包袱。两群人都是衣衫破烂不堪，头发蓬乱长披，静立无声，都仰望着高高王台上的望帝。鳖灵向前几步走到台阶前，平伸双手，向族人高喊：

"乡亲们啊，你们眼前的这位君王就是蜀国国君望帝大王，我们伟大仁慈的新主人！来吧，大家都向神圣伟大的望帝君王叩拜吧！望帝火火——"

几千乡亲老小拥挤着跪了一地，虔诚地高呼：

"望帝火火！望帝火火！望帝火火！"

叩拜完毕，众人仍静立仰望。望帝大喜，向前几步走到高台前。鳖灵急后退立于望帝侧后。望帝伸出双臂，高声说道：

"远道而来的臣民们，一路上受苦了。今天，你们就是到家了！从今天起，你们就是我蜀国百姓了。我蜀国有十七大姓、八十二小姓，号称百姓，实则还差一姓。今天加上你们开明族哇，又是一大姓，刚好就是整整一百个族姓。另外呀，还有大小二十多个部落。现在呀，我蜀国就是真正的数得出一百个姓氏的大国了。百姓百姓，百姓就是整个蜀国呀，有百姓才有我蜀国呀！本王今天高兴啊！感谢天神为我蜀国兴旺格外赐福啊！

"我知你们一路艰难不容易，受冻挨饿，竟走了一个冬季。一路上还损失了不少人口牲畜，没睡过一天好觉，没吃过一顿饱饭。今天，本王已为你们准备了足足的饭菜、鱼肉、羹汤，你们可以放开肚皮饱吃一顿了……"

话犹未了，只听轰然一阵欢呼，几千人不分男女老少，各抢碗抓罐，乱哄哄地冲向那几十口大鼎锅和几十个烤肉架。一时间笑的笑，哭的哭，喊着叫着挤成一团。鳖灵见状，一皱眉毛，上前扬手正要喊叫制止，望帝却笑吟吟地抓住他的手臂：

"算了吧，谁饿极了都是这个样。来，后生，你把族长和众长老喊来，加上熊虎的五个百丁长，在殿上设席，他们一起吃饭，有酒。你和熊虎随我到后殿，我和大臣们另设一席，本王今天要亲自给你接风。"

后殿，在两个粗粗的一般高的大木墩上，搭了一块差不多两人宽的长木板，一看就知道，这曾经该是多粗多高的一棵大树哇。这就是望帝最高规格宴会的席桌。现在，席桌上摆满了蜀国的珍馐美味和酒罐碗盘。矮矮的席桌两边，蜀王望帝的文武大臣：老国相，大巫师，宫廷卫队官天象大将军，熊虎将军及五大姓大臣席地而坐。何谓五大姓大臣？原来，望帝把人口最多、最有声望的五个大姓族长选定为大臣，参与朝政，打仗多出族兵，当然也要多缴国家赋税。望帝坐于席桌头，另一端，席桌尾是鳖灵。望帝喜笑颜开端起酒碗，要众大臣先为鳖灵及开明族入蜀，感激天神，共饮三碗。饮毕，望帝捋了捋长须，不慌不忙地笑问鳖灵：

"刚才你族人齐呼：'望帝火火'，是个啥意思啊？"

鳖灵忙站立，躬身答道：

"我们楚人，呼喊'火火'，是赞美、崇敬之意。"

望帝笑道：

"哦，这却是一方人口，一方风俗了。我蜀人表达赞美之意却是'光光'，比如'太阳光光，月亮光光'，比如要赞美你，就会喊'鳖灵光光'。"

鳖灵一听，急忙下跪，连说：

"草民不敢当，草民不敢当。"

望帝呵呵一笑，十分满意鳖灵的谦恭懂礼。点点头，抬手示意鳖灵起身入席。

"鳖灵后生不必过于多礼，我们蜀人心直话直做事直，不讲那些花花套套的虚礼，讲话不转弯倒拐。楚国是个大国，规矩多讲究多，想必礼节繁多吧？"

鳖灵又起身答道：

"也不尽然。那中原诸国才是礼仪之邦呢。在中原人眼里，我们楚国也不过是个半开化的蛮夷之地。他们中原人连打仗都要讲礼仪呢：两国打仗，要先下战书，约定打仗的时间地点，双方布下阵形，互相通报战将姓名，宣告打仗的缘由，并把对方谴责数落一番，击鼓三通，然后才开打……"

一席话说得满堂哈哈大笑，众大臣都笑弯了腰，连望帝也笑得喘不过气来，伸出指头连连指点着鳖灵，好一阵才调匀气息说出话来：

"如此说来，我们蜀国就只能算未开化的蛮夷之地了。要我说，做啥事都还得来实的，不来虚的，不然就成了一个大笑话了。中原诸国离我蜀国千里万里，中间隔着大秦岭、大巴山，他过不来，我也过不去，我管不了他，他也管不了我。他们打仗打他们的，我们关起门来，把自己的小日子过出好滋味来，才是正事。来来，我就来说点实在的正事吧。"

望帝脸上的笑容消失了，清瘦泛红的脸上，两只眯缝着的眼里闪射出犀利的光来：

"鳖灵一来，我蜀国有两喜：一是有好稻种了，稻谷必定大丰收，百姓必不再挨饿了。说起来，我蜀国从鱼凫王以前就学会种水稻了。只是稻田少，稻谷结籽小瘪，品种差嘛。单靠种水稻还养不了国，离不开渔猎。现今我蜀国已是方圆几千里的大国了，靠稻谷养国养兵才是出路。靠渔猎，只能成部落，要成大国，称雄一方，必得倡农种稻谷！这就是天神指引的蜀国强国之路哇。第二喜与种稻谷根本相连。那就是我蜀国千好万好，只一条不好。哪一条不好呢？岷江水神暴戾，伤我命脉。淹田淹房淹死人，水患成了我的心头大患。不治住水患，我望帝杜宇死都闭不上眼睛哇！鳖灵来了，好啊，这真是上天悲悯我蜀国百姓，天神的精心安排啊！接熊虎将军快马报告，鳖灵善治水，在水中游走如在平地上奔跑，滔滔洪水都乖乖听他安排！是不是这样啊，熊虎？"

熊虎将军忙站起身，对望帝一躬身，就绘声绘色地讲起了亲眼所见的鳖灵领众人堵河堤缺口的事：怎么样排成人墙张开小篾笆席挡水，怎么样用大木槌打桩，又怎么样填石头泥土……特别是讲到鳖灵潜入水中推走大树一节，最是传神。他闭上双眼，长长地吸了口气说：

"当时，我憋了五口气他都还没出来，正在我们大家都以为他必定是淹死了的时候，那根大树干却神奇地逆流向河中心慢慢漂去，是逆流啊，逆流！到了河中心，他才露出头来。我的天爷爷呀，在水下憋气鱼老鸹也比不过他呀，在水中逆水推大树，棕熊也没有那么大的力气呀！哎呀呀，我当时就在想：这个鳖县令要么是有神在暗中相助，要么干脆就是个天神降临人间！水里的本事，我们蜀国无人能敌……"

说到这里，望帝站了起来，打断了熊虎：

"呃呃，看这熊虎越讲越歪怪（奇怪）了——我们都是人，一个一个活生生的人，轻言一个人是神，那可是要折你阳寿的啊。你一个将军大臣，这种话可不能随便说哇。不过话又说回来，照熊虎所讲应该不虚，鳖灵水里的本事，确实在我们蜀国找不出第二个人了。鳖灵后生，你的到来真的就是天神的恩赐啊！我相信，你必定能治住蜀国水患，必定能使蜀国多开田多种稻谷。百姓不饿，蜀国富强！两喜相连，都在你鳖灵一人身上哪！来，后生鳖灵，本王今天站着亲自为你敬一碗酒！为蜀国，为百姓，也为我这个被水灾伤透了心的老人！你把它喝干！众大臣都陪！"

说毕，望帝手撑着桌板站了起来，那鳖灵立即腾身而起，两步赶到望帝跟前，低头双手接酒，向天一举，然后一仰脖子喝干。复将酒碗斟满，跪举回敬望帝：

"大王为了百姓不挨饿，不惧千里艰辛、万里风险，不惜代价派人去楚国换稻种，大王真是天下少有的明君哪！鳖灵得遇大王这样的爱民之君、有德之君，真是天神的指引，是鳖灵十辈子祖宗积德的造化啊！我及我开明族，忠于大王、忠于蜀国，永世不变！生作蜀民，死作蜀鬼！"

望帝笑接酒碗，却不忙饮下，指点鳖灵仍回桌尾坐下。

"说起治水，老国相治水多年，无功无效，空耗国库，百姓有怨，我也深感失望，该免官治罪。我意啊，就拜鳖灵为国相，主务治水，次务教民种稻。众臣以为如何？"

鳖灵闻言大惊，急忙下跪连连叩首：

"叩谢我王宠信。草民实不敢担此大任，实在不敢当啊！一是我不谙民情水情，不知从何下手；二是我开明族千里入蜀，饥寒伤病，人口死亡近半，且尚未安顿好，五心不定。实不敢奉旨，万万不敢奉旨。望我王详察，还请我王恕罪！"

众臣纷纷起立，赞颂望帝英明，却无人直接附和望帝旨意。

明摆着，一个外来人，入蜀仅一天便封成国相，这可是一人之下万人之上的国相啊，谁服？哪国哪朝有过这样的事？全天下都没有听说过嘛！只有熊虎将军咬定，这治水没人能比得过鳖灵，治水国相鳖灵不担当，谁敢来担当？谁敢来治水？此时，大巫师盯着老国相不紧不慢地说：

"去年又发了大水，淹死上千人，冲毁千亩田。老国相治水不成，反得罪天神水神，民怨腾腾，把大王为国为民的一颗神灵心，丢到茅屎坑里，真是该杀！应祭天请罪。"

鳖灵一听又是一惊，急说：

"要治罪老国相，草民就更不敢奉旨了。再说我开明族千山万水归附大王，本是喜事，却诛杀大臣，实为不祥，也违天意。望我王开恩三思。"

熊虎将军也接着说：

"鳖县令刚刚入蜀，大王就杀重臣，百姓不解，人心不稳，恐于蜀国不利。望大王格外开恩。"

一直沉默不语的天象大将军，号称蜀国第一的老将军，也向望帝谏言：

"假如大王决定要鳖灵为相治水，老臣大胆建言，可由老国相辅之。一则老国相精熟国情，二则老国相跟随大王二十余年，忠心不贰，绝不可轻言杀戮，以免民心不稳哪！"

望帝手捋长须，沉吟半晌：

"各位大臣之言都有些道理。也罢，今天是蜀国大喜之日，本王高兴，也无意动杀念。今天是月圆之日，一个月后，还在月圆之日，我再议决此事。老国相暂不治罪，先助鳖灵安顿族人。至于开明族几千号人安置于何处，倒是颇有些为难。新烧林开荒开田建房吧，时间太长，要好几个月呢，就误了今年农时。你开明族只惯于种田，不惯于渔猎，明年吃什么啊？……嗯——我看，不如就将去年岷江大水冲淹的那几个村落和土地，全部都划给开明族安置吧。屋基田地都现成，一个月即可安顿好，还可抓住农时，种下庄稼。至于建屋建村所用粮草材料，可在我府库酌量开支。此事由老国相领办，按需领用，不得靡费，不得有误。熊虎将军手下五个百丁队，是我蜀国最精锐的部队，能干极难之事，能成极大之功。你们护送开明族从荆到蜀，患难与共，亲密无间，帮人就帮到底嘛，这次也一并帮助开明族建村开田吧。今后，熊虎将军就带着这五百壮士，跟随鳖灵治水吧。你们也算是患难之交了，有你们在，鳖灵放心，才'五心可定'嘛。是不是？

"近几年我们都不打仗，就做一件事——专心治水兴农！这是我蜀国的立国之本啊。好了，此事下次再议吧。现在啊，我们还是先来尝一尝楚王享受的贡谷香米吧。"

说毕，望帝叫来厨官，吩咐他去找府库官，将熊虎将军刚带回入库的贡谷稻种称出十斤来，即刻碾米做成白米干饭，一人一碗，呈送上来。

一听要将贡谷稻种吃了，鳖灵急了，冲口而出：

"哎，大王欠妥，大王欠妥啊！我们楚国有句农谚：'饿死老娘，不吃种粮。'这千辛万苦弄回来的稻种……还请大王好好保存啊！大王……"

"好你个鳖灵小屁后生，还真倔哪！稻种金贵，我岂不知？我可是谋划了一年，花了五百精兵，一百驮货，一百斤银子，费了半年多的辛劳才……嘿，在蜀国，你就要说蜀国话，听蜀国话！少来什么‘我们楚国’！懂不？”

望帝沉下脸，不轻不重地训了鳖灵几句，心里却暗暗高兴：嘿，看看这倔脾气，这臭楚娃倒有几分像我！是啊，没点倔脾气哪能担当大事？哼，这个臭楚娃！

鳖灵即刻闭了嘴，不敢再多说半个字。

君臣欢饮畅谈，直至深夜方散。

鳖灵来到殿前广场，仰望夜空，一轮圆月浮在中天。天宇清朗，万里纯净。广场上，族人们已三两簇簇席地而卧，围在温暖的火堆旁沉沉睡去。苦难的亲人们，这半年来，他们第一次吃了顿饱饭，第一次睡了个安稳觉。夜空中，隐约传来家乡的楚音絮语，是那样亲切，又是那样柔弱，似乎充满无奈与不甘。鳖灵长叹一声：我族人痛失家园，颠沛流离，饱尝苦难，我之罪啊！若能重振开明，族人尽皆欢笑，我鳖灵这条性命，累死饿死，粉身碎骨，献给天神又有何所惜！望帝对我开明族仁慈护佑，安排周到，令人感激，理应肝胆相报，不过其意多半也是为了让我治水患。那么大一条岷江，是十条鳖河也比不上的哟，从哪里下手治啊？譬如要登天，哪里去找梯子啊？唉，还能推得脱这治水的差事吗？难呀，难……天神啊，让我喘喘气，给我指条活路吧！父母惨死，家破人亡，卢儿稚幼，荆姬啊，我该怎么办哟……心力交瘁的鳖灵，靠在殿前巨大的石像底座旁，心乱如麻，酒力上腾，一阵头晕，不觉沉沉睡去。

老国相悄无声息来到鳖灵身旁，看着他憔悴的面容，紧皱的眉头，摇了摇头，脱下自己的老麂皮大褂轻轻给他盖上，坐在一旁沉默无语。多年治水，如奴役般的劳苦奔波，已几乎耗尽了自己衰老的生命。水患是蜀人大敌，水患不除，不甘心哪！

这下好了，英武壮硕的后生鳖灵从天而降，还十分的贤德。刚才若不是他仗义执言，还不知盛怒之下的望帝会做出什么样的重罚呀！鳖灵，这定是一个敢担当能成大事的人。可以把这副治水的重担交给他了，他一定能成功的。望帝初次见他，就敢于把国相大任委于他，望帝的英明果敢真令人叹服啊。水患是蜀国的大患，望帝的大患，也是自己的大患。自己已老迈无能了，若能帮鳖灵一把，让他一举治住水患，于己于国那都是功德无量啊！自己都这把年纪了，纵然是累死又有何妨！老国相暗暗发誓：竭尽余生之力，余生之命，一生的治水教训，一生的治蜀心得，以命相助鳖灵治水成功。

荆姬父女俩也来到熟睡的鳖灵身旁。看着丈夫独自睡在冰冷的地上，荆姬心疼得叹了口气，麻利地点起一个火堆，紧靠丈夫坐下，伸开手臂把丈夫的头轻轻揽在怀里，盖上麂皮大褂，两人相依相偎，温暖入睡。老国相站起身，轻轻拉了拉开明族老族长，两人走到稍远处坐下，点燃一个火堆。这两位在命运的转折点上做出选择，走入了同一条命运之路的陌生老人，竟然亲如兄弟，整夜絮絮长谈。两族数千人口的生死命运紧紧相连，就在转瞬之间哪……

今夜老望帝却睡不着觉，他躺在寝宫宽大的床榻上，兴奋难眠：那鳖灵英武睿智机敏，果然是个胸怀坦荡的男子汉。老夫阅人无数，这样的人才，百年罕见哪。我一见就喜欢。真的是上天派来辅佐我的人吗？用他为国相，把再大的权力交给他，尽用其才，也不会担心他萌生什么野心，威胁我杜宇王朝，毕竟，他在蜀国毫无根基啊！而他的智慧，还可制衡那心机深不可测的大巫师。大巫师对我百依百顺，对大臣们口舌如刀，刻薄寡恩，这人不得不防。我那储君大事，是一个抹不去的心病。托付于大巫师，此人太狡猾，不放心；托付于天象，此人又太老实，也不放心；托付于鳖灵如何？这倒是一条好路。嘻，为时过早，为时过早哇……那件最隐秘、最抓心的大事忽地涌上心头——前年，他那唯一的储君儿子病死了，只能让年幼的孙子做储君，就必得选一个德行高的镇国大臣来辅佐。唉，偌大一个朝廷，竟就没有一个合适的人哇……前天大巫师奏报，他夜观天象，在主蜀国的星宿内，有"主星暗，客星亮"的天兆，他在此时奏报此事，又是何意……

这夜，大巫师在自己的房间里也睡不着觉。偌大一个蜀国，能压他一头的人就只有老国相了。望帝老迈渐昏，已无甚作为。他子丧孙幼，一旦他升天，这蜀国之君位嘛，能同他争的人只有老国相一人了。今天眼看着望帝动怒，或杀或贬，就要除掉此人了，不料却横着拐杖冒出来一个鳖灵，只三两句话就把老望帝的杀心轻轻软软地给堵了回去。这个鳖灵，可怕，可恨！夜看星象，主星暗弱，客星闪耀，难道是暗示这楚人鳖灵竟要代替老望帝？不不不，这绝不是天意，绝不能让这个闯入者搅了我蜀国的锦绣江山！老望帝要重用他为国相治水？好哇，最好把他耗死在治水难关上，或是借望帝之手除掉他。治水能成功吗？治水治了都好几百年了，十几代人了，岷江水神能甘心服输吗？哼，笑话！除掉他的机会总是会有的。他一个外乡人，在蜀国无一点根基，根本不用怕他，但，得时时提防他。

月圆皎洁，清辉万里，万物萌动，春夜犹寒。

这是开明族和鳖灵在蜀国度过的第一个夜晚。命运之路崎岖又漫长，哪里是个头啊！历史巨变，改朝换代，国家兴亡，有时很难很难，千万人血流成河也不可得；有时却就是那么简单而偶然，一觉醒来睁眼一看，咦，天翻地覆，猴子竟成了大王！万能的天帝，伟大的天帝，就在今夜随手布下了一枚奇特的命运种子，随手撒入这几位古蜀国凡人的心田。他们将会依照各自的魂灵心性，演绎出一幕幕惊心动魄的悲喜大剧，书写自己个人的命运，也改变了蜀国的历史道路，从而推动了蜀国的文明进程。命运的种子即将发芽，三年后才知晓结果呢。是的，三年很长，不过，在天帝眼里，那仅仅只是一瞬而已！

次日清晨，辞别了望帝，在老国相的引领下，开明全族老幼妇男随同熊虎将军的兵丁们，杂七杂八，浩浩荡荡，带着望帝赐予的粮食工具及建房一应物材，来到岷江边上的"开明新村"。众人放眼四看，只见房倒树断，村貌破败，田地荒草丛生，寂无人烟。野兔鼠蛇乱窜，成了这里的常住民。附近是大湖沼连着大森林，未开垦的原始灌木丛足有两人高，一直铺向远方，一眼望不到边。望着根本没有河堤的平原，鳖灵不由得倒抽了一口冷气，立刻就领悟了望帝那看似随意安排的深意。不由得叹服老望帝的精明过人。看来，自己已在无形之中就被这位慈祥的老人，轻轻地温柔地套上了马笼头，牢牢地被他掌控了。

此处平坦，宜建房，宜开田，宜居住，又有大湖沼，不缺水还能捕鱼，还有大森林，不缺柴烧，还能打猎，的确是块风水宝地哪。开明族能分封至此，谁能说不是望帝的格外恩赐呢？只是此处紧靠着野性不驯的岷江，又是低洼无堤之地。若突发大洪水，悲剧将重演，全族必将像原住民一样，沉入水底，惨遭灭族之灾，鳖灵族就真正变成鱼鳖族了。你鳖灵族住在这里，嘿嘿，聪明的鳖灵，善治水的鳖灵啊，你能不治水吗？你能不听话吗？哈哈哈……鳖灵似乎听到了老望帝那睿智而狡黠的笑声。望着这片充满大希望又潜伏大危机的土地，鳖灵清醒地知道，他已经没有了选择，没有了退路，没有！从他卖稻种给蜀国那一刻起，命运之路就这样一步步连环展开，还根本没有岔路，没有选择，直端端地就把他引到这里来了。遭受重创奄奄一息的开明族，亟须休养生息；同样，家破人亡奄奄一息的鳖灵，也亟须片刻喘息，医治父母双亡的创伤啊。看着远处已经开始忙碌清理屋基的族人，鳖灵叹了口气，天神啊，就不能让我喘口气吗？望帝啊，鳖灵臣服了，臣服了！他忽地握紧拳：嗒，拼吧！将千难万难咬碎咽下，万斤重担我一人担了！只此一条路，只有我来闯！心一横，咬紧牙，胆气横冲，为救全族必治水！谁来治水？舍我其谁？对，我就来治水吧！决心已定，放下千种思虑万般挂碍，他反而感觉有股莫名的轻松涌上心头。他默默地放松紧握的双拳，定了定躁乱的心神，缓步走向站在河边四下瞭望的老族长，低声平静地说：

"阿爸，我们的新家……就是这里吧？"

"嗯，就是这里。这里蛮好啊。"

"那我必须去治水啊！你看这，连河堤都没有。就是垒河堤，下蛮大蛮多的功夫，也挡不住大洪水呀。要保平安，保子孙后代，只有治水嘞！"

"是啊，谁都看得出来，不治水不行啊。"

"去年发过大洪水，昨天听望帝说，这岷江三五年发一场大洪水。我治水，必得三年内成功。不然，全族就命悬一线了……"

"那就三年吧。你去吧，家里荆姬和卢儿有我呢。"

"那就这么决定了？阿爸咄，我们没有别的出路了，我们也没有回头路了哦……"

"不回头！人世间本就没有回头路嘛。"

"阿爸咄，那苦了你了。重建开明村这几千人的大事，孩儿帮不上忙了，也不能在身边给你尽孝了，连我自己的家，荆姬卢儿他们，也都只有靠阿爸你了……孩儿不孝啊！"

鳖灵说着说着，垂下了头。

"伢子啊，最苦的人是你呀！你要吃下多少苦，才能换回全族这几千条人命啊！我们也都帮不上你呀，一座大山的苦累，只有你，你一人独自扛啊……我的个苦命伢子啊……你阿爸阿妈遭难，家破人亡，你心里也正苦着啊，我的个苦伢子……"

岳父紧闭双眼，老泪涌出，轻轻拍了拍爱婿的后背，扭头背过身撩起衣襟擦泪，垂着头不再说话。

别无选择，只此一途，没啥好商量的。岷江边上，鳖灵同老国相、熊虎将军及族长、众长老一起围成一圈，蹲在地上商量。脚还没蹲软，即刻就议定了：由老族长、众长老在百丁长蛮牛率兵丁的帮助下，带领族人建房建村、开田开地，抓农时种下庄稼，重建开明家园。鳖灵同老国相、熊虎将军沿岷江两岸了解水情民情，走破鞋子，想破脑壳，必得要找出治水的门道，动手治水。两事两拨人众，都须在一个月内完成，在下一个月圆之日向望帝交旨。生死大事，谁敢含糊！

鳖灵一行人当天下午就出发，在老国相的带领下访村寨、摸水情。一路上，老国相将蜀国的山川气候、朝里朝外部落大姓、渔农工匠各色人等的凶善利害全都倾心相教。老国相不愧是智者长者，整个蜀国都装在他心里呢。除了治水，他啥都知道。说起治水无功的原因，老国相剖心剖肝地对鳖灵说：

"要说治水无功啊，一是我老迈无能，找不出治水的要害。二是那大巫师处处掣肘，动辄以违天神伤水神为由，束我手脚。只能补堤加堤，栽树护堤，小修小补，难有大作为。我看哪，要根治水患，非得有改天换地之策，翻江倒海之力，不畏鬼神之勇，血拼敢死之气，重新安排山河，方能建这万世之功。不寻常之人，才能成就这不寻常之功！我相信你鳖灵就是一个不寻常的人。你看，你在荆楚就善治水，为啥千里万里来我蜀国呢？这正是上天的安排嘛，是天意啊！鳖灵后生啊，你就放开手脚干吧，我必拼了这条老命助你成功。"

鳖灵紧紧握住老国相的手，动情地说："叔啊，为民治水，我离不开你啊。我们一起就拼命干他一场吧！"

说话间，一行人乘独木舟来到江左岸，这里是常姓大族的村寨。那常族长是五大姓大臣之一，在望帝宴会时是见过鳖灵的，知望帝必重用此人为国相治水。又见是老国相和熊虎将军二位大臣亲自相陪，赶紧拄着他的双蛇头拐杖，急忙跑出家门口庄重迎接，径直迎至宗祠外议事厅坐下。

说起水患，常族长就激动起来，花白的山羊胡子翘个不停，话如江水，滔滔不绝：

"……就拿去年那场大洪水来说吧，就差点要了我的老命啊。洪水突来，是桃花汛，春暖花开，没下雨，是岷山山顶大雪山雪化了出的大洪水。我腿有病，拄拐杖，跑不得，亏得狗娃机灵，拼死背着我跑，大水就在后面追，像一群恶狼啊，龇着牙追我。逃到山坡边才跑脱。狗娃再赶紧跑回水中去救他婆娘娃儿。哪里找啊？可怜他也没能回来，冲走了，死在水中了。亏得狗娃婆娘把她三岁的儿子捆在大树枝丫上，水退了儿子才得救，她自己也被水冲走了，找不到了。两口子都死了。狗娃他妈那天正好在山坡上打柴，才躲过洪水，捡了一条命。那场洪水啊，害死我常族五百多口子人哪，十股就死了一股。惨！惨啊！狗娃妈哭儿子儿媳，把眼睛都哭瞎了，一个瞎婆婆带着个小孙儿无依无靠，遭罪啊，我就把她接到我家来住。治水患，百姓盼了多少年多少辈了，眼睛都盼瞎了啊。谁能治住了水患，谁就是我常族的大恩人啊。我常族定为你建祠立碑，年年祭祀供奉，永不忘你的大恩大德呀！"

说毕，望着鳖灵，不住地摇头叹息。

"说个啥么子（方言，什么）事啊？常长老啊，治水的事我还没想好哇，再说呢，谁稀罕啥子建祠立碑呀？"

鳖灵不明白这是常长老的试探，张口就说出了自己的心里话。

"鳖灵大人，为我们治水吧！救救我们蜀国百姓啊！你有这个神功，望帝信你，百姓信你，天神也信你。瞎婆婆，快带你孙儿跪下，求鳖灵大人为我们治水吧！鳖灵大人，你看看门外啊……"

常长老手指点着门外，不知什么时候，门外院坝上已跪了一大片常族乡亲，后面还有人不断跑来跪下，竟都低声念叨着"鳖灵火火""鳖灵火火"……鳖灵见这阵势，又感动又作难，皱着眉头摊开双手，转身向常长老嘟着嘴说：

"我说常长老啊，我知你盼治水心切，可也不能如此相逼呀，天上没有黑云就打雷，干响（想）嘛。唉！"

"哪里是我逼你嘛？这些族人是听说有个能治水的鳖灵大神来了，就都跑来了哇，我又没有喊他们来……"

"那喊'鳖灵火火'是咋回事？这可是不敢乱喊的啊。"

鳖灵带着几分恼怒，问道。

"呃，这个呀，那天迎接你入蜀宴会回来后，我在长老议事会上说过：来了一个善治水的鳖灵大人，连望帝都喊'鳖灵火火'呢。我们有救了，有盼头了——大家或许就是这么跟着喊起来了的吧！"

老国相一听此话大笑起来，插言道：

"依我看，鳖灵大人不是不愿为大家治水，只是不摸清水情，下不了决心，找不到一个治水的好办法呀！我治水多年，啥办法都用了，还是没治好水呀。你看嘛，他连家都没安顿好，这就带着我们察水情找办法来了嘛。他也是真心想治水的啊。"

"鳖灵大人一定会有好办法的，他就是天河里的鳖神鳖精下凡变的。你听这名字，就很有名堂：鳖灵鳖灵，鳖一来就灵嘛。他有神功，他会打洞，说不定打个洞，一下子就把岷江洪水从洞里引到平原外面去了呢！"

常长老半开玩笑半认真地说。鳖灵听了又好气又好笑：

"哎呀！我说常长老啊，我本是楚国鳖县县令，人们喊久了鳖县令，就喊成鳖令，后来就喊成鳖灵了。我是开明族人，还是姓开明嘛，啥么子鳖神鳖精的啊！"

说毕，鳖灵起身面向众人，高举双手，恳切地说：

"乡亲们啊，洪水大妖，我们一同战胜它。你们常族，还有我开明族，同蜀国万千百姓同命运共苦难，就算拼血肉拼性命，我们也拼他一场。就算是洪妖它为害百年千年，我们百姓十代百代，总死不绝，总要拼死它！"

次日，鳖灵一行人离开常族村寨，渡岷江回右岸，继续沿江上行。一路上，鳖灵少言寡语，细看滩湾水势，河堤高低，卵石大小，支流来水……脑壳里头却不断冒出常长老的"瞎胡话"：鳖精、打洞、从洞里把洪水引走……心中暗想，要是真的能变成一只巨大的鳖精，打个巨洞引走洪水，不也是一件好事嘛！想着想着，觉得荒唐可笑，自己也不觉笑出声来，直摇头。老国相见鳖灵傻笑，一问缘由，也跟着笑了起来：

"打洞引洪水我没想过，开岔河分洪水我却干过，不行啊……"

"开岔河如何不行？"鳖灵一下子来了兴趣。

"开岔河分洪，确能减少洪水。但岷江洪水凶猛，几个浪头就能冲毁岔河河口，反将岔河冲成岷江正流。洪水滔滔冲进岔河，又成新洪灾。要害是能找到一处冲不垮的岔河口！你看这岷江两岸河堤呀，甚至整个大平原呀，都是古时岷江冲来的沙石泥土。它能冲来，也能冲走嘛。嘿呀！哪里找得到冲不垮的岔河口啊——此路不通，莫想莫想。"

一行人说说走走，不觉就爬上了玉垒山，这里是岷江出山口。只见岷江从万峰青山中蜿蜒穿出，出玉垒山山口向西南奔腾而下，像一条玉带将广袤的平原分为两半。平原上，是一眼望不到边的茂密森林，其间镶嵌着星罗棋布的大小湖泽，闪映着天光。林间空地，是一些小村寨和小块田地。几缕细细炊烟，从村中袅袅升起。

"好地方哪，嘿，真是个好地方！"

鳖灵站在玉垒山上，极目远眺，不觉大声赞叹。突然，他愣在那里，张大口，好一阵说不出话来：这这，这天造地设的山川似在哪里见过。是梦中？是前世？怎么同我家乡那么相似啊？不，比我老家还要宏大壮美十倍百倍！可开垦的肥田沃土十八辈子孙都开不完啊！真是好地方啊！上天拿走了我温暖的家乡，却又赐予我另一处更加美好的家乡！难道是天神在向我昭示什么吗？蜀国山川大地之美，天下少有啊！

鳖灵突然转过身，一把抓住熊虎的衣袖，手连连指点着远处，兴奋地问：

"将军，你看你看，将军以为这里像何处哇？"

熊虎顺着他的手指看去，河流、平原、小村……凝视半晌，突然喊了起来：

"像，像你家乡！我们这里，不就是西山野猪坪嘛？！"

两人拉扯着跳脚大喊大笑，眼泪都笑出来了，弄得老国相一头雾水，不明就里。半晌才弄清缘由，不由得深深叹了口气，仰面向天，双手高举，感慨万端，喃喃虔诚祷祝：

"天神啊，伟大的天神，你的安排是这样的巧妙。世间万物都是你的造化啊！你也一定能给我们指引一条治水之路的。天神啊，救救我们蜀国吧！"

西山脚鳖河旁，玉垒山脚岷江旁，可爱的故乡同蜀国开明新村重叠起来了。恍惚间，鳖灵竟忘了身在何处，此身又是哪世哪劫哪个轮回。悲喜突涌，激荡心魄，真个令鳖灵难以自持。他双拳紧握，冲天挥了三次，连连大喊：

"蜀国就是我的家！治水！治水！我要治住这岷江！"

他知道，这就是命运的安排。一切都是天意！

突来的激动渐平，他心底分外宁静，头脑格外清醒，萌动着缕缕纤细的智慧之芽，在黑暗中不断向空间四处探索生长——这正是灵感喷涌前的宁静。鳖灵沉下心来细看那山水万物，呀——她们竟都焕发出异样美艳的色彩，令人心驰神往，人与山水相融，物我两悦。在这神奇的地方，一定还藏有神奇绝妙的山水奥秘！他心灵的触角贪婪地抚弄着玉垒山，细细地触摸着山湾河流土坎岩石……他顺着玉垒山一寸一寸看下去：一道小山梁从玉垒山斜斜地伸到岷江边，像是多情的玉垒山仙女伸出了一只玉手，要轻轻揽住岷江、留住岷江，不舍它远去似的。在那手腕细处，窄不过五丈，大约就只有五丈，在那里打个"鳖洞"，分流洪水，分水口绝不会被冲垮……在洞后，再开一条大堰河向东分流洪水……西边水患除、东边水田开……灵光如一道闪电，瞬间照亮了慧心中藏在暗处的绝美宇宙！啊天！天啊天！天神啊！这是多么完美的一幅图景啊！多么完美的……

"哈呀——"鳖灵猛抽一口气，心不跳动了，张着大口也出不了气，脸憋得发紫，双眼直直瞪着，如死去一般僵硬呆立。这模样吓得熊虎抱住他，直抹胸脯子，直拍打背壳子，连连呼喊："哥呀哥呀，你做啥子了？发急火痧了吗？哪里痛呀……"鳖灵好一阵工夫才清醒过来，胸口剧烈起伏直喘粗气，眼里含泪，又哈哈大笑着四处观望，寻找刚才的梦境，直嘟囔着："手腕，那只手腕……"然后不由分说地推开众人径直向山下冲去，直奔那只"玉手手腕"。他在荒草丛中，上下左右爬上爬下，像疯了似的跑来奔去。见一群人都跟下来了，从一个兵丁手里夺过一把铜锸，就狠命地刨土。然后趴在地上埋头细看那土下的坚硬岩石。不停地摸着岩石，半天不说话。

人人都不敢开腔，张口互相望望，互相摇头，是疯是癫，不明就里。这时，睿智的老国相说话了：

"我猜想，你是想在这里打洞开岔河分洪水吧？好地方啊，真是绝好！——这是岷江出山入平原的最后一道小山梁了。岔河河口是硬石崖，天大的洪水也冲不垮吧！"

停了一下，他又冷冷地说：

"这是硬岩石！咋挖？咋开洞？——别做梦了！硬石头山一座，她叫玉垒山！"

鳖灵也不答话，站起身来出神地凝望天空，透过层层白云，仿佛看到了九霄云外的天神。他在心里默默念道：天帝呀——伟大的众神之神！恩谢你的指点啊，你是爱我鳖灵爱我蜀国的啊，你给了我命运的苦难，也给了我命运的希望。你真是公正伟大的众神之神啊！好一阵他才收回眼神，怪异地默默环视众人，面色凝重，也不说话，又低头默思良久。然后抬起头来，似笑非笑似癫非癫，说了声：

"走啰！回家家啰！"

掐指一算，转眼就到了望帝约定的时间——"下一个月圆之日"了。

这天，乡亲们聚在开明新村路口，送别远去的英雄。全族两三千条性命都系在他一人身上啊。要治住岷江，降伏河妖，谁都知道，这将会是一场怎样惨烈揪心的漫长的搏斗呀！我们的英雄还能回来吗？从族长到众乡亲没有一人说话——该说什么呢？能说什么呢？人们脸阴沉沉的，心阴沉沉的，阴沉沉的眼睛都盯着青松般挺立的鳖灵，只有默默为他祈祷。鳖灵将怀中抱着的卢儿使劲亲了一口塞给小玉，也不顾卢儿撕心的哭喊，从岳父手里接过沉沉的大铜锤：

"阿爸，三年期限过时，我还没回来，就不会回来了。你们就要准备逃洪水了。——不要来找我。"

他伸手去拿荆姬怀里紧紧抱着的衣包，荆姬抓着不放，鳖灵轻拉了两下，再稍用力拉过衣包，斜挎在肩上，又把大铜锤往肩上一扛，扭过头背对着荆姬，闷声留下一句话：

"不要来找我，把卢儿养大。"

说毕，他转身大步流星走上大路。荆姬追了几步，大声问：

"你多久回来啊？"

"三年。"

"我是说回来歇口气，一个月回家一次？"

"三年。"

"半年一次？"

"三年。"

"一年——嘛——"

"三年！"

……

鳖灵头也不回地走远了。他没有一点多余的时间，他也顾不了亲人家庭了。五天前，他就请老国相、熊虎将军和五百兵丁回家做准备，安顿家人，整理工具，带齐衣被。约好今天正午在望帝殿前广场聚齐不误。

治水不成，只有一死，绝无退路！

见丈夫头也不回地走向远方，越走越小，荆姬无力地瘫坐在地上，紧紧地抱着卢儿，泪脸紧贴着卢儿满是泪水的脸，心里空荡荡的，无声地抽泣起来：

"他会累死的啊……你们，帮帮他嘛……"

她回头悲伤地喊叫，泪光中，乡亲们都变矮了，齐刷刷跪成一片，将额头紧贴尘土，肩膀轻轻耸动着，人丛中传出阵阵抽噎的声响，瞬间，如山洪冲溃堤坝般，一声轰响，就都号哭起来……

蜀王宫殿，卫士四列。大殿上，望帝全身帝王装束，手握权杖，头戴王冠，端坐在自己的熊皮宝座上。他长髯垂胸，长眉垂耳，虽面呈老态，双眼却依然威严有神。望帝看了看分列两边的大臣们，一个个装束整齐，气象肃穆。大臣们都知道，今天是望帝决定大事的日子，哪敢不万般小心伺候？望帝仔细打量站在殿前正中的鳖灵，只见那鳖灵精神焕发，与一月前的憔悴疲弱判若两人。他束发在顶，用一块红布把头发包住。穿一领细布半长黑衫，却是右衽。系一条豹皮腰带，足蹬一双豹皮轻靴，整齐利落。宽额阔面，红脸膛，浓浓的连鬓短须，根根硬直如针。眼眶微凹，眼球突出圆睁。

"嗬，还真有几分蚕丛古王之风哩，好人才啊！"望帝在心中暗自夸赞。他为王几十年，阅人无数，像鳖灵这般坚毅如石，灵动如豹，胸藏风雷而不卑不亢的人物，还真从未在他眼前出现过。望帝微露笑容，轻轻点了点头，朗声开言：

"鳖灵何在？"

"草民在。"

鳖灵正衣下跪，躬身答道。

"你开明族可已安顿好？"

"上复我王，叩谢我王，开明族已新建泥木简易房六百余间，建新村五个，修整旧田五百亩，开垦新田新地三百亩。全族安居，已开始播种秧田及瓜豆菜蔬。全赖老国相调运物材，熊虎将军兵丁出力帮助。家家都颂扬我王望帝的慈爱关怀，敬仰我王如神灵。大王恩德，全族永记在心。"

"好啊！还记得一月前本王的话吗？本王今天将拜你为我蜀国国相，专务治水大任。你现在可敢领旨？"

鳖灵抬起头来，双眼望着望帝，平静地说：

"一月以来，臣访察村寨民情水情，所到之处，百姓伤痛水患，盼望治水，如冬日盼太阳，天旱盼雨露。草民日夜深思探求，悟出治水之大道，还是得用先祖大禹王当年治水之策——疏导！这是根本大法。如何疏导，臣已思得一策。只是此策必得大巫师为主将，臣为副将，臣辅佐大巫师才是。"

望帝疑道：

"哦？是何策，竟要大巫师出马为将？大巫师年岁已高，瘦弱不能劳动，且他专管星相神巫祭祀诸事，哪能再兼他任？"

"此策要动山动水，必会冒犯山神水神。其实，也根本无须大巫师亲自动手劳动，只需他及时祭祀作法，勾通天地阴阳，祷告山神水神，镇住恶神恶鬼，容我开山引水，改换天造。神灵不怒，佑我成功。"

说着，那鳖灵不慌不忙，从怀中拿出一卷刮得薄薄的白羊皮来。展开来却是用松烟画成的一幅地形图。走上前，摊开在望帝的长席桌上。众大臣也一拥而上，伸长脖子，围成一圈埋头细看。鳖灵用手指点着：

"大王请看，这里是岷江出山口，两山夹峙，江水由山口流出。山口以内，岷江只能老老实实依山势转折，规矩蛇行。一出山口，岷江就如猛虎出笼，再难约束。平原之上，任它纵横，造成水患。岷江水枯时，河里只有三四分水，水盈满河道时，有十分水，发洪水时有十一分，就漫堤成灾了，淹田淹人，百姓哭天。要治住岷江从根根上解除水患，就只有分水疏导，再修一条人工堰河，将岷江洪水分走三四分，那样一来，岷江洪水就只有七八分水了，就不再会漫堤成灾了。只是这分水口必得选一坚实可靠之处，才能顶得住大洪水的冲击。老国相也曾开堰河从岷江分水，平日里那江水驯服，平静无事。但暴雨突至，洪水陡涨，如鬼怪群魔齐出，轻易就将那泥石垒就的分水口冲烂溃垮，江水浩荡涌入堰河，竟成岷江主河道，漫淹平原四野，酿成更大水灾。老国相苦心分水之策深合水情，但不合地理，要害是要找到一个可靠的分水口！这个分水口也须得两山夹峙，牢靠坚固，千年大洪水也冲不垮。这样的分水口有没有呢？啊，天神啊，上天的造化是多么的奇妙哇！她赋予了岷江水神暴戾的魔性，也赋予了我蜀国驾驭水魔的'马笼头'！所谓'天伤我一灾，必赐我一福'。感激上天恩赐我蜀国、厚爱我蜀国，这样的分水口还真有一处，也是仅此一处，独此一处：玉垒山山脚！就在这里……"

鳖灵手指着地图上的一个圈，继续侃侃而谈：

"就在这里，那玉垒山伸出一只手臂来，就像是要把岷江揽入怀中，不舍它流走远方。就在手腕最窄处，约有五丈厚，可以凿开一个二丈宽的石门，把岷江洪水分出三分流入石门，石门后面，另开掘出一条大堰河，让分流出的洪水顺大堰河沿平原北部往东走。从我蜀国地势看，平原北高南低，岷江水走西南方，西南方易遭水淹；而东北方缺水，又难开水田。要是能凿开石门，这西南方岷江水减三分，不会再有洪灾，而东北方有大堰河水流过来，可新开稻田何止万万千亩啊，蜀人都种不过来了……"

话音未了，众大臣人人喜形于色，一片夸赞之声。一位大臣高兴地喊道：

"呃，好啊，好得很啊！我族就在东北方，我们不怕水灾怕旱灾，就因缺水啊，开不了水田……"

望帝也含笑直点头，手捋长须，若有所思。只有老国相皱眉不语，沉吟半响，说出一段话来，如一盆冷水当头淋下：

"此法甚妙甚高，若能实现，必能一劳永逸消除百年水患。我只问一句：凿石门如何凿？开大堰河过老猛林子得要多少年？这天大的工程要耗去多少人工物料，我蜀国耗得起吗？你算过没有？想过没有？难难难！难啊……"

一时，众大臣又面面相觑，缩着脖子，哑口无言了。望帝也摇了摇头，回望鳖灵：

"是啊，老国相之言说到了痛处哇。我也正想问，你有何神力，竟敢去凿这玉垒山，开出石门呢？这石门足有五丈厚啊，还那么高。要能凿开，那真是得有天神的大法力才行啊！"

鳖灵环视众人，不慌不忙地答道：

"我没有什么神力，只有死拼到底的毅力！也没有什么神仙相助，只有火神相助。办法只有一个：火烧！不分日夜地火烧，烧化玉垒山。烧化一层，剥下一层，再烧化一层，再剥下一层，直到烧出一道石门来！"

望帝和众大臣听鳖灵如此一说，像是看见大象飞天，听见猴子说话，更是个个惊愕：

"火烧？能烧垮玉垒山吗？能烧开石门吗？"

"谁干过？"

"谁听说过？"

"谁……"

在一片嘈杂的疑问声中，传来了鳖灵坚定明晰的声音：

"火烧！对，就是火烧。青铜从何而来？——火烧化铜矿石嘛。白银从何而来？——火烧化银矿石嘛。玉垒山一片大森林，有的是木柴木炭，用猛火烧，即便一天烧化下一分，几年下来，总能把那玉垒山烧出一个大缺口来，让洪水从缺口分走。说到大堰河过老猛林子，是，确实不是一代人能做到的事，可能要代代人来做。代代挖长大堰河，代代开新田。蜀国要富强，百姓要吃饱饭，还得要一步一步地走。现在我蜀国最要命最急迫的事，就是水患！水患不除，国不宁，民不安，望帝老人家吃不下饭。望帝盼我的，就是除水患！"

鳖灵一席话，说得是铿锵有力，头头是道。众大臣你望我我望你，将信将疑。最后都望着望帝，听望帝的决断。鳖灵说的话简直就是"神话"，"神话"也只有神人才懂得起。神人是谁？神人就是最有智慧最伟大的望帝，他来自上天，他能决断一切。

"鳖灵啊，你确信烧，就是用大火烧，就能烧开玉垒山石门？这可是关乎蜀国生死兴亡的大事啊！你来我蜀国，虽献稻种有大功，却还算不得一个地地道道的蜀人。凿山治水这么大一个工程，交给你，是要以全族身家性命为担保的啊！成，是蜀国千秋功臣；不成，耗垮蜀国是千秋罪人，是要灭门灭族的啊。你可知晓这天大的利害？"

那鳖灵腾身跳起，睁圆双眼，紧咬嘴唇，双手解开右衽衣衫，反穿成左衽，与蜀习相同，叉手在腰：

"我全家全族投蜀，视蜀国为家乡，视望帝为亲亲的大王。见这岷江祸害百姓，百姓无不伤痛水患，我王也心忧如焚，寝食难安。我，鳖灵，今已为蜀人，誓与蜀国百姓同福同难，为望帝分忧解难，驱水妖除水患。我开明全族就扎根在岷江边上，以岷江土地为我衣食，以岷江河畔为我家乡。治水不成，无须望帝下令灭门灭族，下一次岷江大洪水冲来，最先冲淹的，必定就是我开明族。我开明全族就会被岷江水妖直接灭门灭族了！根除水患，蜀国兴，我族生。开明族和蜀国血肉相连！生死相连！此志天神可鉴！"

说毕，举双拳向天连挥三次，大呼：

"望帝火火！"

"望帝火火！"

"望帝火火！"

望帝见状大喜，所有疑虑一扫而空，也为自己分封开明族到岷江边，阴逼鳖灵就范治水的巧妙谋略而暗自得意。他缓缓站起身来，转眼间，笑容愁容都从脸上消失了。他威严的目光从众臣脸上一一扫过，铁青着一张刻满风霜的脸，却不言语。众臣都知道，决定蜀国命运的时刻到了，一颗颗咚咚跳动的心，都提到了嗓子眼。只见望帝向前一步，面对鳖灵，注视良久，他从鳖灵那平静如湖水的眼睛里，看到了辽阔万里的平原，看到了不生不死、了无挂碍的永恒生命。他缓缓点了点头，慢慢解下镶满黄金宝玉的佩剑，双手紧握，手背上青筋暴突如蚯蚓，抬头面向群臣，突然气雄声洪发下敕令：

"今天，我要做出我为蜀王几十年来，最艰难最紧要的一个决定，事关我杜宇王朝生死兴亡国运，事关我蜀国百姓生死温饱祸福。天神在看着我，祈天神护佑我蜀国。

"鳖灵听旨：我今拜你为我蜀国国相，位在我一人之下，众臣众民之上。专务治水，全权提调国内一切臣民物材。这柄长剑，为良匠精工锻造，三年乃成，锋利无比，随我征战三十余年，横扫天下，不知斩下过多少人头。蜀国臣将百姓无人不识此剑。今赐你此剑，剑到之处，如我亲临，众臣众民必得听命！违者可立斩不报！

"鳖灵国相治水，赐你三年为期，务必成功。无功即用此剑自削头颅，以谢天下。

"三年内，我们都不打仗，不修宫殿房屋，不乱耗一分物资，不准大吃大喝。倾尽全国之力，倾尽全国之财，只做一件事——治水！治水！就是治水！！

"鳖灵国相！接旨！"

"臣鳖灵——接旨。"

望帝双手紧握宝剑，双眼盯着鳖灵。那鳖灵上前一步，下跪，双手接过沉甸甸的宝剑，立起，后退三步，嗖的一声，抽剑扔鞘，揪出一缕头发，一道寒光闪过，竟挥剑削下一束头发来。握发扬手，叫道：

"天神在上，望帝在上，三年治水不成，头如此发！"

说毕，弯腰拾起剑鞘，插剑入鞘，然后抱剑侧身肃立望帝身旁。

"大巫师何在？"

"臣在，下臣在此听命。"

大巫师被望帝突发的威势震慑了，战战兢兢，躬身伏地。

"命你时时祷告天神，献祭水神山神，祈求诸神保佑国相治水成功。若心不诚神不佑，国相治水受阻，也拿你全族问罪。

"你可去我府库中，备下象牙五对，犀角五支，在国相动土开工之时，以我蜀国最高规制、最隆重仪式，祭祀天地神灵。祭祀由鳖灵国相代本王行主祭大礼。一切均须隆重用心，以感天地众神。"

"下臣听命。"

"老国相何在？"

"罪臣在此候旨。"

"你治水三年不成，空耗民力国库，本应治罪。今命你戴罪辅佐鳖灵国相治水，为国相副手，时时精心提调人工物材，确保国相使用。有功免罪，无功加罪灭族。"

大巫师、老国相都跪受旨意，称谢不已。众臣听得这几道严旨下达，个个惊悚，窃声私语：

"我们当年的望帝又回来了，望帝还是当年那个有作为、有担当、有雄心的望帝啊！"

"天啊，三年治水不成，三大臣灭门灭族，要杀上万人哪！望帝这回是要拼命了……"

"三年治水不成，国也耗垮了，不拼也没命了……"

"治水真能成功，我蜀国富强无比，必将称雄天下……"

"……"

　　望帝走前两步，抓住鳖灵一只手臂，向殿外走去，仰望天空，低声说道：

　　"我年老气血渐衰，腿脚不便。水患不除，百姓受苦，我心如火烤，想死都闭不上眼哪。我日夜祷告天神，若我有罪，当责罚我一人，莫让我万千百姓受水患之苦啊。现在天神佑我，给我降下一位好国相。如能一举根除百年水患，是救蜀国救百姓的千年天地奇功啊。即使老夫仙去，也了无牵挂了啊！鳖灵啊，为了万千百姓，再多的苦累险痛，你都把它担起来吧。天神在上，本王今与你慎重约定：你专心凿山治水，我专心教民开田种谷。一诺千金，此志不变。只要我蜀国百姓不遭水淹，人人能吃饱饭，我君臣二人就功比天神，是见了天帝也无愧的大幸福啊！人生还图个什么呢？嗯？"

　　说毕，回身坐下喘息。低下头，向众臣挥挥手，示意众臣退下。天象将军急步上前扶住望帝，慢慢向后殿走去。走了几步，那望帝又回过头来，对鳖灵微微一笑：

　　"鳖灵啊，我杜宇王名曰望帝，我望什么呢？难不成我几十年等待盼望的人，就是你吗？难不成我几十年等待盼望的事，就是你来治水吗？鳖灵后生呀，我将整个蜀国放在你肩上了，我将万千百姓系在你心上了，你，你莫要让我，让我一个衰朽的白发老人，在升天成仙时，还闭不上眼睛啊……"

　　鳖灵无言以对，急埋头跪下。他被老望帝那刚烈如火的挚情所感染，被老望帝那亲如父辈的殷切期盼所触动。心激情涌，急低下头，紧闭双眼，两滴泪霎时冲出眼眶，砸向尘埃……

　　待望帝转入后宫不见，鳖灵霍然立起，一手握剑，一手握住老国相手，大步走出殿外，立于高台之上。抬头环视天宇，只见阴云厚重，天地晦暗。云中突有一缕金光，如利剑般刺向沉沉原野。恍惚间，大地混沌苍茫，洪水滔天，哀号遍野，似有无数死尸漂浮于洪水之上……岷江呀岷江，你莫狂，你莫凶，你莫得意，鳖灵来了！我俩大战一场！我鳖灵来了！！一股豪情从胸中冲涌而出。他一手举剑，高声喊道：

"各部听我号令！"

各臣将退出大殿后，都在高台下列成一排，站在队列整齐的五个百丁队前面，正等待新国相的号令呢。

"熊虎将军何在？

"——点齐兵丁，即刻随我——兵发玉垒山！

"大巫师何在？

"——备齐祭祀宝物，筑坛玉垒山岷江边，三日后正午，大祭天地神灵，不得有误！

"五大姓大臣何在？

"——挑选民夫，按户口五十人出一丁，备齐粮草、工具、衣被，候我将令，分划地段，开挖堰河。五日内聚齐玉垒山，不得有误！"

三年治水，三年拼搏，三年煎熬，始于今天这个月圆之日。鳖灵在玉垒山脚下工棚内他的床前，立下一根木柱，一个月刻下一道深槽，这样的槽，他要不间断地刻下三十六道，今天是第一道，是一道开工槽……

三、水火攻玉

玉垒山脚，岷江畔。

江边一片平整的沙滩上，五百壮士排列整齐，叉腰直立，像山冈一样肃穆。与上战场厮杀不同，他们今天手里紧握的不是刀剑戈矛，而是铜锸石锤柴刀。队列前站立着他们的统领熊虎将军，他手里也紧握着一柄沉重锋利的铜锸。他身旁是手拄拐杖花白长须的老国相。他们前面的高冈，就是新筑就的祭祀平台。祭祀平台四周，密密插着杂色旗幡。此刻，国相鳖灵站在平台正中，他身后立着大巫师，两边各分立着十个小巫师。这些小巫师，都身着黑褐色长衣，脖子上挂着一串白森森的兽牙，双手交叉胸前，守卫着极其珍贵的祭品：五对象牙和五支犀角。再后边是几排手持鼓号法器的小巫师。平台上左右两侧，燃烧着两个大火堆，松柏枝丫燃烧时发出的噼里啪啦的爆裂声，在死一般沉寂的空气中显得分外刺耳。鳖灵上前一步，高喊：

"祭祀——开始！"

顿时，众小巫师吹响法号，低沉的呜咽声摄人心魄，穿透雾霭，向四野弥漫。五吹乃毕，那鳖灵整理衣冠，双膝跪地，双手向天高举，朗声祷祝：

"下臣蜀国国相鳖灵,在此代蜀王望帝杜宇大王跪拜天地神灵、山神水神、四方神鬼:我蜀国万千百姓,虽微如沙颗,贱如草芥,然亦系天地所生,被赐以生命,兼赐平原沃土,繁衍生息。不幸百年以来,洪水反复伤害,淹死饿死,难以计数。苦惨哀号之声应达于天宇。下臣鳖灵者不自量力,欲改换天地造化,凿山开河,以绝洪水灾害,以救我蜀国百姓,不遭水淹、能吃饱饭。愿天地神灵垂怜。若山神水神有怒,只罪罚鳖灵一人,虽死于雷电天崩,化为尘埃,也绝无半点怨言。今献上重礼,以敬天地诸神,格外敬求天神山神水神,佑我蜀国,佑我百姓。天神火火! 山神火火! 水神火火! "

祷毕,伏地对天五拜乃起,后退,向大巫师点点头。此时,那大巫师小步疾走向祭台正中,伏地拜天地东南西北方,四拜乃起。一挥手,法号声再起,兼有彭鼓芒锣敲打节奏:"咚,当当,呜——咚,当当,呜——"那大巫师头戴鬼怪面具,红黑绿黄相间,狞恶恐怖。银冠带上,插了一圈长长短短的五彩鸟尾羽。着一肥大的黑褐色长袍,赤脚,脚踝上套了一圈铜铃铛。只见他抖擞精神,按鼓锣节奏舞蹈起来,口中喃喃念着咒语,手挥木剑,脚铃叮当,赤脚走八字步。接着从身背后的布袋里,将香料一把一把抓出来,撒向祭台上的两个大火堆中。撒一把舞一圈,舞一圈撒一把。其舞诡异,其咒迷魔。烟火漫漫,怪香浓烈,一时间山冈祭台和沙滩尽朦胧在烟雾之中,台上台下,人人迷幻如梦,但觉神鬼就在身旁,悬崖就在脚下,烟雾闭日月,天地两茫茫。人人敬畏,个个心惊。小巫师们此时急急抬着祭品埋入祭祀坑、投入岷江水。足有一顿饭的工夫,大巫师已是筋疲力尽，满脸是汗。他喝停众小巫师，列队恭立。喘息片刻，然后躬身向前两步面向国相，庄重报告：

"禀告国相，法事已毕。天神不怒，山神水神高兴。吉利时辰已到，可以动土啰——"

国相鳖灵复走上祭台，面对五百壮士，威严扫视，仰面双手向天，一句一顿，朗声宣颂誓言：

"蜀国，最忠诚最勇武的，壮士们，一场恶战，今天就要开始：

"烧开石门，蜀国有救，亲人有救，是入天门；

"烧不开石门，蜀国亡，亲人死，是入鬼门。

"开——生，不开——死。你等五百壮士，皆与本国相，同生共死！命命相连！"

众人昂声齐呼，如狂飙突起，地动山摇：

"天神火火！烧开石门！"

"山神火火！烧开石门！"

"水神火火！烧开石门！"

"现本相颁令：

"令，老国相带一个百丁队搭建棚屋，烧造铜锸石锤及一应工具，建仓库储备粮草物材衣履等用品。全国征调，保证供用。不能鼠盗糜费，不能失火。

"令，熊虎将军率两个百丁队，从石门往东开挖大堰河，要两丈宽一丈深。每五里横开一小堰，沿小堰两侧开田地。田地可栽种水稻菜蔬瓜豆，农获也可供工地兵丁食用。日后民夫到来，也一并由你指挥开挖大堰河。分段限时开挖，偷懒奸猾者军棍重罚。

"余下两个百丁队，由我带领主攻烧凿石门，一队烧靠岷江一侧，一队烧靠大堰河一侧。烧开为功，三年为限。我已向望帝立下军令，三年不开，我即领罪自削头颅。我死之前，你二百人自杀殉葬！"

分拨已定，各队整肃鱼贯而出，各奔工地。

鳖灵带队来到玉垒山石门顶上，再次命人点起两堆大火，亲自向山神献上牛头。几十支牛角号一起吹响。兵丁们吹的是短牛角号，声音尖厉高亢。小巫师们吹的是长杆法号，声音凝重低沉。一时间，只听得呜咽悲壮的号声直达云天，惊动鬼神。似乎鬼神也惊惧，这弱小如一群蚂蚁般的人类，竟敢献出肝脑热血，要来改换这天神所设的千万年不变的山川？此时，天上阴云四合，狂风阵阵，晦暗如夜。岷江上游群山，层层山峦都隐没在浓雾之中。天地混沌，迷迷茫茫，正像是盘古王开天辟地时之景象。

好个英雄鳖灵，只见他抖擞精神，撩起长襟，扎在腰带下，往掌中啐了一口口水，握紧铜锸高高举起，向天大喊一声："我来了——嗨！"对着那亘古大地，深深一锸下去，铜锸直没入土中，一撬，铲起第一铲浮土，猛抛出去。兵丁们爆出一阵欢呼：

"开工啰！石门开工啰！"

呼喊着一拥而上，抢着清理石门浮土，不一会儿，就露出灰麻麻的石壁，石壁里还布满了大大小小的卵子石，用铜锸凿一下，硬邦邦的，崩得手生疼。这种石头，能烧得化吗？烧！

烧啊——烧了才晓得！

鳖灵国相点燃火把，虔诚地双手递给大巫师，请大巫师来亲自点燃烧石门的第一把火。尽管他不喜欢大巫师，也听说了不少大巫师的恶行，不过他知道大巫师在望帝跟前举足轻重。不管好歹，为了石门，能拉拢的还是要尽力拉拢呀，这既是荣耀也是责任啊。大巫师再次令小巫师们吹响沉闷的法号，彭鼓芒锣的节奏也随即响起。他扬起火把旋转五圈后，将火把投到石壁前的柴堆上，顿时，石门两面都燃起熊熊大火。

"国相，山神不怒，听你安排呢。"大巫师虔诚谦恭地说。

望着石门前腾起的火焰，大巫师心里暗自好笑。烧火能烧穿一座山？这真是天大的笑话！天神这么说过吗？古圣这么做过吗？本大巫师是蜀国最有智慧的、通晓天地万物的人神，想破脑壳也想不出这等愚笨的办法！嘿，这鳖灵竟然还说动了精明一世的望帝，任他为国相，倾全国之力来干这蠢事。这下蜀国完了，蜀国完了啊！哼，朝堂上我才不同他们辩说，他们要自己往火里跳，我正巴不得呢。哼，到时候看你们如何收场！收不了场好啊，我等的就是这一天哪。嘿嘿，那时就只有看我大巫师的手段了。啊，尊贵的新国相大人，本大巫师少陪了，你自己慢慢烧去吧。该我做的我都做完了，大火也替你烧起来了，神会保佑你的，我得回去了，望帝离不了我哟，嘿嘿！

大巫师得意之余，心底也隐隐浮起一丝忧虑。那神秘的星相"主星暗，客星亮"究竟有何玄机？天地运势将会如何？揪心哪！去年，老望帝唯一的儿子等了三十年，熬不过他老子，还没当上王，就死了。他的孙子尚年幼，望帝归天以后谁来继大位当王呢？老望帝归天，也就是个说远不远、说近就近的事哦。啊，这也正是我大巫师施展才华掌控蜀国的好时机哇。可恰在这时，随着神秘的星相，鳖灵就神秘地出现了。望帝信任他胜过信任我，还让他连我也管起来了。他们相识才一天呀！难道这发亮的客星会是鳖灵？这一切难道都是上天的安排？可怕！可怕！天意难测啊。好在还有几年时间，且看天地运势变化吧。现在把老望帝哄好了，陪好了，才是正事大事。我毕竟还是蜀国根深蒂固的望族重臣嘛！对了，夜郎国王进贡的美女快要到了吧？那老望帝对彭祖的阴阳调和采阴补阳的长寿秘法已深信不疑，时时需要练补呢。我得赶回王城去了。那侍卫大臣天象将军是个木头人，木头脑壳，整天只知死死地站岗守卫，连母老鼠也钻不进宫里。安排嫔妃适时侍寝补阳，以利望帝长寿这样的大事，本该他管，他做，却还得让我这个大巫师来操心，哼，望帝真还离不开我！

大巫师恭恭敬敬地告别了国相，说了一大堆恭维、赞美、好听的话，遂率众小巫师大摇大摆地回王城去了。

石门大火烧起来了，烧红了半边天。国相只是一个劲儿地催促加柴加火，却并不急于看那石崖到底烧化没有。他知道，要烧化石崖，定然没那么容易。第二天上午，蛮牛实在沉不住气了，跑来报告国相：

"国相大人，都一天一夜了，人都快烤干了。是不是刨开火看看，说不定岩石都烧化了呢？"

"一天一夜了？行！刨开看看。"

鳌灵跟着蛮牛来到石门前，只见蛮牛和众兵丁用长竹竿绑了铜钩子把柴火钩散，钩得火星直溅，烫得兵丁也直跳。钩完火再看那石壁，麻黑如初，并未烧化。用长钩子捅了捅：硬邦邦的，石壁没有一丁点变化。鳌灵自己也手持长竹竿捅了捅，大失所望。咦，咋回事？火不够大，还是烧的时间不够？他丢下竹竿，沉吟半晌，吩咐蛮牛加大火再烧，然后丢下众人独自爬到玉垒山上去了。他要找个清静地方，去思索这个要命的事——为啥烧不化岩石？烧不化啊，可就一切都完了……

鳌灵心里阵阵发慌，但他尽力克制自己，不动声色地指挥烧岩石，火越烧越猛。第三天天亮时，他坐在工棚前的一块大石头上，正苦苦思索着、期盼着。看见蛮牛跑了过来，知道他又是来报告撤火看岩石的事。不待他开口，就先说：

"撤火吧，撤火再看看……"

"不是的，国相大人。我们刚才趁换班时火小了一点，用长木杆绑了铜锤，两个人抬着使劲捅了捅岩石，哎呀，那岩石还是硬棒得很哪，没有变软，也一点没化……"

"烧！烧！架大树干猛火烧！"

鳌灵暴躁地吼了起来。蛮牛吓得赶紧跑了，他只知道烧火，什么事他都听国相的。

鳌灵心烦意乱，浑身冷汗，两手冰凉，盲无目的地独自一人在河滩上乱走。两天没睡觉了，他头昏脑涨，双眼迷糊也不看路。天阴沉沉的，心也阴沉沉的，头脑里是一团乱麻，一团糨糊。"我怎么就一口认定岩石能被烧化？烧化岩石和炼铜矿难道有啥不同吗？不都是个烧嘛。火，是从天上来的神。它有

百 姓

烧毁一切变成灰的神力啊！但这猛火烧了三天，三天了！岩石
还是不化哟！天啊，我该怎么办呢？得想办法！什么办法？什
么办法？没有办法不就死定了吗？吹牛皮吹破天了？……鳖灵
啊，看你怎么收场……"

鳖灵身心俱疲，头重脚轻，四仰八叉地躺在河滩上，痛苦
地闭上眼睛，听脚下岷江水哗哗地流着，头上方鸟雀叫着飞近
又飞远，心里一片空白，神游天外，似睡非睡，似醒非醒。忽然，
他看见从岷江水里爬出来一个身穿蓝衣的壮汉，向他慢慢走来。
正在奇怪时，忽又见从玉垒山上走下来一个白胡子老人，两人
不由分说，走上来揪住鳖灵就打。鳖灵想还手抵挡，却动不了
手脚，想喊也喊不出声来，正在着慌时，从身后跑过来一个红
衣大汉，一把抓住蓝衣壮汉就厮打在一起，直打得霹雷炸响，
那白胡子老人却躲走不见了。

鳖灵正呆看二人大战，忽地一股凉水喷到脸上，一下惊醒，
眼前的人却都不见了，一颗心还咚咚咚直跳，哈，难道是一场
梦？摸摸脸上，却是真有水！耳边炸雷响起，暴雨从天倾倒下
来，豆大的雨点打得沙尘直跳，脸上发麻，只一瞬间河滩上便
白茫茫一片，难分天地。嗬，好大的雨呀！呀，坏了坏了！我
的火，烧岩石的火哇……鳖灵翻身跃起，奋力向石门跑去。

兵丁们都躲在工棚里，火，早已淋熄了，团团浓雾从石门
底脚腾起，浓雾下，熄灭的柴堆里，还断断续续传来噼里啪啦
声。有点像刚才梦中蓝衣、红衣两条大汉厮打的声响。看着这
片狼藉景象——"完了，一切都完了……"鳖灵木呆呆站在石
门前，任雨水从头上脸上淋下，混着别人看不见的泪水，流到

地上，流到已熄灭的火堆下。

"国相大人，刚才大雨一冲就下来了，就像满天都是人提着水桶往下倒，石门火下面发出猛烈爆响，把柴火都炸飞了。真是吓死个人！我们只有躲逃了。嘿，不怕哈，不急哈，国相大人，雨一停，我们马上就再烧，就再烧哈。"

蛮牛在他身后小心翼翼地说着。不知什么时候，蛮牛和众兵丁都来到国相身后，陪着他一起淋雨。一群人傻傻地淋着雨，对着石门那残败的火堆和丝丝烟雾发呆。不一会儿，雨一下子就停了，像来时那么突然。蛮牛抓起大铜锤，不待国相发话，喊了声："兄弟们，清渣再烧！"便跳进石门前清理烧黑淋湿的柴枝灰烬。刮了几下，突然大叫：

"国相大人，怪！怪呀，这岩石咋这么酥脆呀！咦，刚才还是硬邦邦的嘛，看，一刮就下来一层，连卵子石也滚出来了！看……"

不待蛮牛说完，鳖灵眼一亮，一步跳到石门前，夺过蛮牛手中的铜锤，一阵猛凿猛刮，顿时石粉石渣乱飞。

"上！都上！"

他兴奋地眯着眼大喊。众兵丁一拥而上，冲着刚烧过的岩壁，又是锤又是凿，石渣乱跳横飞。不一会儿，脚下就积了厚厚一层石渣，起码可以装十箩筐！鳖灵后退几步，远远地观察那凿掉一层后的石门。一边用手指梳理头发胡子中的石渣，一边紧张兴奋地思索着。他想起了刚才的梦境：那蓝衣大汉一定是水神，从水里出来的嘛，红衣的当然就是火神了，水火不容，两神相斗。水火相激，岩石炸裂，那白胡子老人就怕了跑了，他是山神嘛，炸裂的就是他的皮肉嘛，对对，这石门就好比是他的一只脚嘛……这是天神在暗示我吗？一个小炉子可以烧化铜石炼出铜汁来，一座山岩是烧不化、烧不穿的。要烧穿石门，办法只有一个：猛火烧，凉水激，铜锸凿！慢是慢，哪怕一天凿一层凿一分，五丈厚的石门，总有凿穿的那一天！啊，这就是天神给我指的路啊！天神啊，尊贵救命的天神，鳖灵该用什么来感激你的护佑啊！鳖灵含泪望天。久久地望着，深深地思索着……

不知什么时候，老国相和熊虎都来到鳖灵身旁，关切地询问刚才大雨淋灭石门大火的灾情。

"没有灾！只有喜！"

鳖灵脸上挂着几天来难得一见的兴奋笑容，指着石门前成堆的石渣，绘声绘色地讲述了刚才河滩上的梦境。末了感慨万分地说：

"'火烧水激'，这是天神在教我啊。伟大的天神在护佑我啊！"

"是天神的护佑，也是国相你超凡的悟性呀！你能懂神通神，你真真比大巫师还能通神。你一定能成功的！这回我信你了。"

老国相真诚地说：

"说老实话，当初你在望帝面前说的'用火烧化石门'，这个办法我是不太相信的，也为你捏一把汗哪。烧了三天，咋样？烧不化，看来此法真的不行。不行又咋办？没有退路了哇，天神却又给你指点了另一条绝妙办法：火烧加水激。一下子就凿下了两分厚哇。天神是站在我们这一边的啊。天天就这么火烧水激，坚持不停，一定能在三年内攻开石门！一定能成功！这下我信你了，一切听你的。有天神在帮助你呀！"

"我早就听国相大哥的了，啥子话都听。不像你，还'捏一把汗'。嘿，汗咋个捏呀？哎，老国相，你教教我呀，教教我呀。嗨呀，老人家胡子长，顾虑就是多……"

熊虎假装不依不饶，逗着老国相笑嚷道。

三人开心大笑，兵丁们也笑成一团，三天的沉闷一扫而空。哈哈，道路通，往前冲！仗就是这么打的嘛。

三人算了一个小账，三天凿两分，一个月三十天凿两寸，一年十个月才凿两尺（至少还有两个月下雨烧不了火），五丈厚的石门要凿穿必得二十五年！天哪，这可不行啊，加快再加快，每天至少要凿五六分才行哪！

石门大火又已烧了一天一夜了，鳖灵下令撤火泼水。兵丁们用木桶、羊皮桶往石门上泼水，爆裂声不大，白雾腾起遮蔽了崖壁，听这声音鳖灵就摇头。不待雾散拿起铜锤就凿，当的一声，崩得手生疼，没有石渣掉下来。不行。啥原因？兵丁们站在石门前，七嘴八舌，有说火没烧够，有说水没泼透，还有说水泼得不急，像老母猪屙尿，不如前天那场急暴雨……

有啥办法能在最短的时间里把火烧到最大，用最短的时间用水泼透……鳖灵紧张地思索着，一边听兵丁们叽叽喳喳。

"说了半天，要找办法，找不到办法，就都是屁话。"

鳖灵沉思着，听众兵丁说了半天，乱糟糟的，一阵心烦，忍不住插话。大家一愣，就都闭死了嘴。静了好一阵，蛮牛吞吞吐吐地说：

"我来说哈，在石门顶上挖个水池，灌满水，一烧完，就放大水，急水流下来，浇石门，就像那天的大雨，像天上有一万多个人在泼水……呃，我只是放个屁哈，是狗臭屁，狗臭屁。"

众人都笑起来。鳖灵高兴地拍了拍蛮牛，直说："这个屁是个好屁，不臭不臭。现在蛮牛是聪明牛了。"正要接着说挖水池的事，一个兵丁抢着说：

"国相大人，我也要放个屁，不晓得是好屁还是臭屁哈。要烧旺火，我们都用嘴来吹火。这个地方火堆那么大，人哪里敢靠近了吹嘛？那就做一个长管来吹。就是把长长的细竹竿打通节疤，对着火吹，火一下子就燃大了嘛，十个人一起吹，就成了大火了。嘿，臭屁臭屁，莫要笑哦……"

大家又哄笑起来。有的说这是个小屁，有的说是个臭屁，有的说那么大一堆火一吹准定要烧眉毛胡子……国相听得哈哈大笑，直说，都是好屁哟，都要得要得。随即认真地说：

"要火大，就如炼铜，必得拉风箱吹风。哪里能做大风箱呢？当然是朱提山地。蛮牛你速带十人骑快马，赶往朱提山地，找炼铜炼银部族，传我命令，速速做四个巨大风箱带回。我再命人赶回王城，找城内铜银作坊征调一批小风箱暂用。待蛮牛大风箱一运到就送还给人家。我们用大风箱吹火，就必定比一百个小竹管还强。好了，今天就不烧火了。兵丁一部到石门顶上，按照蛮牛说的办法挖水池并蓄满水。其余人去砍柴，多储备些硬杂木柴，这种柴火力大还熬火。"

经过鳖灵不断调整办法，到下一个月圆的时候，石门两侧用烧、激、凿的办法，一天一夜已可凿进五分厚了。算一算，五丈厚的石门三年恰好可凿穿。一天都不能耽误。从此，除了下雨天，石门之火就没熄过。

这天夜里，鳖灵国相在自己的小棚屋床头的木柱上，用刀深深地刻下一道槽，这是凿石门的第一个月。这样的槽还要刻三十五道，整整三年啊。愿天神护佑！

大火就这样一天一天地烧着。

石门就这样一分一寸地凿着。

鳖灵和兵丁们就这样一天一天地熬着。

到鳖灵在木柱子上刻下第十八条槽时，石门两边都凿进去了一丈多的深槽。开始真的有点像个门了，不过顶上是连着的。其实就是一个没打通的巨洞。这使鳖灵想起一年半以前，在常族村寨，常长老半开玩笑半认真说的话：鳖灵大人是鳖神鳖精下凡的，会打洞……嘿，这话还真被他说中了！想到这儿，鳖灵自己也忍不住搔着头皮暗笑。说鳖精就鳖精嘛，说打洞就打洞嘛。只要治住了水患，别人想咋个说就咋说，随他！国相告诉兵丁，洪水从底下走，到不了顶上，有个三丈高就够了。这样省力又省时啊。

鳖灵这一年半都守着他的石门，好像是守着他的命，没有离开过一步，更没有回过家。这是他对望帝的庄重承诺。要最后成功，非得坚守到底！对荆姬和卢儿的思念，就让它藏在心底吧。治不好洪水，是拿全开明族几千条性命来冒险，他不敢啊。他哪有资格回家啊。好了，让我们暂时离开他，去看看他的熊虎兄弟吧。

　　熊虎开堰开到十来里远时，发现了一大片平展展的荒地。野草有一人多深。火一烧，是好大一片土地。更喜人的是，不远处山坡脚还有一眼山泉，清汪汪的泉水突突直冒。熊虎高兴得连连大喊："好地方！好地方！真是上天安排的一块好地方啊！"当即抽调人手，用了十多天就开出五六亩水田来，撒了谷种。另外，还开出二十来亩土地，都种上了菜蔬瓜豆——如国相当初吩咐的。当时已是盛夏，过了水稻农时，水稻收成不好。倒是各类瓜菜，收了不少。这个地方，熊虎干脆就给它取了个好听的名字——泉水塘。次年春时，熊虎一边挖堰，一边掰着指头算农时。把泉水塘水田深翻了，待农时一到，一如国相所教，先撒谷种，待长成秧苗时再一窝一窝手栽。不再是蜀人传统老办法，往水田里撒谷种，撒个"满天星"，就不管了，等着收谷子。哈，这贡谷好稻种硬是争气，夏天青绿齐人腰，秋天金黄弯下腰。这让他不禁想起在楚国时国相家乡的丰收景象，好不喜人哪。有几丘田的稻谷熟了，熊虎亲自带着兵丁把这珍宝一样的谷粒收割下来，碾出白米来，满满十二箩，上交给国相。算了算，一亩田竟收了五箩谷子，种子也还少用了一半。
　　国相看着这十二箩白米，高兴得合不上嘴，直夸熊虎能干、会当家。并当即派人抬了一箩白米去献给望帝。然后嘱咐熊虎把余下未收的稻谷看管好，谨防被偷。

除了前年到楚国换稻种时那次外，熊虎兵丁们还从未见过长得这么好的稻谷。之前所见是别人家的，现在，手能摸到的是自己亲手种的稻谷，是过几天就能吃到嘴里的香喷喷的稻谷！兵丁们一有空，就坐在田坎边聊天，守望着这令人陶醉的宝贝。更有一些兵丁干脆就在田边地头搭起窝棚过夜。闻着稻香，想着饭香，安逸！

同样垂涎这金黄黄稻谷的，还有一帮躲在林莽中的蛮子，他们盯上这诱人的稻谷已有好些天了。

"这东西叫'米'。'米'，听说过吗？我可是吃过的。嘿，吃起来香甜软糯，吃完不想打猎只想睡觉——肚子饱了嘛。"

一个头目见多识广，得意地说。

"那我们去抢点来吃！"

"找死呀？蜀兵可不是好惹的。只有偷，找一个有月亮的晚上去偷！"

这群蛮子是西山老部落的人。这西山老部落可大有来头，算起来，还可以称得上是望帝的发家地呢。想当年，雄心勃勃的年轻杜宇大王率领部落全部兵马，联合汶山各部落，翻过大山杀向平原，似神兵天降，只三年时间，便打败了强大的鱼凫王，夺取了蜀国。此后八方进兵杀伐不断，威震千里，四方臣服，创就了空前强大富庶的杜宇王朝。而西山老部落呢，仍停留在历史的原点，似乎成了一个被遗忘的角落。它地处深山，仍是渔猎为生，蛮荒不化，百姓穷困落后，日子过得很是艰难。

这群蛮子好几个月来都在这一带转悠找吃食，甚至还偷吃过两次老国相大厨房里的残羹剩饭。能吃上一口香甜的大白米干饭，那该是多大的造化啊！当然，蛮子们这次没有这么大的造化，他们的行踪早被同样珍视稻谷且机警惯战的蜀兵察觉。在那个有月亮的晚上，当他们正在偷拔稻谷时，被埋伏的蜀兵悉数抓获，一网打尽，捆得结结实实的押到国相座前。

"杀不杀，不杀的话留给我，押着他们做苦工挖大堰！"

熊虎将军望着沉吟不语的国相，生怕仁慈的国相把人放了，有些着急。

"你是说，他们是西山老部落的人？"

"是啊，是西山老部落的人。其中一个小头目，审问下来还自称是部落酋长格当的侄子，说要是杀了他，西山老部落会没完没了地为他报仇，打冤家。"

"西山老部落？不就是传说的望帝的发家地吗？这个部落属我蜀国管辖，是我蜀国臣民。人不能杀，倒不是怕哪个报仇打冤家。这个部落扼守岷江出山口，今后呀，石门打开，大堰修成，石门这个地方就关乎我蜀国命脉，是极紧要极紧要之地啊。西山老部落要是能忠诚地守住蜀国这个山口，那该有多好哇。"

鳖灵告诉熊虎这其中的利害关系，和自己要乘机结交西山老部落格当酋长的想法，说得熊虎连连点头称是。他从心底佩服国相，把凿石门开大堰河的事情想得那么周全。

鳖灵国相走向那一排跪着的蛮子，见一个个被绳子勒得肉都挤出来了。想见自己部下兵丁下手之狠，不由得心里暗自发笑。他忍住笑，虎着脸喝道：

"呔，你等几个毛贼娃子竟敢偷我粮米！好大的耗子胆！

这粮米是我们一滴滴汗水换来的，金贵得很哪！本该将你等毛贼全部斩杀，以出我心头之气。姑念你西山老部落也是我蜀国望帝属下，且年年不缺牛羊贡税，一向和顺。想吃米饭？好哇，回去告诉你们格当酋长，本国相五日内将前往你部落巡查，有稻米相赐。"

十几个西山蛮子松了绑，还一人喝了一大海碗稻米菜稀饭，真是香喷喷，甘甜味美啊。这可是他们生下来第一次尝到米饭的滋味呢。要知道，他们找不到吃的都饿了半个多月了，肚子里只是填了点野果子、草根根，饿得肠子直叫唤。现在，一个个抚着肚皮，心满意足，千恩万谢，不住叩头，连夜奔回西山报信去了。另外留下两个人给国相带路。当然，这两个争得起火才留下来带路的人，怕是还有个小心思：妈妈哟，再吃他国相爷爷几顿安逸的甜米饭！

西山深处，在林莽危崖下，山间缓坡处，散布着一簇簇茅屋、木板屋、石片屋，或十余家？或三五家，聚居成小村寨。穷人家都有个小羊圈，养着十来只山羊，富一点的人家还养了牦牛。房前屋后小块土地上种些瓜豆毛毛菜，附近溪流里可以捉鱼捞虾。要说吃穿养家嘛，主要还是靠打猎。一辈子奔波穷忙，也喂不饱大小两三张嘴巴，这就是西山老部落。他们在这里生活，已经记不清有几百年还是上千年了。在山间一个大平坝高坡上，有几座高大的木屋，就是酋长格当的住房，也是部落酋长议事堂。前面是一个平坦空阔的大院坝，周围聚着一小片一小片的房屋，这就构成了部落最大的寨子——西山寨。

今天是寨子里少有的喜庆日子。格当酋长叫人吹响了牛角号，是五只牛角号一起吹，召来部落里长老和头人聚会，商议如何迎接国相大人。他要用最隆重的礼节来迎接尊贵的国相。国相是谁？国相是能掌握他生死命运的人！用他手头那把望帝宝剑，一剑砍下你的人头，还不用给你讲个啥子一二三的杀人理由，就是想杀你！杀起耍！哪怕只是想图个高兴，那你也只得是自认倒霉。他这个穷地方，以前望帝没来过，国相大臣没来过，只有催贡税的传令官来过，年年来，有时一年来几次。现在国相大人来了，亲自来看他的寨子，不催贡税，不出民夫，反倒带来了五大箩白花花的大米赏赐！他见过一箩白花花的银子，还从没见过一箩白花花的大米，现在是五箩白花花的大米！满满五箩啊！远比五箩银子还珍贵呢。这是多大的恩情啊。错在自己部落的人去冒犯了国相大人，国相大人都不打不杀，仁慈啊！啧啧，天，国相大人莫不是下凡的天神？格当酋长高兴疯了，一个劲儿地吩咐长老头人们杀牛、杀羊、杀鸡、杀刚抓回来的鹿和猴、杀……反正要把案桌板子给老子摆满了，院坝地上也摆满了！国相大人要是不满意，哼，谨防老子杀人！他还叫出了自己的两个女儿，一边一个夹住国相劝酒陪客，一班妖女献舞，一班壮蛮子打斗助兴。席间，国相讲了凿山开堰治水患开农田，是望帝为民造福的兴蜀雄心，是要让百姓不遭水淹、能吃饱饭。讲了半天，想不到那格当酋长憨憨地来一句：

"洪水淹不到我，白米我也吃不到——啥都不关我的事嘛。"

国相站了起来，遥指着山间小平坝对格当说：

"想吃大米也不难，你这些小平坝若引入山泉水改成水田，照样可种水稻。只是山里气候凉，水稻要多长些时日。若酋长决心学种水稻，我可以派人送些稻种来给你，还可以教你们耕种。以后等我凿山开堰成功，开出许多田来，你们干脆搬下山来，种田当农民，如何？"

格当闻听此言，真是喜从天降，慌忙跪在地上叩首谢恩。剖心剖肝地对国相说：

"我西山寨穷啊，我都不敢进王城朝见望帝。马瘦毛长，人穷受欺嘛。咋弄的？就是没有农田，富不了；养牛羊，也没有汶山那样的大草坝。光靠打猎捕鱼也养不活成千上万的人哪。国相大人凿山治水，是为我们蜀国开出天一样大的幸福田。开出许多田来，让我西山寨也能下山入平原学种稻田，也过和你们一样能吃饱饭的日子。国相大人，真有那一天的话，你就是我们西山寨的神啊！"

"此愿不高，我尽可帮你实现。若你能鼎力助我凿山修堰，此愿定可早日实现。"

"好啊好啊！国相大人，山不倒，话不变！我这就派五十壮汉随你凿山修堰，自带嘴巴不吃你的米粮听你调遣。大人还有啥需要我做的，说一是一，决不说二。"

国相点头笑笑，告辞下山。那格当哪里肯放，用蛮力抓住国相双手死死挽留。拉扯半天，说出一个不能走的缘由来。原来，格当知国相要光临他的山寨，这可是个大喜事呀，三天前，他就已派出快马奔进汶山报信。那里的两个部落，一是前山部落，一是后山部落，都是格当的远亲，又是结拜兄弟，他们近日是必定要来拜见国相大人的。他如此一说，国相鳖灵也只得留下了。他也想见一见这汶山深处的两位酋长，毕竟，据说这汶山也是古蜀国先祖蚕丛王的发家地哪，而今也还是望帝杜宇王朝的属地，号称望帝的后花园、好牧场啊。

果然，次日，那前山后山两部落酋长都带着众多随从和礼物，拥进了西山寨。一时间人喧马嘶，杀牛宰羊，重开盛宴。人们喜笑颜开颠来跑去忙这忙那，个个额上挂着汗珠，见人就笑。西山寨子，几十年也没有这样热闹过了。整个寨子欢歌狂舞不断，连狗儿都像是醉醺醺的，温顺得不咬不叫，见谁都直摇尾巴。

宴席间，国相鳖灵详细向三位酋长讲了治水患开水田兴蜀国的美好生活愿景——连最穷的百姓都吃得饱饭！听得酋长们无限神往，赞叹不已。又讲了一些楚国历史故事及中原诸国礼义忠孝的故事，直听得酋长们如痴如醉，大开眼界。那格当酋长听得心花怒放，忍不住跳将起来，站在国相大人面前，疯疯癫癫地嚷道：

"你们平原人走路不转拐，说话尽转拐；我们山里人走路不能不转拐，说话倒是一点不转拐。今天国相大人说话刀刀见血，句句是肉，一点不转拐，像亲兄弟一样，是看得起我们。我今天没有喝醉哈，也说句不转拐的话，格当我这个山蛮子，不知天高地厚，我想巴结国相大人，拜国相大人为大哥！永跟大哥走！我们三个山大王，都是平原人看不起的粗野的山蛮子，早已结拜兄弟。现在不论年龄大小，都拜国相大人为大哥！大哥啊，我这么想的，也这么提着胆子说了，我没有说拐吧？"

　　国相正要说话，前山后山两酋长也跳将起来，争着嚷："早就想拜兄长了！拜兄长，只是没敢说！"

　　三人齐拥上来，不由分说，拉扯着国相在院坝中央一截木头墩子上坐定，三人跪伏在地咚咚咚连叩五个响头，额上都尽是泥灰。复起身倒出四碗酒，抽腰刀将手指刺破滴血入酒。那国相鳖灵为这三位酋长的诚挚和豪气所感染，同时也深愿结交这些有实力有根基的部族，遂爽快地抽出望帝宝剑，手指轻抚剑锋，划出血来滴入酒中，首先端起酒碗，双手高举过头，发誓道：

　　"苍天在上，天神在上。本国相定不负三位兄弟！"

　　说毕，将血酒一口饮干。那三个"山蛮子"也一口饮干了酒，一撒手抛开酒碗，忽地又一齐抽出腰刀来，架在自己脖颈上。国相鳖灵见状大惊，站起来急道：

　　"哎呀哎呀，刚刚还说得高高兴兴的，怎么就要架刀自杀了？我说错啥么子话了吗？快快放下刀来！咳，快放下刀！"

　　三人也不理会国相的话，齐刷刷跪在国相跟前，大声齐吼发誓：

　　"大哥之命是我之命！大哥之事是我之事！违大哥就是违天神！日月不变，忠心不变！"

　　誓毕微微一拉腰刀，在脖子上拉出一道浅浅的血痕，渗出血来，以手指沾血，抹在额头上，再起立插回腰刀，然后双手叉腰，三人又恭恭敬敬站在国相面前。鳖灵国相这才放下心来，咧开大口一笑，握着三人的手，埋怨道：

　　"发誓就发誓嘛，何必抽刀抹脖子呀？万一不小心把脑壳割下来，接不上去了，岂不可惜？"

"发誓就要用命见血，才能使鬼神相信。欺天欺地你敢，欺鬼欺神倒是一定要断头死命的！这正是我蜀国百姓豪侠正气世代相传的规矩呢。"

格当酋长一本正经地向国相解说。想不到那鳖灵国相一听，就认了真，即刻嗖的一声，就抽出了望帝剑：

"我来补一刀！嘿呀——早点说嘛。"

三人哪里肯依，急跳上来死死抓住鳖灵国相握剑的手：

"呀呀呀！国相大人是贵人是天人是神人，你不要和我们草蛮子比！不敢比，不能比呀！你发誓，我们信！鬼神也信！都信！"

格当边说边请国相再入席喝酒。国相爽朗大笑：

"酒够了，情满了。前山后山两兄弟，等收了稻谷，我也给你们送几箩白米。

"有你们三兄弟鼎力相助，本相治水患凿石门、开农田兴蜀国之大业何愁不成哪！哈哈哈哈……百日盛宴终有散时，十年兄弟终有别时，就此告辞啦，走啦，好兄弟们！"

在众人的簇拥下，鳖灵国相离开西山寨，往回路走去。那汶山两酋长从岔路口自回本部落不提，格当酋长却执意要将国相大哥直送到出山口。随行的，还有他派出的五十个开大堰民夫和携带牛羊干肉的队伍。

快到山口时，国相正欲与格当告别，只见山口外十余人迎面飞奔而来，跑近国相跟前一看，嘿，竟是熊虎，累得大口呼哧呼哧喘气，说不出话来。鳖灵一见，知道一定是出事了，出大事了！忙说：

"熊虎不要急，慢慢说。石门出了啥大事，如此惊慌……"

他一边说一边递过装水的竹筒。熊虎急喘了几口气，喝了一口水，开口急道：

"石门没事，是蜀国有事，有大事了！青羌大王打进来了！望帝急命国相，火速带兵回朝，商议退敌保国大事！"

熊虎气息渐平，简略报告敌情。原来那蜀国西南峨眉大山一带，历来是蜀国屏障。蜀国在此连设三座关隘，称为西南三关。关外是连绵的丘陵大山，居住着强悍不驯的青羌人，时年与蜀国冲突不断，屡有侵犯。镇守西南三关的是蜀国虎豹将军，勇猛过人。他率兵千人镇守三关，已有三五个年头了，猪不拱狗不叫，平静无事。不料那青羌大王打听到蜀国精兵都去修水利了，就悄悄纠集了万人大军，以喝血酒结拜兄弟，互不侵犯为名，诱骗虎豹将军开关出来相会，随后竟趁机突袭西南三关。虎豹将军情知中计，奋力血战不敌，三关尽失。那青羌大王遂率大军直入平原，大肆抢掠人口财物，扬言要一举攻下王城灭我蜀国，占我千里平原沃地及朱提铜银宝矿。虎豹将军联合当地族兵，几番大战，也阻敌不住，只有且战且退，拖延敌军，同时一天三次快马急报望帝。现今青羌大军离我王城只有三天路程了。情势危急，王城百姓有的已开始逃跑了……

"我蜀军一向勇猛善战，虎豹将军与我一样，也是敢拼敢死的猛人。败就败在那青羌大王有一支象牛军：三头大象、上百头牦牛打前阵，一阵横冲乱撞，谁挡得住哇？唉，还真没有办法……"

　　熊虎将军一句话无意中点出了兵败症结。国相仔细问了熊虎好些个问题，诸如青羌军的兵势、将领、进攻路线、进兵速度等，熊虎均一一细说清楚。末了鳖灵国相略一沉吟，默思片刻，心里已然有了主意，转回头来笑问格当：

　　"格当兄弟，你部落可调集多少兵马？"

　　"急切之中可调集五百人马，十天之内可调集两千人，汶山两部落也差不多可调集两千余人。"

　　"也用不着那么多的人。我这几天听你讲说西山老部落的地理通道，西边是连绵大山，东边面向平原。有北、中、南三个山口可出山进入平原。我们这里是北山口，南山口出山五十里就是我蜀国的西南关，对吧？这样，明天你就带领你的五百精兵从南山口出兵，至平原大路旁树林里面埋伏好。一定要在五天之内到达埋伏地点哦。六七天之后，青羌军必被我打败从此处逃回，到时你可趁机歼灭敌军。记住，你不可穷追，只需将缴获的马匹粮财人口押回山寨就是，也不必向我禀报，还算你立功。此战你们的伤亡会很小，稳赚不输！如何？"

　　"哎呀国相大哥，你咋个就能肯定六七日后青羌兵要败退往南逃跑？你们连一仗都还没有打嘛。——他要不来呢？"

　　不待鳖灵回答，熊虎不耐烦地说：

　　"哎呀格当酋长，你这个蛮子好不啰唆，万事听国相的准没错！国相是神人，一个脑壳顶我们十个脑壳。记倒起！真是个大憨包。"

　　鳖灵拍拍格当后背，朗声笑道：

"莫听熊虎瞎胡说，什么神人脑壳啊……他要不来嘛，你就领兵回寨歇息，权当出来游玩了一趟。他来你不来嘛，那你可就错过一个发大财的好机会了！可惜呀，哈哈！到时可别怪为兄不把肥肉送给你吃哦。但要记住，'只打尾不拦头'，不然要吃大亏的。"

"啊，一定来一定来，准按国相之命埋伏攻杀青羌兵。呃——啥子叫'只打尾不拦头'啊？哎呀，我这个脑壳想不明白呀，国相大哥……"

"憨包！"熊虎一龇牙做了个鬼脸。国相笑而不答，拉熊虎告别了格当，一路急奔回石门去了。到了石门一看，大火烧得正旺，不曾停歇，便心里一松，高兴地对熊虎说：

"你做得对，无论天下发生多大的事，这石门烧凿之事都不能停！已经填进去了半个蜀国的粮财物料劳力，绝不能半途而废。这可是我蜀国的生死根本，是比天还大的事哩！"

即命熊虎调两百名精干民夫到石门凿岩，并留下两名熊虎兵丁指教民夫，如何烧、激、凿。石门工地连同挖堰的民夫，都统由老国相临时指挥。嘱老国相：石门至少要一天两烧、两激一凿，一刻也不能停火！违者按军令严处——该打的打、该杀的杀。令熊虎立即收拢全部五个百丁队，磨快刀矛，整理甲胄，吃饱饭，喂饱马。两个时辰后，全队随同自己连夜奔回王城。

另一场生死恶战迎面袭来，蜀国退无退处，躲无躲处，只有迎头顶上，以死相拼了。要想万事不顾一门心思治水开田、兴农强国，嘿，别人就会认定你只是个吃草的牛羊，是老实巴交讲礼貌的善良弱者，是一条可抢待宰的肥猪肥羊！弱肉强食，是天底下永恒的一条道理。你不想打仗，别人就会找上门来打！不为别的，只为你肥了，他饿了！

回王城的路上，鳖灵透着几分担忧，问熊虎：

"我们几年都没有打仗了，你说说看，我们的兵，还能打仗吗？还敢打仗吗？"

"老子不怕打仗，老子的兵就喜欢打仗！我熊虎从来就不是吃草的货！国相大哥，你没打过仗、没杀过人吧？怕不怕哟？"

"还真是没有打过仗啊。当然，也没杀过人嘛。不过哪个杀上门来惹老子，惹急了，老子敢拿命来拼。一旦开打，老子荤素通吃！骨头都不吐！兵对兵，靠刀剑；将对将，靠谋略。我要让那青羌大王尝一尝我的狠招毒计，哼！"

"好啊！国相大哥，这一仗我们就是被惹急了嘛，非杀他个惊天动地不可！哼，老子要喝他的血，嚼他的骨头……"

"把他狗腰杆打断，十年都爬不起来！"

暗夜中，国相鳖灵和熊虎分析着敌情，谋划着对策，带着精锐的五个百丁部队向王城急奔而去。一个完整凶狠的破敌良策已在鳖灵心中渐渐成型……"老子治水，关你屁事！你来趁火打劫，天理不容！格老子的！"——他骂出了一句地道的蜀国话。

四、强寇乘虚

　　午夜时分，国相、熊虎携百丁部队赶到王城，城内到处是兵。王宫周围巡逻小队举着火把往来不断，大殿前也密列着执戟卫士，气氛骤然紧张。大殿上灯火通明，众大臣或坐或站，三三两两低声交谈，都在眼巴巴地等着国相和熊虎呢。见二人风风火火进了大殿，天象将军急忙迎上前去，高兴地说：

　　"哎呀来了，终于来了，大王都急坏了。大王，国相他们来了……"

　　望帝靠在王座上，一见二人，不由得将身子一挺站了起来，喜道：

　　"来得好！来得好！这青羌小儿一向老实，不敢越界。今竟趁我将兵丁都调去凿山开堰，国无常备大军之际，突袭我国，抢掠财物人口牲畜，长驱直入，竟占了我半个平原，着实可恶可恨！这山野蛮子是欺我老迈无能吗？还是欺我国中无人？真是几年不敲打他，他就贱皮子发痒痒了！国相，本王已将五大姓共五千民军都调到王城，加上熊虎的五百精兵和天象的三百卫兵，都统交你指挥。你可全权带兵迎敌，将这青羌蛮子兵尽情赶杀，逐出国界，直砍下那青羌小儿的头颅来，才解我心头之恨！”

“臣听大王调遣，大王征战多年，神武天下。大王要臣下如何打这一仗？”

“迎头猛攻！他勇你更勇，他狠你更狠，压住打，勇者胜！”

鳌灵听罢望帝的攻战之法，略一沉吟，躬身谏道：

“啊，大王，容臣直言禀告，此等硬拼硬打之战法，虽可能取胜，但杀敌一千自损八百，即便退了敌兵，我军也会大伤元气，不合算啊。加之青羌兵多，兵势正盛，特别是还有凶猛不怕死的象牛兽兵，实在不易取胜。不若用计胜他。”

“哦？国相有何计谋？快讲快讲！”

“可用火攻之计兼三面夹攻之计。”

“啊？这计中还有计？快快讲来。大家都听听。”

就在刚才赶往王城的路上，鳌灵和熊虎就商定好了退敌良策。望着众大臣和望帝急迫的眼神，鳌灵国相先将敌强我弱的情势一一解说明白，说明硬拼硬打必定损失巨大。要害就说到象牛兽兵，如何破？唯有火攻，野兽就怕火嘛！敌军骄狂轻敌冒进，如何破？诱敌深入三面夹攻嘛！众臣听罢，都心服口服，信心大增。望帝也不断点头，深深叹了口气：

“这才是带兵的统帅啊！啥都想到了哇。鳌灵国相，你可在这朝堂之上，代本王颁旨发令，调拨军兵。只能打胜仗，不能失败。直取他青羌小儿的头颅祭天神！”

那鳌灵国相欣然受命，整肃衣冠，朗声颁布军令：

“据哨探兵丁报告，青羌兵已在距王城二十里处扎营，明日中午时分，必定攻我王城，妄图一战灭我蜀国。

"各将听令：

"四千大姓民军，出城外三里，埋伏在大路两侧草木深处，两侧各两千兵，由各族长统领。青羌兵来时不打，待青羌兵通过，王城这边烟火烧起时，从左右两侧发起突袭猛攻。

"一千大姓民军，在城门外，面对青羌兵来路，横向堆垛干草干柴，要堆一人高两人宽一里长，横拦象牛兽兵来路。柴草上多洒松脂桐油，再备上几百根长竹竿，在竿头绑上草绳，也要淋上桐油，做火把专烧象眼牛尾。象牛后退逃跑之时，可一手执刀，一手举火把追杀。五千民军如何分兵，你们五位大臣即刻议决，即刻行动，不得有误。

"熊虎将军率本部五百精锐将士，埋伏城内，待象牛兽兵混乱时，猛攻之，全力追杀二十里。你们是望帝大王的精锐部队，是主攻部队，一定要又猛又狠，打出我蜀国望帝的声威来！你们的凶狠，要让青羌小儿几辈子都不敢忘！

"天象将军麾下三百卫士，全部留守王宫，护卫望帝，不得离开王宫一步，不得擅自参战。

"大巫师连夜搜寻王城内住民有鼓、锣、号角者，明日与众小巫师带民众一起上城墙，听我指挥，待城外大火燃起之时，锣鼓号角一齐发声，壮我军威。

"各路人马，均须在明日中午前做好准备，本国相要逐一亲自检查。违者以通敌罪处斩！"

分拨完毕，各将领命连夜加紧准备，不敢有半点马虎。

在各路兵马中，最最要紧的还是城门前堆柴草的这支民军了，他们要烧大火挡住象牛兽军，还要把象牛烧惊烧跳烧得往后逃，此计才能算成功。已是深夜了，鳌灵、熊虎带着三百兵丁出了城门，看见一位挂着双蛇头拐杖正在忙着指挥的瘸腿老人，不正是常长老嘛。那常长老见国相带兵丁来帮忙了，高兴得颠跑几步来见国相，在国相耳边神秘兮兮地说：

"国相啊，看，我把谁给你带来了？你肯定想不到。"

"哈，总不会是青羌大王吧？"

鳌灵哈哈一笑，反问道。

"就是青羌大王，是来打——青羌大王的！"

一个熟悉的声音娇嗔道。随着话音，一个身影飞过来，怀里还抱着一捆柴。鳌灵定睛一看，哈，竟是荆姬！只见荆姬身着大红长裙，外套一件兽皮镶边浅荷色细麻布宽衫，两只宽袖口用布条束紧，长发绾在头顶，用一大块红布包扎起来，显得利落精神，俏丽英武。鳌灵一时又惊又喜，忙接过荆姬手里的柴捆：

"夫人，你咋来了？打仗是男人的事啊。"

"青羌大王打过来了，大王调兵，我认准了你一定会来，就跟随阿爸来了，给你带了一包衣服。野在外头都一年半没回家了，裤子穿烂了吧？我看看，屁股露出来没有？呃，露出来——没有？"

荆姬一伸手拉鳌灵，顺手在屁股上狠劲一拧。鳌灵痛得嘴一张正要叫，回头忽见岳父也过来了，急忙跟阿爸打招呼。岳父老族长瞪了荆姬一眼，转头笑着对鳌灵说：

"伢子呀，这是一场生死大战，拼命也要打赢啊。我族人少，青壮年更少，我就亲自带了二百人来，跟常长老的兵合在一处，好多兵器还是向常长老借的呢。伢子呀，带大军打大仗，你可千万要仔细了。不要管我们，你去忙你的正事吧。"

"阿爸，你和常长老都上了年纪了，就不要再拿兵器了。荆姬，你要照顾好两位老人家，不能有一丁点闪失。这里留下二百熊虎兵丁帮你们布设柴草火龙阵。我还要到城外查看伏兵。"

说毕，与熊虎将军骑马向城外奔去。走远了，耳边还追来了荆姬喊的一句话：

"打完仗回家歇几天哈！我想你啦——"

次日中午，青羌军果然杀到。尘土飞扬滚滚而来，号声洪亮，杀声惊天，果然声势浩大，令人胆寒。那三头大象和狂野的牦牛打先锋，在青羌驯兽兵的驱使下，直拥到城门前，被大堆的柴草挡住了去路，挤成一团，兜圈嚎叫。后面是黑压压如洪水奔涌而来的青羌兵，簇拥着青羌大王。那青羌大王骑在马上，头上插了十多支长长的雉鸟尾，手里舞动大砍刀，如人间魔头一般，身旁还跟了十几员大将。五天里，他的大军长驱直入，势不可当，今天必能一举踏平王城，活捉蜀王灭掉蜀国，他志得意满，豪气冲天！正当他耀武扬威准备发令攻城时，那鳖灵国相在城楼上看得真切，不待青羌军发起进攻，抢先下令蜀兵点火。霎时，一条长长的火龙横在阵前，烈焰腾腾，烟火飞溅，啪啪爆响，城墙上数不清的锣鼓号角又一起发声，好似天崩地裂，大难临头。那象牛惊恐失控，都想夺路逃跑。此时，蜀兵又点燃长竹竿火把，远远地伸过去烧那象牛，且专烧眼睛尾巴。那象牛畜牲什么都不怕，但就怕火。这一烧，可不得了，象牛掉转屁股就向后逃。一时间，牛挤牛，牛撞兵，四处逃窜，横冲直撞，敌我不分，谁也拦不住。踏死撞伤自家兵马无数。青羌军阵势顿时大乱，连青羌大王的马也惊得乱跳乱叫，控制不住。那鳌灵国相看得真切，正是时机！急忙在熊虎屁股上猛拍了一掌，喊了声：

"熊虎兄弟，该你了！"

熊虎跳上战马，额上伤疤鼓起如蚕，紫红发亮，他挥动长刀，大吼：

"兄弟们，杀他狗日的个痛快！杀——"

五百壮士本就是打仗的，敲凿了一年的石头，久不杀人，早就憋得人人手痒，个个心狠。这时，一个个犹如出笼猛虎，飞奔出城扑向敌军，挥刀如砍瓜切菜，真正就是一群杀人不眨眼的魔头，杀疯了！此时青羌军后腰又受到五大姓民军的突然攻杀，青羌军阵势彻底崩溃，群牛和逃兵争着抢着向后狂奔，青羌大王勒兵不住，也被败兵裹卷着向后奔逃。

这一仗，直杀得血肉横飞，尸体累叠，堵塞道路。熊虎率兵直追出二十多里，方才得胜，收兵回城。

那青羌大王遭到三面攻击，不知道四周有多少蜀兵，早被打蒙了，吓破了胆。见队伍七零八落，损兵过半，已无半点斗志，遂连夜收拾残兵，急急向西南关逃去。一心只想尽快逃出西南关，退回大山，保住性命。不用说，在西南关，等了两天睡得全身发痒的格当酋长，又给了他一个难忘的教训。五百位吃饱睡足的西山蛮子兵，像是争抢金子银子似的，兴奋得嗷嗷乱叫着从林莽中杀出，蛮子杀蛮子，谁怕谁呀？一刹那间就截断了青羌大王的粮草、伤兵。青羌大王不知虚实，哪里还敢恋战，丢下后军许多尸体和粮草、财物、马匹，飞也似的逃出西南关，回老家养伤养息去了。自此多年都不敢正眼望这西南关。跟在后面追击的虎豹将军，趁势收回西南三关。从此，小心守关不提。

那格当酋长白捡了个天大的便宜，喜滋滋地押着缴获的许多财物、粮食、马匹回寨，嗨呀，真是一把就搞肥了，好安逸啊。回望平原，连连叹道：

"国相，天神啊！我格当能做你的小兄弟，五辈子、十辈子都不变！国相大哥，格当死死地跟定你咯！鳖灵国相——火火火！"

王宫大殿上，各路将领得胜回朝，纷纷向鳖灵国相报功。鳖灵急忙说：

"望帝在此，各位将军应直接向大王交旨报功。"

五大姓大臣喜气洋洋地呈报：

"我军杀敌两千余人，缴获粮财马匹无数，另俘敌二百余人，我军仅死伤百多人。真是从来没有打过如此占便宜的仗，痛快啊，真痛快！有国相这般有计谋的人，真是天佑蜀国，大王洪福啊！"

熊虎将军豪气冲天，嚷道：

"我军也杀敌两千余人，缴获马匹粮财无数，没有俘敌，顾不上嘛。兵丁们只管追杀，砍死了事。杀出二十里还收不住手，回头才收缴的马匹、财物。三头大象，摔伤两头。另有牦牛百头和一些伤牛也抓回来了。听凭大王发落。"

人人报功，个个欢笑，只有天象将军和大巫师立在一旁闭口无语。鳖灵国相看在眼里，对望帝言道：

"各将都有杀敌缴获之功。天象将军也有护卫望帝之功，那青羌军兵势浩大，战场情势千变万化，我怕万一敌军攻入王城，那时天象必能护卫望帝平安撤退。保卫望帝就是保我蜀国，也是大功一件。大巫师在我军点火进攻之时，鼓号震天，壮我军威，吓破敌胆，也是有功之臣，一并请大王嘉勉。另外，各将都有缴获，请大王示下如何发落。"

那望帝喜滋滋咧着嘴，笑听众臣报功，手不停地捋着长须，不断点着头，笑盈盈地对鳖灵说：

"原想那青羌大王上万人的大军，我蜀军起码也要打个三五场硬仗狠仗才能把他压下去，不承想一战就平了贼兵，真是天佑我蜀国啊！想那青羌小儿，十年之内怕是不敢有贼胆再犯我西南关了。

"各将都有大功。国相调兵布阵鬼神难测，计谋滴水不漏，连环攻杀，得此奇功。我这里奖各臣将白银各五十斤，奖国相白银一百斤。至于这收兵分财之事，细碎烦人，还得赖国相把它做完，啊？"

望帝说完，含笑转头望着鳖灵。鳖灵面向望帝一躬身，略一思忖，转身面向众臣：

"遵大王旨意。五大姓大臣，你等商议均分缴获的马匹财物俘虏等物。凡出兵的其他大姓小姓，也按出兵比例分财，不可偏私。

"熊虎将军，将缴获的财物一部分分给杀敌有功的将士，余下的财物及伤牛带回石门公用。还有余下的牦牛，蜀国百姓尚不善使用耕牛，只是吃它的肉。其实，开田种水稻，牛的作用大得很呢。乞请望帝示下，就把牛赐予我开明族吧。至于那头雄健完好的大象，为祥瑞之物，就交由天象将军调教，日后也可作为望帝出巡村寨部落的坐骑……"

"好好好，就按国相说的办，极好啊……"

望帝不待国相说完，高兴地插话：

"……你开明族去年来蜀，耕牛多死在路上，正缺耕牛，去年开田，还是熊虎的兵丁帮助你们拉的犁，是不是？这些我都知道。将牛补给你开明族，正是道理。以后我蜀国要多开田，就必得多养耕牛。有牛耕田，才能多产稻谷。

"此次大战青羌，保我百姓太平，各臣将都有大功。本王高兴，早已备下大宴，愿与众臣将同享太平，一醉方休！"

"大王大王！还有一事未明：那两头伤象的……象牙，象牙……"

大巫师待望帝刚一说完，就急着说。不待望帝答话，国相哈哈大笑：

"大巫师别急嘛，早有安排，早有安排了。那象牙乃国之珍宝，何人敢擅自占用？待杀象取牙后，四支象牙必上交国库贮存，唯望帝一人才有权调用。这都是常理常规了。"

分配完毕，大开宴席，君臣欢笑畅饮。

席间，望帝向国相问了许多烧凿石门之事。当得知那石门两边都凿进去一丈五尺深的大宽洞，尚余两丈多就可打通时，高兴得如同小儿，嚷道："一定要去看看，一定要去看看。"当得知国相送来的贡米，是熊虎新开稻田种出来的，而一亩地才只用了半箩谷种竟产了四五箩谷子时，却沉吟不语，半晌才说：

"我曾与国相约定，'你凿山开堰，我劝农开田'。现在，你们都做得那么好，我却落后了。惭愧啊，愧对神灵啊。"

酒宴正欢，忽然一个卫兵跑进来，在天象将军跟前小声报告，说殿外有一个红裙女子，自称是国相夫人，要闯进来送衣服。天象将军看向国相，正要站起来，那女子却已经闯进来了，人没到，话音先到：

"打了胜仗不回家，丢得下堂客，丢不下酒。鳖灵夫君，酒喝够了没有？走啊，该回家了嘛……"

正说着，那荆姬已一阵风来到鳖灵跟前，伸手就要拉人。鳖灵忙站了起来，就势接住妻子的手，面向望帝赔笑，说：

"这是属下夫人，这次也来参战打青羌，顺便给我带了些衣服来。来，荆姬，快快来给望帝大王行礼，给大王行礼！"

那荆姬忙上前两步，给席地而坐的望帝深深鞠了一躬：

"祈天神护佑大王！草民女子知大王仁慈宽厚，我夫君出来治水患，扳起指头算，都一年半了，也不见回家。求大王放他半年的假嘛，也好管一管家里的事啊。他都打了胜仗了嘛，算大王给他一个赏赐吧。求大王了。"

那望帝和众大臣初见荆姬进殿，就觉满殿生辉，听得荆姬几番言语，豪爽大气还句句在理，都被惊艳得木呆呆的，半天无人说话：这可真是从天上掉下来的一位女神啊！还是望帝先回过神来，半开玩笑半认真地说：

"我说鳖灵啊，家有如此美貌贤德的夫人，你不在家里陪着守着，还一年半都不回家，不会是闹架要分家了吧？荆姬啊，说说看，本王为你做主……"

"啥闹架分家哟？是'水患不除，誓不回家'的约定呀。大王！你可是亲口下旨，命我治水三年为限。三年不成，即自削头颅谢罪！我也就发下誓言：水患不除，誓不回家！大王不会把这么大的事都忘记了吧？哈哈，我的大王呀，酒喝多了吧？……"

"当然不会忘记。'三年期限不变'是硬的，'誓不回家'是软的。你看你看，荆姬都急了，都要哭了，多让人心疼啊。今天本王做主，鳖灵国相，你就回家十天，好好陪陪荆姬吧！"

鳖灵本是在宴席上和大王打趣说笑，一听大王来真的了，也不含糊，嗖的一声抽出那柄望帝宝剑，架在脖子上，跪在望帝面前，平静而坚定地说：

"'水患不除，誓不回家'是我向大王发下的誓言，也是硬的，鬼神可鉴。三年治水患，时间紧迫逼人，洪水绝不等人，我们是在和洪水赛跑啊。治水我为主帅，我松一分，部下松一寸，民夫松一尺！我哪敢有一分一厘的松懈啊！族事、家事、夫妻之事，等上三年也无妨。石门烧凿、开大堰、治水患，是国之大事，是百姓大事！我必按日按时一天不差地计算哪。打完这一仗后回石门，从此我绝不离开石门一步，直到治水成功！我的大王啊，我今夜必率兵回石门。我这就拉刀见血，再立誓报鬼神！"

望帝急忙站起身，紧紧抓住鳖灵的双臂，拉起来：

"是我亏欠你们太多了啊，也亏欠了荆姬啊。我的好国相啊！好国相，那就去送送荆姬夫人吧，啊？"

其实荆姬心里早就清楚鳖灵是不会跟她回家的，听了丈夫那番看似绝情却又感人肺腑的话，她反倒为丈夫自豪。她上前两步，默默解下背上的衣包，仔细绑在丈夫肩背上，又把丈夫的衣领袖子抚平，掸掸灰尘，脸上带着笑眼里含着泪，仰头无语，然后低头朗声说道：

"哪个要你送啊？阿爸他们在外头等起的。早就晓得你这个死心眼的乖憨包是不得回去的，要不，我咋把衣服都带来了嘛。三年我等，十年我也等。国事大，家事小，我懂。就是……哎呀，你，不要累死了哈，我的好，好——国相！"

说毕，将头埋在丈夫坚实的胸前，抓住他一只手，飞快地狠咬一口，转身向殿外跑去。望帝一看，急说：

"哎，荆姬呀，别急嘛，把国相的赏银带回去吧……他功劳最大，有一百斤哟！"

"哪个稀罕啥子银子啊，我只要人，要人！人终是我的！阿爸他，我来了……"

来去一阵风，转眼间，荆姬人已不见了，只留下一串甜脆脆的笑声，还在大殿内久久萦绕。望帝不由得叹道：

"鳖灵你个崽崽娃子，好福气啊。本王我这辈子嫔妃女人无数，就没有一个，如荆姬这般可心的女人啊……"

此情此景，众大臣看得兴味盎然，哈哈大笑。国相鳖灵也咧嘴傻笑。只有大巫师那阴晴不定的脸上露出一丝浅笑，慢慢点着头似有所思：望帝、荆姬、鳖灵……这三人之间啊……嗯嗯，有点意思，这里边，可能有戏？可以有戏。应该有戏。

宴毕已是深夜了，五大姓大臣在殿外整理了衣冠后，向国相行大礼告辞，各率本部军马，心满意足地归回本族去了。鳖灵国相偕熊虎将军率五百兵丁也急着要返回石门了。天象将军他们送到大路上，黑暗中紧握国相的双手，诚挚万分地说：

"国相神勇睿智，真正是天神降临我蜀国，蜀国有靠，蜀国万幸啊！国相今后若有吩咐，末将万死不辞！"

鳖灵含笑拍了拍天象的臂膀，上马挥手告别，他的心早已飞回石门了。这么多天，火可千万别停了啊！

五、断粮绝境

中午时分，鳖灵和熊虎带着大队人马，火急火燎地赶回了石门。咦？不对呀，火熄了！锤凿无声，人也无声，那么多人都到哪里去了？转过小树林一看，嗨呀，在敞坝上，黑压压坐了一地民夫，都垂着头一声不吭。前面跪着两个捆绑结实的民夫，老国相正在训话呢。听见脚步声，老国相忙回头，见是国相和熊虎都来了，不待国相询问，忙上前讲说缘由。原来，这烧石门的活又苦又累，脸都快烤焦了。要凿岩，还得搭三层高架，一层层爬上去，站在只有一脚宽的木板上，去凿那腾着热雾的岩石。石渣飞溅，还得眯着眼睛，用布包着头。昨天有个民夫就热晕了，从高架上摔下来摔死了。结果昨夜里这两个怕死的家伙就想逃跑，被抓了回来。这不，老国相正在给民夫们讲道理哩。鳖灵一听，气得眼睛冒火。大步上前，睁圆双眼，抽出那柄又宽又长的望帝剑，一咬牙，嚓嚓两声，将两名逃跑的民夫的头颅立斩在地，还滚了两滚。民夫们都惊惧得闭眼抱头发抖。国相大喝：

"站起来！都给老子站起来，列队站好！——我来说道理！道理只有一条：治水不成，我们不死，我们的亲人也得死，是淹死饿死，我们的后代得死，是苦死穷死。我们死，亲人后代就不得死！你们既已来了，就要准备苦死累死。我们死，是为亲人后代不死。三年功成不死，个个都是蜀国的英雄、百姓的救星！我鳖灵与你们同命，誓死凿开石门！"

说毕，令蛮牛带原先凿岩的二百兵丁速去石门烧火开工。熊虎带两个百丁队及所有的民夫接着挖大堰，剩下一个百丁队仍由老国相带领，打造工具，备办炊食……一切按令执行：逃兵立斩，懒汉鞭杖。

鳖灵带着兵丁往石门跑去，回头瞪了老国相一眼：

"心慈不带兵，心慈成不了大事，心慈害人哪！"

石门大火，又熊熊燃烧起来了。时间是什么？时间是一根刺！它卡在鳖灵心里，它卡在鳖灵喉咙里，卡得很紧很疼，令人寝食不安。三年期限，只少不多啊，得抢回时间来！

冬去春来，转眼又是桃花盛开的季节。这几个月，石门烧凿顺利得出奇。为啥？一个冬春都没下雨，日夜晴朗不停工好烧火哇。鳖灵夜望圆月，在心里默默感激天神的护佑，祈求天神少下雨，要是不下雨才最好呢。回到棚屋，鳖灵重重地在木柱子上刻下一道凹槽，这是第二十四个圆月了，时间已经过去了整整两年。石门估计也不足一丈五尺厚了，时间还有一年。赶前不赶后，鳖灵一天也不敢耽误。

说来也真是奇怪，在今年的夏季秋季，竟连小雨也没下过一场。石门烧凿顺利，就没停过一天工，进展很快，甚至可以听到石门对面闷闷的敲凿声了。鳖灵脸上满满都是自信的笑容——再有半年六个圆月，本国相，哈，本"鳖神""鳖精"（他想起了常长老对他的称呼）必能打通石门这个大鳖洞啰！哈哈，全靠天神护佑啊！

不过，不下雨也还是有一点点害处，啊，不，不是一点点害处，而是巨大的害处，是旱灾，是全蜀国颗粒无收的大旱灾！

熊虎愁眉苦脸地来报告国相，泉水塘稻田干了，稻禾死了。那眼泉水不冒水了，连瓜豆都长不起来，田地更是没有一点收成。

老国相也来报告，望帝拨来的米和肉越来越少了，更多的是豆子、芋头、芭蕉头之类填肚子的山货。看来，全蜀国日子都不好过呀。

"我们这一千多号人要吃饭，可要早做打算哟。"老国相忧心忡忡地提醒道。鳖灵这几个月来，一直沉浸在天不下雨，石门烧凿顺利，离成功越来越近的兴奋之中。这时，他才猛然意识到：坏了，蜀国将有大饥荒！石门也将面临巨大危机——一千多号人饿着肚子还能凿岩挖大堰吗？饥饿，是躲在肚子里的魔鬼，是比青羌大王可怕得多的敌人，杀不死它也赶不走它，要战胜它，只有一个最简单的也是唯一的办法——找到食物。对，要想尽办法找吃的！有吃的才能不停工！有吃的才能有力气凿穿石门！鳖灵心里紧张地盘算着。怎么办？怎么办？他派人找来熊虎：

"熊虎，你那大堰挖成啥样了？走，陪我去看看。"

"国相大哥，是不是又有啥新的主意了？"

"我是在想啊，实在没啥吃的时，就把挖大堰停了。让这些民夫都到河滩上开荒地，种些瓜豆粟米蔬菜之类，也好度荒吊命，保障凿石门不停工，河边开地也不缺水。走吧。"

鳖灵和熊虎顺大堰河走了约十里，看着大堰河整齐、笔直地向东延伸，十分切合自己当初的设想，便不断点头叫好。他笑着对熊虎说："只要大堰河水一通，这两岸边得新开多少田哪，可多建多少村落哪。就是格当酋长的族人出来个几千号人，也恐怕还种不过来呢！"走着说着笑着，鳖灵心情越来越舒畅。这美好的愿景就只差几个月了。这幸福生活，它是一定能够到来的！一定的！因为它就在我们自己手上哪！

这时，熊虎指着大堰旁的一个大坑说：

"国相，你看，这就是那眼山泉，泉水塘，去年水大，还种了一季好水稻，收了二十多箩谷子呢。今年水小多了，只种了一点豆豆菜、毛毛菜。"

鳖灵停下脚步，见那水塘干了一半，仍清澈见底，周边是一小片菜地，绿油油的十分可人。再远处，是连片干裂的稻田，田里尽是枯死的稻禾，旁边还有几间茅草棚。便对熊虎说：

"你干脆调二十个民夫来，把这个水塘挖深、挖大些，说不定泉水也会更大些呢，挑水浇菜，再多种些杂七杂八的毛毛菜也好。这里土厚，比河滩沙地肥，你看，只要有水，这里还可开出更多的稻田，粮米足可养活一个村子的人哪。还可以修大房子，养大群鸡猪牛羊。嗨，那该是多么肥实的日子啊。"

鳖灵兴致勃勃，继续往前走，大堰延伸进了茂密的树林，天光暗下来了。那大堰也渐渐收窄变浅了，遇到巨树，还要转弯让树。大堰河两侧的树木高大遮天，密不透风，望不到边——
这就是深不可测的万年老树林。

鳌灵皱着眉，有几分恼怒地看着熊虎：

"好个熊虎，连你也学会耍奸了。咋回事？这大堰还不到
一丈宽了，还学会转弯了？"

熊虎忙赔笑解释：

"嘿，国相大哥你听我说嘛！前面都是望不到边的老树
林，树大根深，砍一棵树，五个人一天勉强可以砍倒，要把
它的树根掏出来，再挖二丈宽一丈深，五个人十天也难挖出
一丈长啊！为啥？树根缠绕相连，那些老根弯七扭八的，又
硬又绵。唉呀，挖呀掏呀，拿尖石头砸呀，拿火烧呀，我的天，
就是整不动呀。要想尽快把大堰河挖远挖长，向沱江那边靠拢，
老国相就给我出了个主意：先挖个毛坯堰，窄点浅点弯点先
不管，等以后大堰河通水了，大水一冲，大堰河自然就会越
冲越深，越冲越宽，说这叫个啥子'水到河成'啰，可省去
无数人工哩。平原上的大河小河都是洪水自己冲成的嘛。"

鳌灵听了，哭笑不得。望着四周黑森森的万年老林，叹了
口气，心里盘算，要砍开这几十里的老树林修大堰河，得需千
人万人之力，耗费多少年的时间才能成功啊？也罢，也只能"水
到河成"了。大水一来，水流不通，这片望不到边的万年老林
必将沉入水下，成为一个巨大湖沼。湖水寻低排泻，形成新河道，
但愿不要又淹了村庄才好。唉，附近几十里有无村庄，未来会
怎样变化，我也无力顾及了，只有以后腾出手来，再接着一点
一点弄吧。他摇摇头，便转身对熊虎说：

"唉，也只能这样了，只有顺应天地自然了。前面还挖了多长的'毛坯堰'？方向是向沱江那边靠拢吗？"

"前面最多还有一里长，实在挖不动了，民夫们都哭着喊天，打都打不动了，这一里长就挖了半年多，这才挖到老树林边边，沱江？还远得很哟。"

"好了好了。现在最要紧的，是吃饱肚子保住烧凿石门不停工。这条大堰河，我们现在就顾不了啦，以后咋个变，让后辈子孙来接着干吧。你现在就把挖大堰河的五百民夫和二百兵丁全部调去，开河滩荒地种菜，担河水浇地。弄吃的，是我们现在最最要紧的大事。这件大事就交给你了。这半年，能把瓜菜吃饱，不误凿岩，才是正理呢。"

半饥半饱中，时间又过去了三个月。

石门内外两侧堆起了两座小山，那是从石门里掏出来的石渣和炭渣。在原始工具坚持不懈的猛攻下，石门越来越薄了，听门对面的敲凿声，似乎不足五尺厚了！嘿呀，再鼓把劲，很快就可凿通了！不过，鼓不起劲了，因为，肚子瘪了！再壮的汉子，饿瘪了肚皮，也使不出劲来。能使出来的，只能是两眼冒出的金花。铜锤、石锤越来越沉重，风箱越拉越慢，已有兵丁饿晕了，从高架上摔下来……饥饿，这个看不见的魔鬼，不动声色地将这些青羌大王都畏惧万分的精锐兵丁，折磨得奄奄一息。死神，天天在身旁飞来飞去，找人下手啊……

朝堂大殿上，蜀国各大姓族长、各大部落酋长被望帝召来参加御前会议。几十人密密匝匝挤满了朝堂。会议只有一件事情摆在大家面前：石门吃饭无粮，离成功还有三个月，咋办？大家望着跪在大殿中央的老国相，面面相觑，低着头，谁也说不出话来，偌大一个朝堂，宁静得仿佛空无一人。

"停工吧！"

大巫师终于说出了这句话，这是大家心中想说而不敢说的话。

"我近观天相，在我蜀国星宿之中，有大灾星，四周还有无数小灾星。这恐怕就是天神显示，凿石门违天地之理、破日月之规，必成大灾难。这不怪大王，只怪那好大喜功胆大妄为的鳖灵国相。这两年多来，除了青羌大王大举攻入外，我蜀国周边四夷八蛮不断侵扰，掳掠财物人口，咄咄逼人，国家不稳哪。今年又逢大旱，百姓都快渴死饿死了。各族各部落都在挨饿，哪里还能拿得出一丁点粮食来？这不就是天神在惩罚我们嘛。不如索性停凿石门，调回熊虎将军五百精锐兵丁，扫荡四周夷蛮，也抢掠些粮财，充我国库……"

"大巫师说得对！停工停工……"

"还是停工吧，我们蜀国实在撑不下去了啊……"

"这凿山修堰是个无底洞，耗垮蜀国，修成完工又有屁用？国都垮了嘛！再说了，就是凿开了石门，到底能不能治住水患，还没谱呀。"

"……"

族长、酋长们终于爆发了！他们对于望帝无休无止地派传令官前来催粮调粮，早就不满，万般无奈。他们也都有自己过不去的坎哪：天旱绝收，大姓小姓各村各寨都有饿死的人了。

他们贵为族长、酋长，弄不到吃的，也时常是饿着肚皮晒太阳熬日子啊。

"我们没有一粒粮啦，只有肉！"

一个族长阴阳怪气地说。此话一出，几十双眼睛都齐刷刷地盯着他。

"有肉也好啊，谢天谢地，多少给点吧。"

老国相双膝跪地眼巴巴地爬向那个族长，众多族长酋长一齐盯着这位族长，看他还能拿得出多少肉来，能否顺便借点……

"我族已奉鳖灵国相之命，调了五十个民夫到石门挖大堰。他们就是肉！他们没吃的了，饿死了就是肉！把他们的肉吃了，就算是我族给你们调过粮食了！"

这令人毛骨悚然的话一说完，谁还能说什么呢？谁还敢说什么呢？

老国相颤颤巍巍地站起来，躬着身哈着腰在各族长酋长面前慢慢走过：

"凿山不能停，不能停哪！这可是望帝前年定下的兴蜀大事啊，大家都是满口赞成，满口支持的啊。两年多了，我们已经累死摔死那么多人了，还在干哪。鳖灵国相一天家都没有回过呀，还在干哪。就快要成功了，只剩下几尺门就开了啊。就像盖房子，就只差房顶几把草咯……石门开了，是一定能治住水患的。我们要相信鳖灵国相啊，望帝也是相信他的呀！"

老国相眼泪鼻涕顺着花白胡子往下流，悲伤委屈绝望地念叨个不停。别人恨他怨他羞辱他，他全然不顾，他只想为鳖灵弄到粮，往那十几只张着大口的大鼎锅里填满东西，不管是啥，只要能吃就行。他走了一圈，没人理他，一无所获，两手空空，又跪回到望帝脚下。

老望帝坐在熊皮王座上，一脚踏着熊头，一手捻着一撮长长的胡须。这两年他的胡须已经全白了。对于这些族长酋长，谁还能拿出点粮食来，他本就不报什么希望。要能有粮食，他们早就交了！他们敢抗拒望帝的催粮官吗？找死吧！望帝只是想听一听，他们还有没有一些度饥荒的办法。譬如……唉，望帝心里乱糟糟的，感到筋疲力尽。像一只掉进陷阱里的野兽，他陷入进退无路的困境之中。是啊，当年是自己下旨任命鳖灵为国相，开始了他的凿山开堰治水伟业。鳖灵也以三年为限，以全开明族性命为抵押，没日没夜拿命顶着苦干。现在成功就在眼前，只差几尺了。一旦停下来，大洪水一来又得淹死多少人、淹坏多少田地啊？再说，这两年多投入的那么多的粮食财物就都要打水漂了，光是耗费的铜，就占了蜀国产量的一大半……赔了半个蜀国啊！硬撑着干下去，可怎么撑呢？……满朝大臣只会发怨气，就没有一个人能说出个办法来。哼，要论起来，还是老国相最忠心啊！

"凿山不停，上千人无粮，空着肚皮能干活吗？我可是一粒粮也调不着了！你还有啥办法不？我的老国相哇！"

老望帝俯下脸，用绝望的眼神望着跪在地上同样绝望的老国相。

"来求望帝之前，鳖灵国相已同我和熊虎将军计议好了，挖大堰河的人停工，保凿石门不停工！开挖大堰河的兵丁和民夫一律上山下湖找吃的。除了自管自不饿死外，每人每天须交回一筐能吃的东西，或野菜野果嫩树叶，或小鱼野鼠大虫子，供凿山烧火的兵丁食用。大锅清水煮野菜野草树叶，水里多放点花椒山葱盐巴，还是可以吃得下去、吊得住命的。只求我王多少发一点粮米，每顿撒两三把米在大锅中，几十人一锅，每人都能见到几粒米，就算是吃饭了。我自己哪，准备带着儿子进岷山，上江源找老部落，以我儿子为抵押，多少借几头牦牛或绵羊来。那里的酋长不属我蜀国管，以前打过交道认识我。这一趟来回恐要一个多月，这段时间，就靠鳖灵国相他们自己想办法了。我们都架刀发过重誓，为了蜀国，为了望帝，为了百姓，我们决不停工！饿死——也决不后退一步啊！"

望帝听罢，干枯的老眼中不禁闪出泪花。他慢慢捋着雪白的长须，良久不语。自古说"好事多磨"啊，像这等保蜀国救百姓的天大好事，是要拿人的性命来"磨"的啊。鳖灵"饿死不退"，这倒真是一位铁打的英雄。当初没有看错他。他在拼命，他的五百兵丁在拼命，还有那些贫贱的民夫也在拼命，我也拼了吧！年已过古稀，已经活得够长够老的了，撑着一口气闭不上眼，不就是为了等到治水成功那一天吗？就把这条老命也拼了吧！深深地叹了口气，他抬起头缓缓开言：

"上天不会灭我蜀国的，鳖灵国相和百姓也在为我蜀国拼命。战乱和灾难年年有，蜀国都熬过来了，灾星何时断过？现在全国挨饿，饿死不少人。洪水、瘟疫、打仗、地动……哪年不死人？总死不绝我蜀人吧？四夷八蛮小乱，先让他乱去吧，等以后腾出手来，再把他们一个一个打服，打趴下来，他们翻不了天的。鳖灵国相凿山雄心不减，忍饥挨饿不停工，只剩几尺了，天神站在他这一边，他必能成功的。国库空了，各族姓各部落也空了，咋办？办法我只有一个，勒紧腰带！全国都勒紧腰带，熬！苦熬！从今天开始，我一天只吃一顿稀饭，只一把米！王城内宫官员兵丁宫女所有人众，全都出去挖野菜刨树根，刮树皮摘树叶，捉鱼虾虫鸟找吃的，各救各的命，御厨房不管他们的饭。库官报告，我府库只有最后三箩米粮、一箩干肉。现在拿出两箩米粮、一箩干肉来，交给老国相带回石门，交给鳖灵千人吃。留下一箩米，这两三个月，一天抓一把，吊住我的老命。另派五位大臣，掏空扫净国库，带上剩下的全部白银及蜀布、蜀绢等礼物，分赴邻国借粮买粮。今天就动身……散朝吧。"

望帝往后宫走了几步，回过头来对老国相说：

"人生天地间，必敢干天地大事。凿山开堰治水患，就是保国爱民的天大之事。饿死一些人，苦死一些人，累死一些人，必能救活更多的人，救活我们万代子孙，必能得天神护佑！你回去告诉鳖灵，你们挨饿，我杜宇老头儿陪你们挨饿！我吊住命不死，就是要等着看，看你们凿穿石门，分流洪水，治水成功的那一天！只要我杜宇还活着，三年之约我定不忘。天神在看着我们哪！"

望帝扶着天象将军的手臂，一步步走进内宫。他低沉苍老的声音在殿堂内久久萦绕，悲壮苍凉，震撼着众人的心魂。众人跪地无言，久久不能立起。老国相泪流满面，跪着以手拍地，手拍肿了拍麻了，依然号哭不止。

兵丁们勒紧腰带，使劲拉着风箱。其余兵丁都躺在地下，一动不动省力气。石门大火烧得还是那么旺。它，还能烧多久呢？

不远处的空地上，鳖灵国相、老国相、熊虎将军和五个百丁长围坐一圈，中间是老国相带回来的两箩白米和一箩干肉——这是老望帝能拿出来的，全蜀国最后的粮食。老国相含泪讲述了朝堂上求粮的场景，当说到王宫厨房不煮饭了，所有的官员兵丁宫女都出去挖野菜、刮树皮，自管自吃，连望帝一天也只吃一顿稀饭、一把米吊命，把最后挤出的这点粮食送给石门时，他呜咽着说不下去了，放声大哭起来。所有的人都深深埋下了头，泪水如下雨般，滴滴答答洒向地面，都为衰老的望帝心痛不已。他可是我们蜀国蜀族亲亲的老辈爷爷啊！

鳖灵站起身来，脸上挂着泪，也不擦，来回踱着脚步，好一阵没有说话。忽然，他用手背使劲擦去了眼泪，紧握双拳，瞪大双眼坚定地望着众人："最艰难的时刻到了！离成功也只有两个多月了。望帝用命来支撑我们，我们必用命来报偿。我们已经苦苦撑过了一千多个日日夜夜，累死饿死也不差这最后几十天。就是死，也是为自己父母、妻儿、亲人死，为望帝死，是笑着死，是化仙上天的死，是能见到天神的死。

"老国相啊，那你就再辛苦一次吧，带五十兵丁上大岷山走江源，找你熟识的老部落酋长，借十来头牦牛或几十只绵羊回来救急。熊虎，你把五百民夫除留百人照料河滩菜地外，全数派出去，上山下湖找吃的。从今天起，你带五十个兵丁负责炊食，不论啥吃食，总要把那十几口大鼎锅装满。吃，是我们眼前最最紧要之事，交给你办了。五个百丁长，一人率五十个兵丁随老国相进山。一定要保护好老国相！他年老腿弱，走不动时，该背时背，该抬时抬。记住，一定要快去快回哦。其余四个百丁长，两人管石门前，两人管石门后，猛烧狠凿，日夜不停……"

正说话间，几个西山老部落的民夫气喘吁吁地跑来报告：

"国相大人，我们的格当酋长来了，牵来了几头牦牛……还有几十个乡亲，抱着背着黄姜树根、刺梨藤根那些山毛野菜，也跟来了。"

话音未落，格当人已到，哈哈笑着，老远就咋咋呼呼地喊道：

"国相大哥，大哥哥吔，莫急莫怕哟。说话不转拐，饿死也是我格当死在你前头嘛。我西山寨人都饿死光光了，才轮得到你嘛。你看，我带来了三头牦牛！三头哦，你们可以吃几天饱饭啰！"

格当说，那天他在朝堂上，见望帝大王一天都只吃一顿野菜稀饭，省下最后一点粮食往石门上送。国相可是我的亲亲大哥啊，能不管吗？回寨子里就到家家户户去找，找哇找哇，找来找去，实在也找不出能顶事的吃食。最后，想到这三头自家养的母牦牛，两头都已经怀崽了，一头在挤奶。干脆就都拉来了。

"嘿嘿，牛羊就是养来给人吃的嘛，我就说个不转拐的话——吃绝种了更好，反正我蛮子小弟是要下山跟大哥学种田的。嘿，你晓得不？悄悄给你说哈，养牛羊满山跑，累死个人，还吃不饱，我早就心烦咯……"

格当嬉笑嚷着，没等他说完，鳖灵一把紧紧抱住格当，又在他胸前狠狠捶了两拳，含着热泪喊了声：

"兄弟……亲亲的好兄弟啊！"

鳖灵分拨已定，五个百丁长立即行动，老国相也去收拾行李，准备连夜进山。熊虎留下来对鳖灵说，那泉水塘边栽种的瓜豆菜蔬都长得水灵灵的，水塘再扩深点，出水量还能再多点，菜地也能多种些菜。那么好的菜要有人守。那里的二十个种菜民夫就留下来挖塘、种菜、守菜，以免萝卜被野猪拱了，萝卜都金贵得很咧。鳖灵一听哈哈大笑：

"这方圆一天路程内，树林里的野物，早就被我们打光了，湖沼、江河里的鱼虾也被我们抓光了，哪里还有啥野猪啊？要真有野猪来拱萝卜，好呀，就让它直接拱到大鼎锅里去才好呢。留人守菜是应该的，不过，不是守野猪，是守饿懒汉。菜地留多少人，你看着办嘛。"

望帝的两箩米、一箩干肉和格当的三头母牦牛肉被熊虎珍藏着。亲自拿捏着往锅里下米下肉，一锅抓两把米、三把切成细渣渣的肉。整锅清汤水里都是瓜菜、嫩草、树叶。一天两顿，一顿十几个大鼎锅，一锅三十多个人，算算看，能抓几顿几天……

又熬过了半个多月，熊虎带着四个百丁长哭丧着脸跑来报告国相：

"饿跑了！饿跑了！民夫都跑光了。只有常长老和格当酋长的民夫没有跑。民夫说，工地不管饭，自己找野菜吃还要上交一大把野菜，家里都有妻儿老小，也在挨饿呀。找到一点吃的东西，还不如拿回家去救妻儿老小。民夫们背地里一合计：跑吧，反正是个死，饿死杀死都一样，跑！他们昨天出去挖野菜，就再也没回来，四散跑了，哪里去找人啊！"

面对冷清清的工地、空荡荡的茅草工棚，鳖灵深深叹了口气，对熊虎说：

"看来，这石门也就只能靠你我和这四百多个兵丁兄弟了。那，常长老和格当酋长的民夫又为啥没有跑呵？"

熊虎答道：

"是啊，我也这么问过民夫。常长老的民夫说，他们族长说了，'哪个敢跑，我就拿拐杖打断他的腿'。格当酋长的民夫说，哪个怕饿跑回去的，酋长就要把他关在木笼子里活活饿死。这些话他们几个百丁长也是听见了的。"

鳖灵国相听了不断地点头：

"常长老和格当酋长的民夫都是善良懂道理的好汉啊，就暂时把他们都编入百丁队吧。这样，我们共有五百五十多张口。从明天起，派两个百丁队出去找吃的和守菜地，晚上回来大家一起吃饭。五十人继续煮饭供炊食，由蛮牛管理。余下的三个百丁队分成两半，一半由你带领攻前门，一半由我带领攻后门。我俩都带班上手烧凿，拼了吧，拼个死，也要把石门砸开！"

熊虎青瘦的脸上沾满粉尘，额上刀疤涨红，他瞪圆双眼，一把抓住国相大哥双臂：

"能跟着大哥干这惊天动地的大事，死也值！我没有家，饿死也只是人一个。民夫跑了，我也没有啥办法了，一切听大哥的。大哥不退，熊虎不退。最后一口吃食，我会留给大哥。大哥饿死，熊虎我只会饿死在前！"

说着双眼涌出泪来，双手紧紧抱住大哥手臂不放。

四个兵头头聚过来一拥上前，也抱住他们的大哥，像凿岩石般一字一句说道：

"累死不退！饿死不退！石门不开，誓死不退！"

望着这群陪着自己从楚国一路走来，在一个锅里吃饭已两年多的兄弟，鳖灵胸膛起伏，眼含热泪，从牙缝里咬出话来：

"石门这道，鬼门——关哪，我们一起——闯！"

坚硬有形的岩石和柔韧无形的饥饿轮番绞杀着鳖灵的意志和筋肉，谁能笑到最后呢？石门在一点一点变薄，还有一尺多厚？说不准。感觉很薄了，又没法子去量，就是总凿不穿。时间在一天一天滑过去，这倒是很明确的。前些天，鳖灵就已在那根木柱子上刻下了第三十五根横槽。三年期限，剩下的时间已经少得令人心里发紧了，剩下的粮肉也少得令人心里发慌了——蛮牛只能伸出三根指头，一小撮一小撮地往锅里抓了，生怕下一顿就没得抓拿的了。

蛮牛是个粗人，生怕那丁点珍贵的米肉被偷，天天都带刀睡在炊事棚房。这天一大早，他开门一看，嘿，怪了，一大堆嫩树叶、芦草根杂七杂八的野菜堆在门口，其中还有几条鱼哩。四周却不见一个人影。接连几天，都有野菜堆在门口。"这些野菜是咋个跑来的呢？"粗人蛮牛想了个笨办法：喝了一肚皮水睡觉，半夜起来屙尿就不睡了，坐在木墩上，鼓起两个牛卵子眼听动静。天快亮时，他听见轻轻的脚步声，他猛地拉开门跳出来，在那一瞬间，他惊呆了：黑暗中一大群人也惊恐地慌忙跪在地下，连连喊叫："小将军莫杀人！我们知错了！我们回来了！"蛮牛持刀靠拢一细看，认出来了，咦，竟都是那些逃跑的民夫，每个人怀里还抱着大捆的野菜！蛮牛正抱着刀询问，这时国相闻讯过来了，指着两个人让站起来回话。一个民夫站起来，还没说话就哭起来了：

"我妈拿棍子打我，是真的下手狠打呀！我说妈呐，怕你挨饿，我才偷偷逃跑回来孝敬你的哟，你咋还打我呀？我妈就说，你孝敬我，洪水一来，我横竖还是只有一个死。你要孝敬国相才对。国相治水成功，他就是孝敬了望帝，孝敬了全蜀国百姓，也就算是你孝敬了我呀！这才是真孝顺、大孝顺……你这个瓜娃子，真是不懂事呀！"

另一个民夫是个半大的娃，抹着眼泪说：

"我爷爷骂我，死也不吃我带回去的野菜，说我是猪，只晓得拱吃拱吃，不像我战死的阿爸，死了也是响当当的百丁队的兵！我长大了，也要当百丁队，饿死不退，累死不退，跟着国相拼命！我爷爷也来了……"

说着，从人群中拉起一位花白胡子老人。老人上前两步，在国相面前跪下：

"国相大人，草民有罪啊！国相大人不是来当官享福的，是天神派了来救百姓的！你吃苦受罪，百姓心里都清楚得很哪！几百上千年来，我们平原上的百姓，几年淹死一片片，几年饿死一片片，哪里是个头哇！现在国相饿着肚皮，拼着命治水，是为哪样、为哪般嘛？我们还逃跑，是良心被狗吃了，没得良心咯！我和好多家的老人商量过了：灾荒年，我们百姓拿不出一颗颗米，拿不出一丝丝肉。只有一根草绳绳，勒紧肚皮；只有一双手，能挖野菜。平原丘陵天地宽得很，你们几百人的野菜，我们包了！我们天天来送野菜、送柴火，不吃你不住你，送了就走！感谢国相，为我们百姓受苦受罪啊……"

鳖灵国相闻听此言，悲喜交加，热泪涌出，连忙上前一步，双手扶起老人，大声说道：

"请站起来吧，请乡亲们都站起来吧，该是我鳖灵给乡亲们下跪啊！乡亲们送野菜，助我凿石门，保我治水成功，这真是比天神还大的功德啊！我鳖灵愿以死治水，以命炸开石门！百姓就是天神！我今向天神发誓：必要让蜀国治水成功！百姓火火火！"

说毕，向着乡亲们下跪，抽出望帝宝剑来，在脖颈上轻轻一拉，渗出血来，以手指沾血，横抹在额头前。复立起身，以剑指天，高声大喊：

"鳖灵治水必成！百姓火火火！"

天明了，朝霞染红群山，山谷中回荡着阵阵轰鸣：

"蜀国火火火！火火火……火火火……"

四周乡亲们成群结队送来树叶、青草、野果、草根、草茎……不管好歹，填饱肚子是蛮够了。这一下，鳖灵国相信心大增。他调回了每天外出挖野菜的两个百丁队。这样就有四个百丁队烧凿石门了，熊虎带两个队攻前门，凿进水口。自己带两个队攻后门，凿出水口。一天三班变四班地倒班，一个班也只干三个时辰。"吃野菜不长力气，累不下去了，没办法呀。"他看着钉在炊事工棚墙上的三张牦牛皮出神，那是格当酉长送来的三头牦牛的皮。"为啥牛马大象只吃草，就能有那么大的力气？为啥我们人光吃草，就长不出力气来？人要是不吃米粮和鱼肉，光吃草，时间长了，是不是就能变成牛马大象那样？是不是就能长出力气来？"他想不明白这些奇怪的因果。或许，天帝就是这样造人造万物的，人本性就是要吃米粮鱼肉，才能比牛马大象更聪明吧？他只能在心里暗暗祈祷："老国相，你老人家快点回来啊，把牛羊多少带回来点吧！我们情愿像牛马那样劳作，但，光吃野菜野草，我们实在长不出力气来呀！"遥望远在天边的大岷山，鳖灵在心底绝望地呼喊着。

这天半夜，鳖灵燥热难眠，索性起身走出门外。不远处是火光冲天的石门，忠诚的兵丁们还在彻夜苦干着，这，一点也不用他操心——没有一个人会偷懒。抬头望天，几个月来晴朗的夜空不见了，明亮的星星和月亮不见了，厚厚的云层遮住了一切。啊，这——莫不是要变天了？鳖灵紧张地思索着：千里岷山大雪山雪化得太快，那桃花汛一下来，必定成洪水。去年一年无雨，老话说"久晴必有暴雨"，这是老天爷常玩的把戏。现在天布厚云，很像是大暴雨来临的征象，这也必成洪水。要是两股洪水一齐来……啊，就必成大洪水啊！我的天啊！这大洪水几天之内，极可能是说来就来的呀，要是石门还未凿开，一切就都完了！彻底完了！鳖灵觉得自己好像是站在万丈深渊的边边，稍有不慎，就会跌落万劫不复的深渊，粉身碎骨化为尘土。而被他一起带入深渊的，还有血肉相连的开明全族及善良勤劳的蜀国万千百姓，还有整个强大的蜀国！

时间！时间像拉满的弓箭卡在鳖灵的心里，随时可能一箭射穿他的心脏，要了他的命！大洪水要来了，时间还剩三天？两天？还是一天？……鳖灵在漆黑的夜空下焦躁地踱来踱去。

天明了，太阳躲起来了，乌云不散，越聚越黑。

鳖灵找来熊虎，两人又仔细地估计了一下石门剩下的厚度。熊虎认定：两天能开！兵丁们都说，一天就能开呢！好。就算两天吧。最后的决战到了，鳖灵难抑激动，他的一颗心颤抖着，蜀国的兴亡，千万人的生死，现在就是决战之时了。他拉着熊虎几步爬到石门顶，指着一里开外岷江边一棵独立的大树，对熊虎说：

"你派十个人，去那大树旁，破堤挖引水口。只挖一尺深、一丈宽！这是我最后一道军令了，我等了快三年了，发出这最后一令！"

然后他把四个百丁长连同熊虎一起，会拢在路边小树林下，神色严峻又十分动情地说：

"我的亲兄弟们，最后聚一下。攻破石门，只需两天，桃花汛至，大暴雨来，三天左右。全部能吃的东西，只够两顿了。三年期满，也只有五天了。我们用最后的生命来拼这最后的两天，用命用血肉攻破石门！攻不破，洪水涌来，我们全盘皆输，三天后，饿死累死，不知还有几人能活下来。五天后三年期满，石门还没有攻破，我必用这柄望帝剑自削头颅，永别兄弟们。这是望帝的严旨，我已承诺，我必执行。现在，兄长我最后能给你们的，就是睡一个时辰。饿了没吃的，只有睡觉能养出一点点力气来，睡完就去拼。我们一起睡。就是现在。啊，睡吧，大家太累了，歇一歇吧，睡完去——拼命……"

说罢，他筋疲力尽地瘫倒在树下。几位亲兄弟，像一群没有筋骨的懒狗，仰在地上，趴在地上，又饿又累，眨眼间，都睡过去了。

鳖灵瘫在地上，他感到他的骨头和筋肉好像都化成一滴滴浓浓的血水，从他心里漏了出来，沁入身下的土地。他感到他就像一片枯树叶，从树上飘下来，轻飘飘的，无声无息落在地上，就要化成泥土，永远融入大地了。大地母亲啊，我多想回到你的怀抱，我多想就这样永远睡下去啊！但心睡不着，心上还挂着一件沉甸甸的东西，好重好重啊！望帝把蜀国万千百姓挂在我的心上了，这是人世间最真挚的信赖，最沉重的担当啊！不行，我不能睡，我得起来。他想翻身爬起来，无奈身体好像已与大地连在一起了，使了蛮大的劲，一点也动不了啊。他急了，在心里呐喊：谁来救救我啊？阿爸阿妈？荆姬，荆姬，你在哪里啊？快来救我……绝望，是死神的翅膀，已经紧紧地抱住了他。他的眼窝里盛满了泪水。

天地越来越寂静，身体轻飘飘的，心灵轻飘飘的，他感到自己就要融化在永恒的虚无之中了。就在希望之火即将熄灭时，恍惚中他听到一阵马蹄声由远而近，来到跟前。是谁？懒得看，管他呢。由马上跳下来一红一蓝两个女子，鳖灵撑开沉重的眼皮，泪光中闪动的，呀，是荆姬！不不，这一定是在做梦，是假的。他懒懒地闭上眼，过了一会儿，忍不住又再睁眼定睛一看，呀，荆姬！真的就是荆姬！他不知从哪里涌出一股劲，竟一手撑地，慢慢翻爬起身，嘶哑着声音喊：

"夫人，你来救我了？快救救我！我实在，撑，撑不住了……家里出事了？"

一边说，一边踉踉跄跄扑向荆姬，他梦中思念的亲人，上天派来的救命神，就这样神奇地突然出现在他眼前！荆姬穿一条大红长裙，长发用一条红丝巾束住。她边后退边盯着这个骇人的"野兽"，天哪，这还是她的男人吗？眼窝深陷，颧骨突出，乱蓬蓬的头发和乱蓬蓬的胡须连成一片，几乎完全遮住了脸，毛发上全是灰白的石渣石粉，像一个肮脏的毛球团。衣服也破烂不堪……

"天哪，你咋熬成了这副鬼样样了？！灵灵？不成人样，不成人样了啊！啥子破国相烂国相嘛……走走，我们回家去！"

荆姬放声大哭起来，小玉也在一旁抹眼泪。

"家里没有事。你都三年没回家了，阿爸天天心惊，睡不着觉。他说你说过的：三年没回来，就是回不来了，不是自杀就是被杀。他怕你有事啊，实在忍不住，叫我们来看看你。"

"我没事啊，蛮好的，哭啥么子事嘛！就是饿得很哪。你有没有一点吃的？一点点，一小口？"

鳖灵盯着荆姬怀中抱着的一个小竹篮以及小玉抱着的一个大竹篮。熊虎和四个百丁长见是国相夫人来了，也忙从地上爬起来见礼。他们都是一同从艰辛的楚国路上患难走过来的，彼此都很熟识了。荆姬见鳖灵伸手过来，要来抓竹篮，忙一巴掌拍打过去，虎着脸说：

"族人钻老树林走了两三天，打回一头野猪，分给我们家一块肉。阿爸拿来炖了半锅，叫我和小玉全部给你们拿来了，他一口没吃，只是给卢儿留了一小碗汤。小玉把大陶罐给熊虎大哥，他们都饿坏了！夫君，我这里还有一小罐，你不慌吃，随我去江边洗澡，洗干净了再吃。我带的有干净换洗衣服。看你这鬼样！头发蓬起，烂衣服飘起，熬得简直就是一个穷鬼饿痨鬼……是野人！"

说着，一把抓着鳖灵的手，不由分说地往江边拖去。

小玉从大竹篮里取出大陶罐，双手捧着笑盈盈地说：

"熊虎大哥，给，这是阿爸给你们准备的，你们吃吧。走了一天，我一直小心抱着呢，幸好没有洒出来。看，熊虎哥，你都饿瘦了，唉呀，你们好苦好累啊……"

有三年没见着小玉了，小玉长成真正的大姑娘了，更好看了。熊虎不好意思看她，咧着大嘴憨笑着，闷头接过大陶罐，宝贝似的紧紧抱在怀里。一打开盖子，浓烈的肉香一下子从罐口冲了出来。四个百丁长围了过来，久违的肉香充满魔力，五双牛卵眼死死盯着大陶罐，五双手爪子发着抖，五个喉咙直往下咽口水，正要动手抢，熊虎下意识一回头，看见不远处那一长排大鼎锅，皱起眉头，伤疤血红鼓起，急忙双手捂死罐口：

"我们一人只吃一块，小玉也吃一块，其余的肉都捏烂了，捏成绒绒渣渣连汤一起倒进那十几口大锅中，一锅倒一点，手上的油也要洗在菜锅里，让兄弟们也多少沾点点油气。昨天又饿昏了三个人，从高架上摔下来，死一个伤两个……"

六、荆姬求粮

鳌灵跟着荆姬来到岷江边，三两下扯掉破衣裳，赤条条地跳入江中。那江水乃雪水所化，虽流淌了几百里，仍是冰凉刺骨。鳌灵"火火火"地喊叫着，上下翻腾洗澡洗头，将身体搓得通红。说起来真难以置信，那鳌灵本已饿得奄奄一息、命悬一线了，荆姬一来，哈，就像是给他带来了第二次生命似的，立马就生龙活虎起来了。神奇的天帝究竟是怎么创造的人类呢？这真是个永恒之谜，简直不可思议！

荆姬在岸边喊：

"灵灵，你看，江心有个芦苇小岛，找条船，我们过去好换衣裳。"

鳌灵在水里哈哈大笑起来：

"在老家，我们过河啥时候要坐船的？都是你抱衣裳，我踩水托着你过的呀。你忘了吗？"

说着，鳌灵游到江边，叫荆姬抱着他的破衣裳和竹篮。荆姬抓起破衣裳，说声：

"不要了，衣服鞋子都烂得穿不成了，我这里带的有干净衣裳给你换。"

　　一扬手正要把烂衣裳扔进水里，鳖灵忙上来夺下破衣裳。翻弄一阵，从一个暗袋里掏出一块晶莹剔透的白玉，托在掌心，举到荆姬眼前：

　　"看，这是我去年在江里洗澡时得的。漂亮吧？那次我是想在水里抓鱼，见水底白光一闪一闪的，我急忙伸手一抓，却是一块溜溜的白玉，真是好看，我就给你留下了。晚上睡觉时拿出来抚摸玩看，竟像是见到了你一般。哈，美滋滋的呢！给你。"

　　荆姬接过白玉，托在掌心细看，果然好一块美玉，有小鸡蛋大，扁圆扁圆的，光滑可爱。她十分喜欢，笑道：

　　"好漂亮的玉石啊！我拿回去，找人钻个孔，穿个红绳，挂在我们卢儿脖子上，一定好看！"

　　说着，斜背着包袱，一手提着竹篮，夹着破衣裳，一手抱着丈夫湿漉漉的头，坐在丈夫肩上。说声走，那鳖灵就哗哗哗踩着水，眨眼工夫就到了江心小岛。一看这小岛，他俩都乐坏了：好现成的房子啊！四周芦苇像围墙，中间细沙平整得像大床。水边还有不少干树枝，真是一个好房子哇！鳖灵急从破衣裳里掏出火石火刀，收集些干苔藓枯树枝，三两下就打出火星，很快就点起一堆火来。荆姬看着一丝不挂的丈夫在眼前忙来忙去，不禁一阵阵脸红心跳。解下系在肩上的包袱，拿出干净衣裳来。又从竹篮里取出小陶罐，对蹲在地上撅着光屁股吹火的丈夫柔声说：

　　"灵灵，你是先吃肉呢，还是……？"

　　"什么？吃？吃肉吃肉，快拿过来！"

　　鳖灵不假思索，跳起来，抓过小罐，伸手就掏出一块肉来往大嘴里填，来不及嚼，一抻脖子就往下吞，直噎得眼泪花花的。连抓连吞几块肉后，才想起该嚼一嚼，吮一吮手指上的油水，尝一尝肉的滋味。看着丈夫的饿相，荆姬的眼泪又涌出来了。她靠在丈夫身上，用手抚着那健硕的臂膀肉，忍不住用牙轻轻咬了一口，幽幽地问：

"三年都不回家，你就一点也不想家吗？"

"想哪想哪，当然想哪。我是想，等这石门一开，水患一除，全开明族都平安了，蜀国百姓也都平安了，我就回家来种田。也不当这个啥子国相，一族人一家人乐乐呵呵地过日子。年年大丰收，粮食吃不完。嘿，你再给我生十个八个儿子来，我也养得活。有这样的幸福生活，就是天神爷爷护佑我们呢。"

"你还要我给你生十个八个儿子？现在卢儿都五岁了，还不知道他的阿爸是谁呢。他问我，我心里有气，就说他是发大水从河里冲来的，捡来的，没有阿爸。他就急得哭着闹着去问外公。结果我阿爸把我狠骂一顿……卢儿哭，我也哭。我真不知道你还能不能够平安回来啊……"

说着说着，荆姬的眼泪又下来了，三年的委屈一齐涌出，索性大哭起来。鳖灵忙放下陶罐，紧紧抱住荆姬，将她的脸紧贴在胸前，抚着她光洁顺滑的秀发，发着狠说：

"会回家的！不出三天，这石门必开！石门一开我就辞官回家，和你一起过日子，绝不再分开！"

荆姬扬起脸，双眼含泪，热辣辣地望着丈夫，悄声说：

"你不想家，今天我就把家给你带来了，你还不要吗？"

"家带来了？什么家？在哪儿？"

"我给你带来了吃，带来了穿，带来了我，我就是你的家呀。"

　　说着，荆姬轻轻解开衣带，慢慢褪下红裙。鳖灵一看，猛然醒悟，霎时，一股热气浑身上下乱窜。他猛地抱起荆姬，轻轻放在洁净的细沙上，他猛烈地燃烧起来……热啊，在烈焰的烘烤下，他睁不开眼睛。迷蒙中，他仿佛在凿岩。石门前烟雾迷漫，热浪袭人，热得人昏沉沉的。还剩三天了，石门必须凿开！必须凿开！远处的洪水正在飞快涌来。快凿呀，咚、咚、咚，再快点，咚、咚、咚……终于，石门大开，洪水涌进石门，向大堰河流去。哈哈，大功告成，快意无限！三年重担瞬间卸下，令人轻松如飞！多年积聚的疲劳也像洪水一般涌过来，从手指脚趾、从四肢涌上来，直淹没了五脏六腑，淹没了一切感觉，淹没了生命……他消失了，世界也消失了。他死沉沉睡去，如一摊稀泥，不省人事……

　　荆姬轻轻推开丈夫，把他放平摆顺，拿过干净衣裳盖在他胸前。用手指细细梳理着他杂乱的长发胡须，清理出那些藏在深处的小石渣。天渐渐暗下来了，她也紧紧地依偎着丈夫躺下。仰望夜空，那浓浓的阴云不知何时已经散开，西天暗红如血的晚霞中，半个月亮在云朵中穿行。星星眨着眼，越来越亮，越来越近，越来越大，仿佛就在头顶……她不由得想起了三年前，在楚国老家时的温馨甜美：那时，丈夫天天从县衙回家，踏着红红的晚霞，穿得干净气派，风度翩翩，人人仰视。贵为一县之长的他，一回到家里，脱下官袍，就变成了农夫。担水修农具挖地抱卢儿，忙个不停。夜夜同床共枕，万般温情……那是多么幸福美满的日子啊！哪里像现在这般累死饿死，半死不活，堂堂国相形同鬼役。三年都回不了家，这是什么日子啊！望着在云朵中费力穿行的月亮，她轻轻地吟唱起来：

> 太阳走一天兮累了睡了。
> 月亮走一夜兮累了睡了。
> 我灵灵凿山三年兮累了饿了，不得睡。
> 累死我灵灵兮，饿死我灵灵兮，神何不怜？
> 祈天神佑我灵灵兮，愿以我命换他安康！
> ……

　　荆姬轻轻啜泣，悲伤不已。唱着哼着，偎在丈夫胸前，也沉沉睡去。

　　半夜时分，荆姬被冻醒了。身旁的丈夫还在酣睡。轻轻掖了掖衣裳给他盖好，爬起身往火堆上加了许多柴枝，一抬头，见江岸边有几堆火。再看另一边，岸上也有几堆火。她紧张起来，该不会是坏人吧？听人说这边山上还有人熊、山蛮子，专吃人……她越想越怕，忍不住使劲把丈夫推醒，在他耳边压低声音说：

　　"灵灵快醒醒，快醒醒，我们好像被坏人包围了，江两岸都有火光啊……"

　　鳖灵一个激灵被惊醒，坐了起来。轻轻拨开芦苇丛看了看，嘟囔了一声：

　　"不像是坏人，像是我的兵丁，在为我们守夜呢。没事！"

　　抬头望了望夜空的扁担星，还高着呢。啊哈，阴云散了，暴雨不得来了。大好事啊！太好了！一把揽过荆姬，抱在怀里，又躺下，嘟囔着：

"再睡会儿，这儿没坏人，别怕……没抱够嘛……"

不知过了多久，朦胧中，传来一声喊叫：

"国相大人！涨水了！国相大人，涨水了哦！"

鳖灵猛然惊醒，跳起身来，急急穿好衣裳。在微弱的晨光下，见芦苇根部似有水波闪光，像是在涨水。定睛细看岸上，都是自己的兵丁在挥手呼喊。忙大喊兵丁，赶快划船过来。待鳖灵和荆姬上了岸，兵丁报告，是熊虎将军派他们在两岸守候护卫，并不许惊动国相。鳖灵含笑点了点头，问：

"石门没停火吧？"

"没有没有，哪里会停？我们是该下工睡觉的班，只是把床搬到江边来睡罢了。"

鳖灵知道，兵丁们哪有什么"床"，他们只是坐在火堆边打瞌睡，守卫自己而已。天已大亮，再细看那江水，昨天还清澈平静，现在已有些发黄，且波浪微泛，水渐往上涨。他向岷江上游望去，峻岭大山尽被浓重的乌云遮住，暗黑无边。鳖灵略一沉思，料定那乌云下面必将有暴雨，甚至，已经在下暴雨了。说声：

"不好，大麻烦要来了。走！快走！"

遂带着众人急匆匆向石门奔去。在石门旁，熊虎正在焦急地等着他呢。见国相来了，急说：

"哎呀，国相大哥，我刚从江边回来，水像是在涨哦，有点不对头哦！"

"是啊，情况危急了！若雪水和暴雨一起来，那将是大洪水啊！你石门前，我石门后，加紧烧凿。抢时间，拼最后一把！荆姬小玉，你们俩赶快回去吧，这里你们帮不上忙。走，走，快走！"

"好！拼最后一把！无非就是再死十个二十个人了！"

"咋？昨晚又死人了？"

"饿昏了。摔下来十几个，死了三个。他们是为我熊虎死的，我得给他们多干几把啊！"

鳖灵听了，深深叹口气：

"他们也是为我鳖灵死的，我鳖灵唯有用命来答谢这么好的兵丁啊！走，我们都走，各干各的事。"

荆姬见情况这么紧急，真的是到了生死相拼之时了，急说：

"夫君莫急，熊虎将军莫急。三年前我们从楚国一路走来，那么难的路，一路上死了多少人啊。九死一生都过来了，现在拼最后一把，一定也能闯过这一关的。没有粮，我回去找阿爸，我们开明族也饿死人了，看还能不能挤出一点芋干豆果之类的送来。要不我干脆去找老望帝，对，就是去找老望帝！你们在这里拼死拼活的，他也该想法弄点粮食才对。凿山为了谁？说来说去说到底，还不是为了他！"

鳖灵闻听荆姬自告奋勇要去向望帝求粮，心中正在掂量望帝手里还有没有粮。不料那熊虎一听就直摇头，双手也直摇，一下把话说死：

"哎哎，我看去不得呀，去不得！那天在朝堂宴会上，望帝盯着嫂夫人看，那眼神哦，我觉得有点不对头。还有，那个大巫师也不是个好鸟，整天同望帝摆谈些啥子'采阴补阳延年益寿'的骚龙门阵，又四处搜罗美女献给望帝。嫂夫人这等年轻貌美，还是离他远点好。再说，石门缺粮是我们军中之事啊，嫂夫人没有一丁点责任去找望帝求粮，她去容易引起误会的。

最怕的就是那个大巫师从中借机使坏。还是不去为好！不能去！不要去！"

荆姬笑道：

"熊虎兄弟，你想多了吧？那次见望帝，没觉得他眼神有啥不对呀。我生就这个样，美丑都是天给的。哪个多看我几眼，随他去，我才懒得理他。夫君，你觉得我去不去呀？你不放心吗？要不，你们另外派人去找望帝求粮吧，我和小玉回家想办法算了。"

说毕，也不待丈夫说话，向小玉使了个眼色，同小玉双双翻身上马，两匹马却径直向王城方向飞奔而去。熊虎一看，连说不对不对，那不是回家的路，着急起身寻马要追，鳖灵一把抓住他：

"顾不了那许多了，万一她真能求来几箩米，救了这几百人，也救了石门功成，那她就是我们的神！看天意吧。走！干！拼！……"

望着远去的红裙渐渐消失在尘土中，鳖灵心中一阵阵发慌：望帝对我情同父子，料想他是个有德的君子。怕只怕那个一肚子坏水的大巫师，是个搅屎棍。熊虎比我更了解他。唉，王宫，那是个虎狼窝啊！万一荆姬出事……我可输不起啊！他不敢想下去，痛楚委屈像肮脏的猪毛塞满胸膛，胸口又闷又痛。他用手连肉抓住胸前衣裳，死死压住胸口，低着头快步向石门后走去。

一抬头，见几个兵丁跪蹲成一圈，中间地上躺着一个人。正想问，一个兵丁回头说：

"国相大人，他饿昏了。"

鳖灵拉了拉那个兵丁，递过小陶罐，轻声说：

"给他吃一块肉吧。剩下的，你们一人一块，不多，就这点……"

说完转身抓起他的大铜锸，爬上高架，咬着牙，一下接一下地狠凿起来。咚，咚，咚……石渣乱跳，石粉呛人。他眯着眼，眼泪终于憋不住，涌泻下来，一种不祥的感觉像蛇一样缠住他的心。"荆姬啊荆姬，我的依靠，我的命根子哟！你可千万不能出事啊……我不能没有你啊！天神哪，你救救我们吧……"他突然感到浑身无力，沉重的大铜锸从手里滑落下去，眼睛发黑看不见了。他急忙蹲下去，软软地趴在木板上。蒙眬中，他听到兵丁乱糟糟在喊："国相晕倒了……"

熊虎小跑着来到炊食房，喊来百丁长蛮牛，把他拉到一旁，命令他带一个兵丁，立刻骑快马，抄小路飞奔王城，拼命也要跑在国相夫人前面，向天象将军禀报石门情况。请天象将军千万拦住国相夫人，不能让她去见望帝，更不能让她碰到大巫师。并请天象将军向望帝求粮，十箩八箩、三箩两箩都是救命米。这是千钧一发之时，两天定可拼开石门。但，大洪水已然就在路上了，它要先到一步，那一切就都完了。

蛮牛领命，两匹马箭一般向王城驰去。望着远处飞扬的尘土，熊虎摊开两手向天高举，大声祷祝：

"我的天神啊，千万别让这两个蜀国最好的女人遇到大巫师啊，千万千万，我熊虎愿用命用血来报答你！"

石门前后两侧，烈焰腾腾，大风箱呼噜呼噜急响，简直都快要被拉散架了。鳖灵在地上躺了一会儿，醒过来了，就和兵丁们抬着粗大的树枝往火里喂送。这时，一个人跑过来，向着鳖灵就下跪，哭着报告：

"国相大人，国相大人，小人回来复命了……"

鳖灵定睛一看，认出是护送老国相进山走江源老部落借粮的百丁长，一把抓住他拉起来，急问：

"借到粮没？老国相人呢？"

"二十头，我们借到了二十头牦牛！前天，离石门还剩下两架山时，下起大雨来，老国相不小心滑了一跤，掉进暴涨的山溪里。我就在他旁边，急忙去抓他，一把没抓住人，只抓住了他的衣裳，衣裳撕裂了，人被冲进下面大江里去了，看不见找不着了。国相大人，是小人有罪呀，没照料好老国相啊！他死了，小人拿命也赔不起呀！咋办啊？他的儿子还留在江源做人质呢，哪年还粮哪年回……"

说话间双手捧上一个小陶罐。鳖灵接过小陶罐，轻轻紧贴在脸上。他知道，大家也都知道，老国相有个癖好：从不让人碰他吃饭专用的这个小陶罐，平时总是用衣带拴住小陶罐耳朵，挂在腰间。大家逗他："老爷子，就你那个破罐子，守得跟宝贝似的，还怕谁偷走不成？"老国相总是坦然笑笑："自己吃饭的家伙都不守好，怕是不想活了？你们这些嫩崽崽娃要记倒起！哈哈哈……"埋头回想老国相，鳖灵的眼睛湿润了，在心里呼唤着："老国相啊老国相，你用你的命，在要命的时刻，救了我，救了五百人，救了整个蜀国啊！"抬头问百丁长：

"牛呢？"

"已赶到工棚炊食房那边去了。"

"好，好。你们也辛苦了，再辛苦一把，叫你带的人，赶紧杀两头牛，把十几口大锅都给我填满，煮肉，不掺野菜！兄弟们断粮都几十天了。"

随即向着兵丁们大喊：

"兄弟们哪，有肉啰！老国相用他的命，换回来了二十头大牦牛！收工的人，都可以饱餐一顿牛肉啊！有牛肉吃啰，是用老国相的命……换来的……"

喊着喊着，声音咽哽，嘴唇哆嗦起来，喊不下去了，泪水奔涌，在扑满白石粉的脸上冲出两条小沟，流进浓密的胡须里。

"我的个——老国相，叔吔……"

傍晚时分，荆姬和小玉火急火燎赶到王城外大路口，被护卫兵丁拦住，立刻就被带到天象将军面前。天象将军一见眼前的红衣女子，连忙向荆姬施礼，叫人端来吃食款待二人。荆姬也听说过天象将军的威名，知他是望帝跟前最忠诚最正直的大将，也不客气也不推辞，二人饿了两天，急忙狼吞虎咽起来。边吃边说石门缺粮的危急情况：

"四五百人吃野菜树根草根树叶子都好几十天了……山里在下大雨，岷江开始涨水，大洪水就在路上了……石门再有几天就可以凿开了。他们都在拼命抢时间，饿死摔死好多兵娃子了，那些兵娃子还吼着'累死不退，饿死不退'，可怜啊……求望帝连夜发点粮过去，救命呀……"

天象将军暗自庆幸，当他接到蛮牛的报告后，立即派卫士在城外几个路口等待荆姬。怕她走错路，又在王宫几个路口加派卫士守候。他交代卫士一见到红蓝两女子骑马而来时，一定悄悄带到自己这里来。他庆幸，还真就抢先一步截到了国相夫人，没有被大巫师看到！他深知，这一步之差，将避免一场可能重创国相又重创望帝的大灾难！他完全相信，此时此地如果大巫师看到了荆姬，一定会生出意想不到的恶毒主意。好险呀！真是全赖天神护佑啊！听完荆姬的话，天象将军皱紧了眉头。他深为国相缺粮绝境担忧，为大洪水即将冲来的大灾难担忧，更为荆姬眼前的凶险处境担忧。必须让荆姬尽早离开这个是非之地。而要她走，就一定要为国相弄到粮，要向望帝求粮，当然就只有靠自己了。对，带蛮牛去见望帝，现在就去，告急求粮！

天象将军心里已经有了主意，他不动声色地说：

"国相夫人，国相缺粮、石门洪水的紧急情况我已尽知。你们跑了一天也累了，不如由我立刻进宫向望帝禀报，你们就在偏殿休息。等我一有消息，就来叫你们，争取连夜发粮。也是你们运气好，就在昨天，南中部族进献了一批粮食刚运到。这还是两个多月来我们吃到的第一顿饱饭呢。你们就别去见望帝了，那很不合规矩。再说，天色已晚，女人进内宫也不合适，很不合适！一切由我代劳。我马上就去！好吧？"

荆姬听天象将军如此一说，当然放心。她想起了熊虎的话，不为夫君求粮，她才不想去见什么望帝、大巫师。

"既然是天象大将军亲自去找望帝弄粮，那就劳烦你了。我们听你的，我们就在小屋等。望帝一发粮，我们就连夜带着粮食回石门，别饿死我夫君他们五百人了。"

荆姬说罢，同小玉起身往偏殿走。一推开门，同一个人面对面差点撞上，吓了一大跳。只见此人穿得花里胡哨的，头上还插着些长长短短的彩色羽毛。坏了，大事不好！天象将军心里一颤，最怕荆姬碰到的人还是碰到了。这人不是别人，正是那防不胜防的大巫师！原来无孔不入的小巫师们，早就把红蓝两女子进了天象将军的门，又关起门来往里送饭这些事细细报告给了大巫师。大巫师也立即悄悄来到天象将军门外贴着耳朵偷听。嘿嘿，天神启示，石门有事。果然，一切尽在大巫师掌控之中哪。天象将军还真是低估了他的这位同僚：真是想象不到的卑劣啊。唉，怕什么来什么，躲不过的是天意呀。难道上天也向着这等卑劣之人吗？

"啊呀，啧啧啧，听说来了两个大美女要见望帝，怎么还在天象将军这里磨蹭呀？快走吧，望帝正等着呢。"

大巫师不怀好意地笑着，两只眼睛在荆姬那丰满的胸脯和屁股上瞟来瞟去，不断点头：哈，来得正是时候，望帝身边没有美女侍寝已经几个月了，现在，又吃了几顿饱饭，正火着呢。这不正是天意吗？是鳖灵夫人？哼，更好啊！让鳖灵和望帝为这个女人打起来，才是最精彩的好戏呢。那时候，能收拾场面的，除了我大巫师还能有谁？这真是天赐良机啊！哈，想啥来啥，好戏就要开场啦！大巫师一边心里盘算着，一边伸手抓住荆姬的手就走。荆姬用力挣脱，回望天象将军，天象将军沉重地叹了口气说：

"这是大巫师，你一定也见过一面的。既然是望帝召唤，那就走吧。大巫师，这是国相夫人，要尊重哦！"

几人进了寝宫，两个宫女正在给望帝捶腿，那望帝一见身着大红衣裙、脸庞红润俏丽、活力四射的荆姬飘了进来，跪拜、请安、一旁站立，眼都直了。顿觉眼前明亮如昼，心神飘摇颤抖不已。暗想：上一次见到荆姬是一年多以前，当时一晃而过没看清楚，今天，我定要细细欣赏一下这楚国尤物与我蜀国美女有何不同。他一把推开两个宫女，站了起来……

天象将军上前一步，躬身奏报：

"禀报我王，这是国相……"

"这是国相鳖灵派来求粮的使者。他们忙着凿岩走不开，又缺粮，就把开明族最美的女人派来啦。我们不是昨天才到了一批粮食吗？臣下恭请大王成全这位女子……"

大巫师一口打断天象将军的话，他决心要牢牢把握并演好这一场即将改变历史的精彩大戏。

"是啊，粮食有了。明天一早，我就派人把粮食给国相发过去。我也估摸着啊，鳖灵应该早就断粮了。本来今天早上我就要安排发粮的，可几件事情一打岔就搞忘了，唉，人老了啊！"

望帝肯定地表明了意见。一边说着话，一边眼睛却始终落在荆姬身上。

"大王，鳖灵他们吃青草树叶子都有好多天了，没有一粒米了，饿死也不退。五百人都饿着肚子凿岩，天天都有饿死摔死的人哪！万望大王今夜就把粮食发过去救命，今夜就发粮嘛……"

"你好大的口气，竟敢指挥本王！天都黑了，谁去送粮？要不是看在国相的面子上……哼！"

望帝勃然大怒，还从未有谁敢这样同他说话。要不是这女子美得令他心里发软，要不是她是国相夫人，他早就要下令杀人了。

"禀报大王，国相夫人刚从石门骑马奔来，国相五百人断粮都好几十天了。看到饿死人了，洪水又要来了，她急呀。她心急说话不顾礼节，是妇人不知朝堂威严呀。望大王恕罪。"

天象将军见望帝动怒，连忙插嘴为荆姬辩解，想缓和一下气氛，同时狠狠地瞪了大巫师一眼。他感到紧张起来：今晚肯定要出事！要出大事！

"我知道，她叫荆姬嘛，是国相夫人，去年就见识过的，人美得很嘛，嘴巴也就厉害得很哪。"

"啊，民女向大王谢罪。民女不会说话，还是能懂点道理的呀。我夫君他们那里，昨天晚上又饿昏摔死好几个人哪，我心里真的焦急得很啊。可怜的兵娃子，他们死前还喊着'饿死不退，累死不退'哩！"

"是啊，鳖灵他们饿着肚子在拼，他们难，我都知道。有啥办法？我也是饿着肚子在陪着鳖灵他们熬老命啊。"

一直在静观望帝和荆姬言语应对的大巫师，突然抓住了话头，急插话进来：

"是啊，大王年事已高，贵体渐弱，为保我蜀国王朝千年万年兴旺，大王一直都在习练长寿功哩。那是八百岁老寿星彭祖传下来的'采阴补阳长寿功'，越美的女人陪练越有奇效。三个月前，为保鳖灵治水吃粮，大王就把府库里所有的粮肉都送到鳖灵那里去了。自己只留下一箩米，一天只吃一顿菜稀饭，是汤汤水水的菜稀饭啊。大王还把多年的'采阴补阳长寿功'也停练了，连命都不顾了。我们这些人哪，宫里几百口子人都出去挖野菜吃，自保自命。说起来真惨啊——堂堂蜀王宫里，也差点饿死人哪。大王为支撑住鳖灵治水，付出的代价是他老人家那高贵无比的'老命'啊！真真是令人伤心哪！"

说到这里，大巫师竟挤出了几滴眼泪，也不知道他是为望帝的"高贵老命"伤心，还是为自己的"精彩"话语而自我感动。大巫师用手掌擦了擦眼泪，又回过头对荆姬说：

"荆姬啊，难道就只有尊贵的大王理解支持鳖灵，就没有一个人理解心疼我们的大王吗？你只知道对大王要求这要求那，就不知道大王天天要面对的事情有多难多累，你就不知道报答谢恩，为大王也做点什么吗？哼，你们楚国人就是寡情寡义，不如我们真情实意的蜀国人！"

"怎么报答？我夫君他们拼命凿岩开堰，三年都不回家不管家，都快累死饿死了，这就是报答呀！还不够吗？"

荆姬越说越气，对着大巫师几乎喊起来了。

"那你呢？"

冰雪聪明的荆姬一听此话，终于明白了大巫师的歹毒用心：绕这么大一个圈子，他这是在把我往望帝怀里推啊！世上竟还有如此黑心烂肠的人哪！大巫师的舌头是锋利的刀，是毒蛇的牙！这是个连熊虎将军都要我千万躲避的狼哪！天啊天，我该怎么办？我该怎么办哟？想到三年不回家的丈夫，想到那些饿死摔死的可怜兵娃子，想到大洪水已经在路上的危急，没有退路也不能退。凿不开石门，三年期一到，我夫君将被逼自杀！天哪，就只有三天了呀。饥饿、洪水、时间都在逼着我的夫君，我可怜的鳖灵命悬一线哪！只有今晚的粮食能救他！这是最后的一点希望了。鳖灵的命就是我的命！鳖灵不能死必得我替他死！古时舜帝为百姓除水害累死了，他的两个妃子娥皇和女英，哭了九天九夜，双双投水殉情，成了我们楚人心中的女神！我与鳖灵夫妻恩爱，情深似海，为助夫君成功，为救夫君性命，此身此命用这一次也无憾了。此身一失，此命必休，断无颜面

回头再与鳖灵恩爱。我的灵灵啊，为妻要先走一步，不能与你
共白头了，别怪为妻心狠啊，一定要把我们的卢儿养大成人。
卢儿啊，你是阿妈的心肝肉，嫩水水的小伢子啊，阿妈舍不得
你哟……阿妈被坏人逼死了，你长大了一定要为阿妈报仇！情
感的潮水在荆姬心中肆意奔涌着，思绪万千，又一闪而过，心
如刀割，又如寒冰。她心一横，反而冷静了，涨红了脸，怒目
斜视着大巫师这个无耻小人：

"你要我怎样啊大巫师？"

"陪陪大王，安慰大王呀！陪大王重新开始练一练'采阴
补阳长寿功'啊。你这么貌美，嘻嘻，陪大王练功效果必定是
最最好的。你不会太小气不愿意吧？"

荆姬转向望帝，冷冷地问道：

"大王也是这个意思吗？要我陪了大王，今夜才发粮？
是不是？"

"……两事两说，呃，两事两说。一是今晚确实是无人送
粮；二是……要你陪我练长寿功，似有些……不妥。我也没有
说过……这个意思嘛。"

望帝听出了大巫师的用意，也在心里感谢大巫师的一番
苦心美意。一直以来，都是大巫师在四处收罗美女为自己侍寝。
但这一次，真正要荆姬侍寝，美是美，却难以下手。此时此刻，
鳖灵还在饿着肚子为我拼命啊。唉，要是荆姬是哪位大臣、
族长、酋长的女人就好办了，我就"笑纳"了……望帝此时
并不糊涂，只是心里有些发痒，不知不觉就滑进了大巫师的
圈套，有些快把持不住了。软软的一个圈子，竟套住了两个
不一般的绝顶聪明人！大巫师的阴险狡诈，在那远古时代，

也真堪称极品。

不容望帝多掂量，不容荆姬再犹豫，大巫师抓住时机，将荆姬再狠逼一步：

"今夜就发粮吧！我恳请大王成全国相和荆姬的一片赤诚忠心，今夜就发粮！我拼着我这把老骨头今夜送粮，为大王分忧，一定赶在天亮前把粮食送到国相手里，一定不让国相他们再饿死一个人了。荆姬你说可好？就看荆姬你愿不愿意陪陪大王了！"

大巫师几句话惊住了所有的人，连望帝也愣了一愣，问：

"大巫师，你真愿意连夜跑石门？"

"是啊，我去我去！为了望帝，为了国相，为了蜀国，人人都要做一点贡献嘛。就看荆姬的了……"

荆姬被逼得已没有一丝退路。她涨红脸，细白的牙齿咬紧红唇，留下一排血痕。她憋屈得想哭：鳖灵啊鳖灵，你的女人就是这样遭人算计受人欺负的啊。你一定要为我报仇啊！千刀万剐杀死这个大毒蛇！不过，刚强的荆姬没有哭，丈夫的生命是天，治水的成功是天，我的命我的身就献给天吧！死就死一回吧！刹那间她冲口而出：

"我愿意！我来陪大王！就请大王马上下令发粮吧。明早天亮前我夫君要是收不到粮食，大巫师你得死！"

望帝此时心中一团乱麻，这一番口舌相斗天上地下，他都有点跟不上趟趟了，伦理道德和情欲美色孰轻孰重，他又一时难以掂量清楚。唉，太累了，顾不了那么多了，先就这么走着吧。遂木呆呆地舌不由心开口发出旨令：

"既然，你们都愿意，那，大巫师，你可速去我府库，支取十箩米粮十箩干肉，装上十头驮马，调集小巫师，即刻出发，连夜送到石门国相处，明日天亮前送到，延误就得死。顺便就地做法事，敬祭山神水神，压住洪水，佑国相成功。天象，你带荆姬下去……呃，呃，沐浴更衣吧。"

说毕，退一步坐在床上闭目养神，不再理睬众人，心里却在乱糟糟地飞速盘算着：忠诚的国相、治水患开水田大计、迷死人的荆姬、她自己也愿意、几十年的德行、鳖灵还服我吗……那荆姬，到底碰不碰得……百姓还服我吗……

可怜的天象将军，看看这个看看那个，竖起耳朵紧张地听他们三人说话，哪里跟得上趟。听来听去，却是一头雾水。最后只听清了望帝的两条旨令——一是令大巫师即刻往石门送粮，这很好嘛。二是令我天象带荆姬下去沐浴更衣。沐浴更衣？不就是侍寝吗？呀！怎么说来说去竟是这么一个圈套？这可是天大的粮事啊！大王昏了吗？急忙躬身劝说：

"请大王三思，似有不妥啊……其实，我也可以去送粮的……"

望帝眼也不睁，对着这个绝对忠诚却又有些木讷的大将哼了一声：

"下去！去！"

偏殿上，宫女将一个精致的漆盘呈到天象将军面前。托盘上，是一袭白绢长裙。这长裙做工精细，轻盈软滑，正是古蜀国丝绸织品中的绝品，是专供妃子侍寝时穿的。天象将军迟疑着接过托盘，却不忙递给荆姬，低声对荆姬说：

"国相夫人，你可要想好了啊，实在不行，我放你走，这里的一切，我来承担！"

"那，粮食呢？"

"大巫师他们正在装驮马，你等一等，我去看一下。"

天象将军刚把托盘放在地上，向殿外走去。这时，小玉从旁冲过来一把抓过白绢长裙：

"姐姐，我代你去！我不怕！你去遭罪，姐夫咋办？卢儿咋办？我去，我是一个人！"

"你，你一辈子还没开始啊，我的好妹妹……"

见小玉同荆姬争抢那条白裙子，天象将军赶紧折回来：

"嘘，小声点。小玉有这样的忠义之心，好倒是好，只是大王精明得很，骗不了他的。你们都不要争了，等我去看看大巫师走了没有，再想办法。你们这两个好女子，我一定会有办法保全你们的。相信我，一定等着我！"

说完走向殿外，向广场那边看去。在朦胧的月光下，可以看见一大群驮马已经装好。穿黑衣的小巫师们三五成群地聚在一起，不一会儿，他们迅速整好队伍，无声无息地带着驮马出发了。看着这个场景，天象将军总觉得哪里有些不对头。是哪里不对头呢？啊，是人！是人不对！是的，从哪里一下子就冒出来这么多黑衣小巫师？这些小巫师超过了三百人，而且都带着兵器！一些兵器在月光下闪着光，是新磨的锋刃！天象将军心中一惊：天神呀，这大巫师什么时候组成了这么庞大的一支队伍？以前再大的祭祀法事他也只用三十个小巫师呀，而且小巫师都从不带兵器。奇怪！这支队伍有兵器又训练有素，大巫师是从来不带兵的呀。大巫师究竟要干什么？要干什么？不对，有危险！天大的危险就在眼前！打了一辈子仗的天象将军口讷心明，在心里打了一个冷战。在望帝身边竟然潜伏着这么大一支部队，足以挑战自己的王宫卫队，这意味着什么？这位身经百战的老将军，此时有着临战前特有的冷静，他立即派了两个精卫远远地尾随跟踪。不一会儿，卫士回报，大巫师的人马上了从江边去石门的大道。天象将军略一思索，立即转身向望帝寝宫快步走去。此时，荆姬已换上了长裙，跟上来说：

"天象将军，我想好了！此身此命若能救我夫，助他完成治水大业，死也值！"

"不忙不忙。国相夫人，有紧急情况，你就在这门外等着，等我向大王禀告一件紧急事情后，再来跟你说。一定等着我！快去把裙子换回来！快换啊！"

说毕，急忙一推门进去了。两个卫士和善地将荆姬拦在寝宫门外。荆姬只好老老实实地站在门外，贴近门缝偷听。

天象将军进到寝宫，对着歪靠在床头的望帝倒地匆匆行跪拜大礼，抬起头来急说：

"大王，臣下有紧急……"

"好了好了，我知道了，这次是我决断不周，见了鬼了，竟被大巫师牵着鼻子走，你别说了。令荆姬侍寝是我一时荒唐糊涂，是失德于民、失德于鳖灵的丑事。刚才我已想明白了，幸好没有做。这件事就算过去了，啊，不再提了，以后也不许再提。大巫师走了没有？叫荆姬也跟着送粮队伍到石门去吧。她亲自押送粮食她放心，我也放心。这三天要命啊，愿天神护佑鳖灵他能成功啊！"

望帝面带微笑看着天象将军，他深知这个老将军的忠诚和正义，把任何事情交给他办，都是可完全信赖的。唉，可惜就是他那个脑壳转得慢了点。

"大王英明！大王避免了这件失德丑事，真是英明啊！不过臣下要禀报的紧急事情，比这件事要严重得多，是万分危急的乱国大事……"

说毕，他靠近望帝低声报告了刚才看到的情况。望帝顿时惊得张大口，倒抽一口冷气。他就是拉队伍打天下起家的，他断定大巫师这支巫军部队，必定就是冲着自己的王位来的。此时此地，大巫师不怕暴露，公然带着队伍往石门跑，他要干什么？是打熊虎杀鳖灵？谅他不敢打也打不过。那么，他究竟要干什么？沉吟片刻，望帝猛然想起自己与鳖灵的"三年之约"仅剩三天时间了，三年凿不开石门，鳖灵必自削头颅，他一死，熊虎及他手下的兵将很多人也可能会悲愤自杀，跟随他成仙。当年，鱼凫王自杀成仙。他的兵丁就是这样自杀死了一地……呀，我最大的依靠——精锐善战的百丁队伍——熊虎之师，顷刻之间就土崩瓦解了。届时，大巫师必定趁机收拢熊虎的残余部队，并入他的巫师部队，再以顺应天神为国相报仇申冤的名义，带着大部队向王城进发，对我发动所谓的有道义有威力的猛烈进攻，我的宫廷卫队抵挡不住，我杜宇王朝的末日啊——就来临了！

天象将军听了望帝的一番推究，惊叹大巫师的诡计盘算够狠毒够精明，也极可能得逞。不过天象将军还提出了大巫师可能谋划的另一条更恶毒的诡计，那就是国相终于成功地凿开了石门，成为蜀国的英雄之时，大巫师有意无意地透露出荆姬被迫侍寝之事，当国相听到这个奇耻大辱的消息，必定会怒火冲天，和熊虎一起带着强悍的百丁队杀向王城造反，与我的宫廷卫队血拼，向大王讨回公道。这时大巫师一定就藏在不远处，带着他的巫师部队静静观战，待两败俱伤之时，他突然杀出，一举占领王宫，夺取蜀国，建立他的王朝！回想刚才大巫师逼荆姬侍寝，就是为这个大阴谋开一个头。难怪他吐着毒蛇的三叉舌头，说了一大箩筐鬼话！

两人一番推究，越想越怕。啊，最后，望帝彻底明白了大巫师的全盘阴谋：不管鳖灵凿没凿开石门，王城都将面临一场血战，自己也将面临一场灭顶之灾！时间就在三五天之后。这是一条策划奇巧、凶狠恶毒的连环仇杀计谋！大巫师一定已有了必胜的把握，他谅我即使知道了他的阴谋，也来不及拿出任何手段来挽回败局了，他才敢有恃无恐地拉出了潜藏已久的部队，露出了獠牙！

"怎么办？怎么办？"

望帝盯着天象问，心里却在紧张冷静地思索着：调回熊虎百丁部队？调来五大姓民军？没那么危急嘛，再说大巫师的阴谋还没有完全暴露嘛。要害是……是鳖灵不自杀？是荆姬不侍寝？天象被望帝盯得大不自在，着急地说：

"大王啊，我可没有什么办法哦，你别看着我，一切我都听大王的，血战拼命，粉身碎骨，老臣笑着死！决不能让他的阴谋得逞！"

"这场危机，可以不用拼命，成败就在她……她一个人身上！对，你快把荆姬请来。去，快请荆姬！"

天象慌忙出门，荆姬却已不在。门卫说，国相夫人刚在门外听到大王说："不用侍寝了……叫荆姬跟大巫师一起去石门送粮……"听到这几句话后，她就急忙走了。天象在宫中找了一圈，荆姬小玉都不在，连荆姬的两匹马也不在了。问了几个卫士，才知道荆姬和小玉两人早就骑马走了，已有一顿饭的工夫了。天象急回到望帝跟前，报告荆姬已急匆匆骑马走了，连裙子都来不及换。一边说，一边手里还拿着荆姬那条红裙子直抖，给望帝看。望帝一见红裙子，急得一骨碌爬起来，站在床上，两手使劲拍打着大腿，瞪大眼珠子连声大喊：

"唉呀唉呀，天哪，完了完了！快派人追呀，追！千万把她追回来！"

"呃……可能不好追了，她们走了已有一顿饭的工夫了。再说，有好几条岔路呢，我手下的卫士整天都在王宫内外站岗，不大熟悉城外道路。天又黑，马也跑不快，不好追啊。那，国相夫人就那么重要，能破除大巫师的连环大阴谋？"

望帝深深叹了口气，又坐回床边，急说道：

"唉，这真是命运的安排啊……叫荆姬来，是要给她下一道旨令，要她告知国相，治水的三年工期我已改为四年，这就免除了鳖灵三年期满治水不成而自杀的危险，也挽救了熊虎和百丁队。另外就是我要当面告诉她，侍寝之事是大巫师的阴谋，我将计就计，是假意答应他的，目的是让他连夜去送粮，过后再收拾他。这就消除了侍寝失德的危险。这样大巫师的两个诡计就可以全部落空，我就能反败为胜，抓住他的狐狸尾巴，狠狠收拾他，固我蜀国朝纲啊。现在荆姬走了，还穿着那条要命的侍寝白绢裙，哎呀呀，天神啊，这就坐实了侍寝的失德，叫我百口难辩啊！我几十年以德治国，百姓服我，一旦失德，即便鳖灵能忍，百姓也要背弃我的呀，没有百姓，就没有我蜀国啊！天要塌下来了，荆姬就是补天的那一块石头啊！追回荆姬，是天大的事呀！"

天象一听，也急得两手抓头发，咋办呀？找谁去追？天象急得在望帝跟前搓着手、抓着头团团转，转得望帝头晕，他不耐烦地说：

"哎呀天象啊，你就找不到一个能往来石门王城之间的人吗？只晓得转转转，紧要时刻没用的老东西，你要害死我啊？真要命……"

"对了，有个人——"

天象突然一拍脑壳大喊一声，他终于想起了一个人：

"有个人——蛮牛！他就是今天熊虎派来追荆姬的人，就是他告诉我，要我抢在大巫师之前接到荆姬。现在他吃饱了饭正在睡大觉呢……"

"快，叫他追！传我两条旨令！"

"遵命！我马上去叫他，叫他追，要他用命担保追上荆姬找到荆姬，向她传达大王的两条旨令，是不是这样啊，大王？"

天象边走边回头问，望帝喊：

"别让荆姬再落到大巫师手里了！大巫师是魔鬼！"

"晓得了……"

天象急跑出门，脚步声踩着望帝的心远去了，消失了。望帝面如死灰，瘫倒在床榻上，一颗心还咚咚咚地狂跳不已，虚汗从额头沁出，手指也不停地颤抖着……天神啊天神，今晚我做错了什么啊？竟然有这么大一场劫难突然冲我而来哟……我真是老糊涂没用了吗？天神啊，我该怎么办？一切都是荆姬这个女人引起的，怪只怪她太美了！在我面前晃了几晃，唉，我这个脑壳就糊涂了，差一点就失德了！"美女，是洪水，是治不住的洪水啊……"他筋疲力尽，闭着眼睛，不住地喃喃自语……

　　大巫师带着驮马队和他的巫军部队奔向石门。

　　那一夜，还有三天月亮就要圆了，这是大巫师苦苦等待了三年的日子。一切都按照预想的谋划在走，甚至比预想的还要好，这正是上天的安排啊。能通天神的大巫师有理由为此感到骄傲。天相显示，主星暗淡，客星闪亮，显然望帝运势已尽；而鳖灵无论凿没凿开石门，都将有杀身之祸，他必死无疑。那闪亮的客星是谁？定然不会是鳖灵，当然只能是本大巫师了。我三年苦心招募秘密训练的小巫师已经成军，是六百人的大队伍！天象的卫队、熊虎的百丁队、五大臣的族人中都有我的眼线，蜀国的一举一动尽在我的掌控之中！石门的开凿成败也在我的掌控之中！蜀国马上就要天翻地覆改朝换代了，一个伟大的命运转折就要到来，新王朝应该叫个什么名字呢？"神巫王朝"？"巫天王朝"？在这明亮的月光下行军，年逾半百的大巫师一点也不累，他像在水上漂，像在天上飞，心情格外舒畅。今晚的这一招绝妙无比。上天把荆姬这个大美女突然派到望帝面前，这可真是天赐的绝杀良机。"两虎相争"之计，再套上"连环仇杀"之计，一气呵成，妙哇！等着吧，望帝、鳖灵二人为这个女人一定会拼杀起来的。那时，就有好戏看啰，嘿嘿！这的确是大巫师人生中最最值得骄傲的一夜——是命运的转折点。

　　那一夜，吃饱了牦牛肉的兵丁们集合在石门前，火光照亮了他们刚毅清瘦的脸和坚挺如山的身躯。此时，他们忘记了日月忘记了自己忘记了一切，只认眼前的这位天神——他们敬爱的国相。鳖灵国相眼里闪着火焰，高举双拳冲天大喊：

"老国相用命换来了牦牛肉，喂饱了我们，为的啥？"

"凿开石门！凿开石门！"

"凿开石门，为的啥？"

"为了蜀国！为了百姓！"

兵丁们爆出惊天吼叫：

"凿开石门！累死不退！"

"凿开石门！饿死不退！"

无须国相再多说一句，人们像野兽般红着眼，号叫着冲向石门，在热雾灼人的岩石上发疯似的猛凿猛砸。他们不要命，他们没有命，他们的命早已交给了可亲可敬的国相，交给了蜀国！

那一夜，大岷山暴雨倾泻，冰雪融化，千百条山溪猛涨，像千百个小妖魔，聚变成岷江大洪妖。那大洪妖怒气冲天，乘风携雨，在狭窄的山谷河道中横冲直撞、气吞万物，杀气腾腾地扑向石门，扑向平原。

那一夜啊，蜀国命运的大转折正在悄然临近。还记得吗？万能的天帝在三年前布下了一枚命运的种子，这枚种子已然生长开花，马上就会结果。结果会是啥样，会是大巫师正在取名字的新王朝吗？嘻嘻，还有三天！现在啊，天帝笑而不答！

七、凿穿石门

路不熟，夜里心急就走错了路，荆姬和小玉没能追上大巫师，也没有碰到来追她们的蛮牛。当她们赶到石门江边时，已是中午时分了。荆姬立刻感到气氛紧张，不同寻常。远远看见一些兵丁背着柴火往石门跑，另一些兵丁扛着沙包往江堤奔跑。再看那岷江，呀，荆姬惊得张大嘴巴：岷江已远不是前天那般温柔平静，小波微漾，倒像是一群粗横狂暴的醉汉，放荡不羁，不断冲撞着江堤。它似乎不甘心江堤的束缚，要拼力跨越江堤冲向广阔的平原，到那里去肆意撒野。洪水已逼近江堤，而江心激流，正如千军万马，奔腾呼啸而下，一浪高过一浪。谁都吊着心：大洪灾就在眼前，破堤漫堤只是迟早的事！

江堤边一个小平坡上，腾起团团浓烟，传来法号法鼓的声响，许多人围在那里，不知在干啥，荆姬和小玉催马走近一看，是一群小巫师吹着法号敲着法鼓，在烟雾中舞蹈。中间跪着一个人，赤膊，头戴鸟羽冠，被一条粗粗的麻绳紧紧捆缚着。再走近点仔细一看，呀，那被捆之人，竟是大巫师！再看江堤上，也跪着一个赤膊兵丁。后边跪着一人，却是熊虎将军，他后边跪着的是成排的兵丁。荆姬跳下马来，急忙走向熊虎将军：

"唉呀熊虎将军，你们这是在干啥子事啊？是在祭祀吗？怎么把大巫师这个大坏蛋也捆起来了？"

熊虎早看见荆姬了，也急着问：

"啊，嫂夫人，大巫师说你不是在望帝那里……你怎么穿这么个白裙子啊？"

"我正是从望帝那里来的。望帝答应我，命令大巫师在天亮前一定把粮食送到，不然要砍他的脑壳。我正要问你，粮食收到了吗？你们这里又是在搞啥子鬼事啊？咋把大巫师也捆起来了？是我夫君要捆他要杀他吗？"

"粮食收到了，已吃下肚了。唉，昨夜岷江水突然猛涨，国相大哥叫我们加紧猛凿石门，跟洪水比快慢！大巫师说，是国相凿石门惹怒了水神，未下雨却涨了这么大的洪水，要我们用活人祭水神，才能压洪水消灾祸。我也觉得这洪水来得邪门，往年桃花汛也没这么大嘛。这不，大巫师把自己也捆缚起来，向水神下跪请罪呢。"

"你们用活人祭水神，我夫君知道吗？"

"不，国相大哥不知道！他们在石门后凿岩呢，看不到我们。是我们自己听大巫师的安排，为保护国相，才来江边祭水神的。那个兵丁，也是自愿做活人祭品，替国相顶罪的……"

荆姬听熊虎如此一说，不禁长叹一声：

"熊虎兄弟啊，你咋这么听大巫师的鬼话呀？洪水漫堤，应该做的是堵呀，而不是活人祭水神哪。在楚国，你是亲眼见过鳖灵堵河堤，照样打败洪水保住人命和庄稼的呀！这个兵丁，是你兄弟，你就忍心把他往水里推吗？都快起来，补堤、凿石门才是正事呀！"

"啊？是谁在说我的坏话啊？哦，是荆姬呀。我这马帮刚到，你就赶来了，来得好快呀，不多陪陪大王？"

大巫师不知何时悄无声息地来到荆姬身后。

"水神暴怒，发大水要淹我蜀国，眼看成百上千的百姓将被淹死，你就忍心吗？惹怒水神的，正是国相鳖灵！我劝不了他也管不了他，我只有自己向水神请罪：算是我大巫师无能！我大巫师有罪！听我这么说，你满意了？你那鳖灵却还在一个劲地烧火凿岩，凿岩烧火，不知罪过，不心疼百姓，他定会遭水神报复、遭天神惩罚的。那个兵丁也是自愿替他顶罪、替他去死的！哼！现在我有点怀疑，这个鳖灵，简直就是楚国有意派来搞垮我们蜀国的奸细、恶人！"

"不许你瞎胡说！当初下旨凿山开堰的，是望帝。你不是也在开工当时，祭祀了水神山神天神的吗？怎么现在就把所有罪过都推给了我夫君?!"

"开工祭祀是不假，可谁知工程如此浩大，祭品又如此微薄，众神怎不恼怒？你看，天未下雨，这浩浩洪水从何而来？这不是水神的惩罚是什么?!现在用活人补祭，还压得住洪水。你若怜惜那名兵丁，就替他活祭吧，反正都是替国相顶罪。嘿嘿，你是国相夫人，还穿着侍寝的白裙子，哼哼，这样贵重的祭品，水神必定喜欢。你敢代替这名兵丁去活祭吗？哼，不敢吧？那就等着洪水大淹蜀国，鳖灵罪过就大于山、大于天！是死罪！是望帝不杀，也要被万人骂死之死罪！"

大巫师得意地嬉笑着，看着荆姬身穿白绢长裙，可以断定她是从望帝床上直接跑来的，连裙子都还没来得及换嘛。荆姬侍寝，熊虎他们一看就都明白，妙呀。让国相大人看见才更精彩啊。嘻嘻，精明一世的望帝也中了我的招哇！他暗自得意，"两虎相争"之计已经成功，好戏就在后头。他什么都知道。大巫师嘛，可不是浪得虚名之人，而是人人惧怕的料事如神的镇国大臣啊。

大巫师最后一句话刺痛荆姬也点醒了荆姬：这岷江洪水如此浩大，看来漫堤酿成灾祸也就是一两个时辰内的事。蜀人迷信鬼神远胜楚人，连熊虎这样的好兄弟也在这紧急关头跑来祭什么水神，只剩下我那可怜的夫君还在死心眼地拼命凿岩。一旦发了大洪灾，蜀人都会把罪过归于我夫一人身上，岂不又是一件说不清跑不脱的死罪？三年前，为逃死罪，从楚国逃到蜀国，现在又是死罪，还能往哪儿逃？还能往哪儿逃呀？罢罢罢，先不管大巫师之说是真是假，以我之死堵万人之口，减夫死罪，我死也含笑！昨天大巫师逼我舍身求粮救夫，没侍寝而发了粮，是望帝的英明、上天的护佑，使我逃过一劫啊。今天大巫师又逼我舍命祭水神救夫，此事已绝无转机了。夫君治水，是救百姓保蜀国的大事，是改天换地的大事。要成大事，必有大险大难，我夫君一身，要担多少风险多少灾难啊！谁能替他担一肩？唯有我荆姬啊！夫君啊，照料好我阿爸，照料好我们的卢儿，我荆姬一颗心，永远永远陪在你身边！

荆姬心意已决，咬住嘴唇、怒睁圆眼，上前几步，喝令兵丁：

"都起来，起来！向后退，跟着熊虎将军去补堤去凿岩。我替你们去死！去祭水神！——活祭水神！

"大巫师，你给我听好了：现在，我就来活祭水神！即便是洪水成灾，我夫君无罪——我已替他抵罪——是你大巫师有罪，你骗了水神，害了蜀人，你就是蜀国的大罪人！"

说毕，一步一步坚定地向前走去，停在堤边。河风卷着白绢裙裾飞舞飘动，浪花贪婪地舐着她的赤脚，她像一尊白玉雕像，面向奔腾呼啸的洪水，慢慢高举双手……熊虎把心提到嗓子眼，不由自主地紧握剑柄，站起来连连大喊：

"国相夫人，别往前走了，我们听你的。等我杀了这个巫鬼，马上就去补堤凿岩！别走别走……"

说着提剑往前冲。众兵丁惊恐地抱住将军双腿，他们虽为小兵，却也知道，杀了这个连望帝都要礼让三分的大巫师，事情可就闹大了，说不定将军的命也不保了啊。这时，大巫师反而怪笑起来：

"来呀来呀，来杀我呀！杀了我，我就和水神一起发出滔天大洪水，把整个平原整个蜀国全淹光！哼，还敢来杀我，要翻天了？"

他目露凶光盯着熊虎。正在熊虎两面都顾不上时，人们听到了清亮高亢的歌声，是荆姬在唱：

> 天神啊天神，
> 佑我夫君，佑我蜀国，
> 我把我命献给你！
>
> 水神啊水神，
> 顺我夫君，顺我百姓，

我把我身献给你!

夫君啊夫君,
我把我心留给你,
我把卢儿留给你……

突然,荆姬转向石门,发出撕心裂肺一声呐喊:

"凿穿石门!造福百姓!天地大神护佑你!我的亲亲夫君哪……"

她纵身一跳,一道白光划出一道弧线,直飞河心。一堆浊浪如一朵巨大的莲花从江心涌起,无声无息轻轻接住了白光,白光无影无踪消失在奔腾狂暴的激流中。堤岸边所有人,包括大巫师,都惊呆了,不敢相信自己的眼睛。谁也没有料到,荆姬竟如此爱夫如命,她视死如归,说跳就真跳!

"姐姐,小玉来陪你了!"

随着一声尖叫,一道蓝光闪烁着射向浊浪,是小玉,她紧跑几步也跟着跳了下去,瞬间便消失在急流中。熊虎向前一步,伸手想抓住那蓝裙,哪里来得及。他一下子跪在江堤边缘,双手不停地抓拍江水,似要把她俩都抓回来!他悲恸绝望地哭喊着:

"嫂夫人,你回来……大哥不能没有你啊……小玉啊,石门再有半天就开了,你怎么也跟着跳了……那天我们都,不是都约定好了……的嘛……"

堤上一片死寂,只剩下熊虎那受伤的野兽般的咆哮,他哀伤悲愤地哭诉着。天地也悲叹，这一对远来的楚女，竟是那么刚烈忠贞，她们毫不犹豫地把她们的爱和生命，献给了她们的亲人，献给了她们的蜀国，献给了她们的百姓！如娥皇、女英一般，她们也成了百姓心中的女神。好一阵，熊虎突然回过神，回头指着兵丁大声下令：

"去！你们二十人沿江堤追。去！你们二十人驾船追。一定要把她们救回来！救回来见我！去！全部兵丁都去搬石头扛沙包，死死保住引水口！去！去烧石门！多烧一堆火是一堆火！"

"走啊！快走，保国相，走走走……"

兵丁们哭着喊着奔向工地。一阵噼里啪啦杂乱急促的脚步声过后，河堤上只剩下一群目瞪口呆的大小巫师和那只受伤的猛兽——熊虎！待兵丁散尽，只见那熊虎提着长剑，双眼喷火，额上伤疤也红亮突起，龇着白厉厉的牙，嘿嘿怪笑着，一步一步摇摇晃晃走向大巫师：

"就是你个花脑壳，害死国相夫人，害死小玉！你不是要请罪祭水神吗？你咋不跳下去呢？老子今天就成全你！让你亲自下水去见见水神，向水神当面请罪！说！是活祭还是死祭？"

几个小巫师战战兢兢扑过来，一下子抱住熊虎的腿，被熊虎一脚一个，直接踢下水去。那大巫师吓得瘫坐在地，连连大叫：

"快拉我起来，快给我解绳子，快来人啊……将军将军，不可冲动啊，将军息怒，将军饶命啊……"

熊虎咬着牙慢慢举起剑，对着那颗花里胡哨的头颅，正要一剑剁下，忽听得远处一片惊恐喊叫：

"决堤了……决堤了决堤了……熊虎将军，救命啊！"

熊虎急扭头一看，天啊！最可怕的事还是发生了！而且还是在最可怕的地点——正对着石门的岷江引水口！引水口昨天刚挖开，只二尺深，预备石门一开就引岷江水分洪。今天突发洪水，石门还未凿开，便急忙来堵，还没来得及全堵上啊，那洪水就如饿龙一般，几个浪头就撕开引水口，然后长驱直入，径直向石门猛扑过去。石门前壁，还有无数兵丁正在凿岩呢。

"快上山，快往玉垒山上爬！"

熊虎大喊着，急转身向石门跑去，回头狠狠瞪了一眼大巫师：

"花脑壳，你给老子等倒起！"

大巫师捡了一条命，急急带着众小巫师顺江边向下跑去，他的巫师部队，就隐藏在三里外的大树林里。他完美的计划是：他要带着他的巫师部队潜藏在这大树林里三五天，等待战机。为此，那晚他假传王命，从望帝的府库里，冒领了十驮粮米干肉，作为巫师部队的口粮。他要在这里等待各方眼线报告。一旦鳖灵和望帝打起来，两败俱伤之时，就是他出兵的时候，届时他就立即出动，挥兵杀向王城。如此，大事可图，蜀国可定。现在这个计划还正在顺利进行，绝杀之机，很快就会到来！

"熊虎，你这个逆贼，你等倒起，我大巫师几天之内，必送你成仙！用你的头颅，祭我的新王朝！"

熊虎拼命往石门跑，他哪里跑得过洪水？他只有就近跑上玉垒山小山坡，顺山坡向上跑，前方就是他们凿了三年的石门了。小山坡下，洪水早已冲到石门前，在石门前冲撞回旋，形成一片水潭。石门已沉入水下。水面上漂浮着厚厚的树枝和无数挣扎的兵丁。水潭越积越高，水面越来越宽，形成大回水，旋转着，顺小山坡边沿，又流回岷江。这一片已成茫茫大海了，两岸江堤消失了，堤岸的柳树和后面的森林变矮了，啊，真正的大洪水——还是来了！

一些兵丁在水中挣扎漂浮，游向小山坡。熊虎奔来奔去，从水中捞起不少人。看着远近一片白光，那是浩渺的洪水，还在不断向江两面扩张着，无数村庄农田泡在水中……熊虎站立不住，一下子瘫倒在地，大哭起来：

"完了……石门终究没能跑赢大洪水啊！我们输了！输得惨啊！大难来了，又要淹死多少人啊！这可怎么办哪？难道真是我们得罪了水神吗？国相夫人活祭水神，死得冤枉啊！"

熊虎哀叹着，他精疲力竭四仰八叉地躺在山坡上，眼窝里积满泪水，顺着杂乱的头发胡子往下流淌。兵丁们衣衫湿透，惊魂未定，横七竖八躺了一地，人人都绝望地哭号不已，又慢慢爬向熊虎将军：

"将军，我们都尽力了啊……"

"死了那么多人，还是败了……"

"天不佑我们哪……"

忽然，熊虎像是想起了什么，一骨碌爬起来向石门顶上跑去。一阵杂乱的叮当声传来，他循声看去，只见国相和兵丁们还在拼命地凿岩呢。他忍住悲愤大喊：

"国相，国相啊，大洪水都过来了啊！石门前边已经淹完了，都泡在水里了……你快上来看哪！"

鳖灵听到有人在喊叫，听不清在喊什么，忙抬头看时，见是熊虎在坡上招手喊叫，他立刻意识到：出事了！丢下铜锸，几步就爬上石门顶坡。呀！呀！眼前是一片看不到边际的汪洋大海！鳖灵不由得深深叹了口气，唉，情况比估计的还要糟，洪水比估计的还要大、来得还要早啊！是真正的大洪水大灾难了！他眼前立刻浮现出村民们在洪水中挣扎、房屋成片倒塌的场景。他紧闭了双眼，咬紧牙，双手撕扯着头发：

"就只差一天半天了！一天半天啊！我的个天神啊……"

"怎么办，国相？难道我们就真的败了吗？"

熊虎带着哭声，不甘心地问。

"要不，我们再加紧烧石门外壁，再烧它几天？"

"没用的。石门内壁是大水，烧外壁，就像锅里烧水一样，锅是永远烧不红的。"

"那，我们就认输了？就没有一点办法了？水淹蜀国，要死多少亲人百姓啊！望帝不杀我们，我们自己也没脸活下去，都该自杀！"

怎么办？鳖灵面对着众人，身处绝境，却异常冷静：熊虎的眼睛，兵丁们的眼睛，全蜀国的眼睛都看着我。输不起啊！绝不能认输！得有办法，鳖灵脑海里紧张快速地思索着……石门很薄了，只差一点点了……

"不！不忙自杀，最后再拼一把！那石门已经很薄很薄了，砸！我们狠命砸，拼命也要把它砸开！走，选几个力气大的，抱大石头砸！"

鳖灵眼里透出坚定和自信，几步跑下石门。兵丁们一窝蜂弹起身来，又恢复了勇气和力量。纷纷找寻大石头，抱着往前冲，往石门上砸。熊虎抱着一块百十斤重的大石头，咚的一声，狠狠砸在石门上，再抱起来，咚，再砸。一群人，发疯似的咚咚咚乱砸一气，那石门却纹丝不动，没有一点要"开门"的样子。熊虎累得坐在一根笔直的粗大树干上，直喘粗气，望着国相直摇头。"再大的石头，就抱不动了。"国相不说话，却盯着他屁股底下的大树干看了又看。熊虎用手摸了摸裤裆，夹紧两腿，呃，裤裆没有破呀，看啥子嘛？突然，鳖灵高兴地大喊起来：

"嘿，有办法了，有办法了！办法就在你屁股下头。这根大树干，是我们平时坐着喝水歇气的树干，起码有千多斤重。几年了，又干又硬，来，上二十个人，抬着它撞！"

说毕，第一个走过去，抓住树干上的一根粗枝丫。熊虎眼睛一亮，跳起来也抓住一根枝丫，十多个兵丁一齐动手，围在大树干两侧，排成两排，"嘿"的一声，把个大树干抬了起来，大头朝前，小头在后，往石门走。鳖灵回头喊：

"来，我喊石门开，大家就抬着往前冲，要猛撞石门，然后慢慢退回来再撞。听好了，开始了——石门开！"

"咚！"

一声沉闷的巨响。

"石门开——咚，石门开——咚……"

大树干一次次撞击石门，后面一个兵丁突然大喊大叫：

"有水了！出水了！国相，石门在喷水了，像屙尿……"

鳖灵抬头一看，大喜，高喊：

"兄弟们,加把劲,再撞。看见石门开了,就往两边跳哦!"

又撞了三下,一块盾牌大小的石片崩开了,一股水柱冲射出一丈多远,射在侧壁上,水花四溅。鳌灵急喊:

"快退!快往两边跑……"

话音未落,那石门砰的一声巨响,如天崩地裂般炸裂开来。巨大的洪水声震耳欲聋,迸射冲激而出,像一群饿虎直扑下来。没有人来得及再叫一声,也没有人来得及跳开,洪水急流瞬间就将大树干如小草一般卷走。几十人顿时消失在混浊的急流中……

熊虎被猛然喷射而出的洪水冲蒙了,在水中沉浮翻滚,呛了好几口水,方才挣扎着爬上堰河河岸。看岸边,已零零落落有一些兵丁从水里爬上岸来,就是不见国相,遂急追水流往下跑,沿途又救起了好些个兵丁,还是不见国相身影。国相水性那么好,怎么……兵丁们边哭边喊边追:

"国相大人——国相大人——"

兵丁们越追越害怕,越想越害怕:

"将军,国相大人他,他会不会淹死啊……"

"放屁!再乱说看我撕了你的嘴!国相在水中是神人,是淹不死的,他定是被那大树干的枝丫卡住了、被水冲昏了……他在最里面,最危险哪!快追!追呀!"

熊虎不相信国相会死,哪怕追到水的尽头,他也要追下去。追,追过了十里外的泉水塘;追,追进了老树林;追,终于,在那个"水到渠成"的狭窄口子处,看见那根大树干卡在那里,枝丫死死夹住了国相的上身,国相的腿却似水草一般,随着急流摆动！衣裤被急流冲走了，全身赤裸，青紫伤口遍身都是……惨，惨，惨啊……

"哥……哥，哎呀哎呀，我的哥……呀……"

"国相……国相啊……"

一群人哭喊着，不顾一切地扑进水里，七手八脚慌忙把国相捞了上来，放在河堤边。那国相双眼紧闭，牙关紧咬，全身上下竟无一处好肉，左小腿上还深深扎进一根大刺。更要命的是，国相身体冰凉，鼻子里已没有一点点气息！熊虎伸出一根手指，放在国相鼻孔前，试了好一阵后，他渐渐低下头，瘫倒在国相胸前：

"国相——我们的大哥，死了啊！"

熊虎突然泪如雨下，哭喊起来。兵丁们抚着摇着国相冷冰冰的身体，也都大哭起来。哭了好一阵，熊虎忽然停了下来，他看见国相胸前被水冲得发白的伤口上，竟渗出了血！

"国相没有死！没有死！快看伤口，有血流出来！快砍树做担架，快脱下衣裤，给他盖上！"

"将军，砍树没有刀……"

"用石头砸，用牙齿咬……嗨呀我的个祖先人嘞，老子不管你们咋个整，快点整出个担架来，抬国相！"

也难为这群无所不能的兵丁了，一眨眼的工夫，用树枝藤蔓软草，真就徒手做出一副担架来了。一群人脱下仅有的一点点衣裤，上盖下垫，抬着国相就往回跑。跑着跑着，鳖灵被担架颠醒了，挣扎着问：

"这是要，往哪里……去啊？"

熊虎见国相醒了能说话了，忙欢喜地说：

"回窝棚，给你包伤口止血呀。嗨呀，你终于醒了，你不出气，硬是吓死我们了，我的好哥哥吔！"

"不，回石门！快，派人，追水头……"

说毕，又昏了过去。

担架沿着新开出的大堰河轻轻地稳稳地向石门走去。看着自己亲手开挖的空空荡荡的河床终于有活水流淌，变成了真正的河。熊虎和兵丁们都激动无比，豪情在心中冲激，冲得人人热泪一把一把地流。大堰河，这个美如仙女的小水神，是我们的亲生女儿啊，看哪，她多美、多有活力，哗哗地流……在离石门十余丈的地方，鳖灵被轰隆隆的水声唤醒了。他挣扎着想坐起来，兵丁们忙放下担架。熊虎轻轻扶起国相，让他的背靠在自己胸膛上。兵丁们围成一团，抱着国相冰冷的腿脚和手臂，用自己的体温，温暖着国相赤条条的身体。

他们久久凝望着石门，凝望着石门奔涌不停的洪水，没有一个人说话，每一个人脸上都无声地奔涌着热泪，没有人擦泪，泪如洪水般，怎么擦得完啊？三年了，一千多个日日夜夜呀，石门之火终于熄灭了，换来了长流不息的岷江水，开出了真正的大堰河。三年里，饿死摔死累死了多少好兄弟啊！此刻，这些饿死不退、累死不退的人们，把那无数劳苦、悲伤、饥饿、屈辱、痛苦都凝结成热泪，从心底奔流涌出。只要石门开了，啥都不重要了，要哭就哭个够吧。不，这不是哭，这是笑，是流着眼泪的笑！这个没人敢想、没人敢干，看似绝不可能办到的事，他们干成了！干成了！

他们奉献了一切，只剩下泪水……

是憋了三年的泪水……

蛮牛像是想起了什么，突然跳起身来，几步蹿上石门顶小山坡上，向远处四望。突然，他像疯了似的又喊又唱：

"水退了！国相，水退了！岷江两岸，河堤都露出来了！快来看哟，水退了，退水了！鸡儿个洪水没有了……啊哈哈……咦哟哟……鸡儿鸭儿飞飞哟，狗儿猪儿跳跳哟……"

蛮牛在石门顶上叉开双脚，又喊又唱又跳，光屁股笨牛笨猪地疯跳不停……鳖灵咧嘴微笑：

"丑死了……光屁股，跳个鸡儿舞……像个啥子兵嘛……"

"国相，我们都没有裤子了，你……也是光的……光屁股。"

兵丁们哄笑着说。是嘛，衣裤早就烂成了片片。好些兵丁，平日里就是赤裸着全身在烧火泼水凿岩。这样当然好哇，节省衣服也不用洗衣服了嘛。众人开怀大笑，笑着笑着，却又有哭声响起来，又成了哭声一片。兵丁们同国相、熊虎互相抱成一团，疯了似的，又哭又笑又拍又打，哭笑声震天……这哭笑声五味杂陈，个中滋味，谁能解说得清啊！过了好一阵，鳖灵慢慢抬手指着石门：

"你们看……水冲得……好急呀，它以后，一定会更宽会更深的……石门顶……还连着，像座桥，它以后会垮的……这地方，多壮观啊，蜀国命门哪……"

话未完，手一沉，又昏了过去。鲜血顺着手指滴下来，直滴入大堰河水中。鳖灵冰冷的身体暖和一点了，遍身的伤口就开始出血了。熊虎一看，说声"走，快走快走"。

　　一群蓬头垢面的"野人"，抬着他们的国相，急匆匆赶回窝棚。熊虎小心翼翼地拔出鳖灵小腿上的大刺，煮了一大锅浓浓的茶药水，先给国相热热地喝了大半碗，然后又用这茶药水把他全身洗了一遍，最后和众兄弟在各处伤口上敷上用牙齿嚼成糊糊的草药，又用干净布条仔细包扎住。伤口被包完后，鳖灵又喝了点热米汤，有力气说话了。他问熊虎：

　　"你刚才给我喝的，是啥子草药水啊？好苦好涩哟。"

　　"嘿，这个呀，是我们蜀国的一种草药，也说不出个名字，就叫它茶药吧，喝它的水，能提精神。用它的水洗伤口，伤口不得烂、不得长蛆。是个好东西，有用得很嘞，是我蜀国的宝贝啊。"

　　鳖灵微微一笑，也觉得精神好多了，坐起身来，他要熊虎即刻办三件事：

　　一是派人追水头。特别是去"水到渠成"的老猛林子那里，看看那里是成"河"了还是成"海"了。

　　二是派二百兵丁沿大堰河两侧多多开田种谷，争取今年就要有好收成，度过荒年。

　　三是派十个兵丁留守石门，观察石门的变化和水流的变化。

　　安排完，他要熊虎准备好，半夜出发，明日中午一同赶回王城，向衰老的望帝报告这个他盼望了三年的"千年天地奇功"。看着国相受伤虚弱的身体，熊虎第一次不听话，同国相顶起嘴来：

　　"国相大哥，你都伤成这个样子了，就干脆休息几天养养伤嘛。反正石门都已开了，洪水也退了，军令状也可以缴令了。

望帝那里可以先派个人过去报告他。急个啥子嘛？"

"倔熊，真是个倔熊！唉，熊虎老弟呀，我急也是有说道的。报告望帝是一件紧要大事，越早越好，让他老人家也高兴高兴。另外呀，我那夫人荆姬去找望帝求粮，粮是运来了，人却没来。要是她回家去了，也要打个招呼带个信呀。我那荆姬也算得上是个女中豪杰，敢作敢为，但是任性哪，连她阿爸老子都管不了的任性，专干一些让你意想不到的胆大包天的'转拐拐'的事咧，我不放心哪！"

熊虎听此一说，正戳到痛处，他是一根直肠子通屁眼的坦荡汉子，肚子里藏不住一丁点弯弯绕绕。哪里会编造假话来哄骗自己万分敬仰的大哥啊！嘴张了几下，差一点就说出了荆姬穿白裙子跳江活祭的大实情。大哥都伤成这个样子了，那个实情现在一说，不就是要了他的命嘛！忍心吗？他使劲抓了抓嘴巴，最后说了句：

"那，还是听你的嘛，半夜走就半夜走。你先好好睡一觉嘛，我现在就去安排兵丁——"

半夜走？亏你想得出。嘿，只要你没醒，我才不得半夜去喊醒你走呢。熊虎心中有数，他借口安排兵丁的事逃了，他怕他会在大哥那明察秋毫的眼睛下，忍不住说出一切……

熊虎知道的事有好多好多，这些现在都不能说啊。大巫师说我要翻天，哼，翻天？天都这样不讲天道了，翻个天又咋个了嘛！只要国相大哥说一声，老子还真敢砍下这些没良心的龟孙子的脑壳！

一天之中，熊虎肚子里装的弯弯绕绕比前二十年装的加起来还多。说又不能说，憋死个人，真不如打仗痛快，杀死别人和被别人杀死，都痛快！一刀了断，决不憋闷。石门开了，大堰河通了，苦难到头了，百姓有救了，本是件快乐无比的喜事，可怜的熊虎却备受煎熬。不对，他不可怜，他是在可怜他的大哥啊。他头昏神倦四肢酸痛却睡不着，使劲睡也睡不着，干脆起身坐在工棚前，抱着双脚，木呆呆地埋头看着月光下的树影，树影在微风中晃动。一抬头，啊，月亮圆了，今天正是大哥三年军令状期满的时刻，竟然一天都不差！一天都不差呀！一股豪情从心中陡然升腾起来，他不由得挺身而起，仰面望月。大哥啊，你终于做完了这件惊天动地的大事，救了蜀国！救了百姓！可你也付出了一切，还付出了荆姬，付出了家哟！可怜的大哥啊，整三年了，你离累死也许就只差一晚上的瞌睡，离饿死也许就只差一碗稀饭，离委屈死也许就只差不知道荆姬侍寝求粮的丑事……你忍受了天底下最大最多的痛苦委屈，付出了你所有的一切，完成了这件只有神才能做到的"千年天地奇功"，你就是真正的神啊！我的好哥哥……亲亲的好哥哥啊……熊虎泪流满面，彻夜不眠，默默地靠着大树呆坐着，忘记了时间……突然，有人把他摇醒了，睁眼一看，嗨，是蛮牛！蛮牛满脸愧疚慌张，低声对熊虎报告：

"将军，将军，有一件天大的事哈，我这个鸡儿脑壳差点搞忘了，刚才才想起来。哎呀，就是我们救完国相后吃饭，吃饭后睡觉，就一直睡不着，好像有个啥大事情，脑壳想痛了才想起来：嘿，还真是有天象将军的一个大命令……"

"蛮牛你说！快说，啥大命令？"

熊虎知蛮牛素来啰唆，连声喝问打断他。

"大命令就是天象将军要我把大王的两条旨令，传给国相夫人，再由国相夫人传给国相，我追了一夜，国相夫人跳大江时刚刚才追上，又传不成了……"

"我的个祖先哪，你要急死老子啊！两条旨令？大王的两条旨令是啥子？——快给老子说！"

"啊啊，两条旨令呀，是，是，第一条是'石门三年工期改成四年'，呃，第二条是'让荆姬侍寝是大巫师的诡计，大王过后要收拾他'。呃，还有，'千万不要让荆姬，呃再，再落到大巫师手里'。呃呃，天象将军还要我告诉你，大巫师已经有了一支很，很大的啥子巫师部队哟，要捣乱，呃，说这个特别要命，要你千万……要当心啰。呃呃，就是这些大命令，呃——说完了。"

蛮牛终于结结巴巴，说完了天象将军吩咐的两条旨令，累得瘫坐在熊虎腿旁直喘粗气。熊虎听完这两条旨令，感到大王还是睿智的，还是他们的好大王。他突然又一把抓住蛮牛肩膀，问：

"你说，荆姬到底侍寝了没有？说清楚！"

蛮牛伸出十个手指头，在满头长长的毛发里抓搔了半天，闷声说：

"我哪里晓得啊？那天我跑到王城，完成了你的命令，天象将军给我饭吃，刚吃完饭，就瞌睡得慌，一下子就睡着了。不晓得啥子时候，天象将军又把我叫起来，要我马上去追荆姬，追上荆姬，传达大王的两条旨令。还要我当着他的面，把大王的两条旨令背了两遍。那时，天早都黑尽了，有月亮，也不晓得是啥时候了。我们两人就赶紧骑马追，没睡醒嘛，眯起眼睛又追错了路，像是追反了。后来，追到石门才追上，看见她时她正往江里跳。没有荆姬，我就没法完成天象将军的命令了……将军，没有追上荆姬，是我有错啊！"

"唉，还是说不清啊。她为啥又偏偏穿着那条白裙子嘛？人死了，又不会再开口说话了，咋个才说得清嘛！哎呀我的天神啊！"

熊虎伤心地垂下了头。只是大巫师竟然还悄悄拉起来了一支大部队这个消息，令他格外吃惊。大巫师满肚子坏水，专干坏事，这不让人意外，但他竟然敢拉队伍造反，要杀人，要推翻望帝，要夺取蜀国，这可就是条人人可杀、人人喊打的毒蛇了！见蛇不打三分罪，哼，有老子熊虎在，这条毒蛇它翻不了天！想了一下，他轻轻拍了拍蛮牛的肩膀说：

"蛮牛，你做得对，你没有错。等国相醒来了，我会把大王的这两条旨令禀报他的。现在，你去睡觉，安心地睡觉。等天亮了，你悄悄传我的命令，叫所有的人都整理好兵器甲胄，磨快刀剑，听国相号令，随时出发。"

天亮了，国相还没醒来。天黑了，国相还没醒来。熊虎暗自高兴，他赶走了所有的人，独自在国相小窝棚四周徘徊。心中嘟囔着："叫你睡三天你还不依，都快要累死的人了还逞强……说我是倔熊，你才是倔熊……哼，不对不对，是倔鳖！全蜀国最大的大倔鳖！"

第二天半夜时分，国相醒了，连喊肚子饿。熊虎连忙拿过来一个煨在火塘边的小陶罐，里面是牦牛肉稀饭。国相吃完饭，精神气恢复了，连声音也响亮了，高兴地对熊虎说："石门开了，心头轻松了，才睡了半个晚上就睡够了，伤也不那么痛了。"
熊虎哈哈大笑：

"哎呀我的好哥哥呀，是半个晚上零一天一夜哈……"

"哎呀，都过了一天一夜了？你咋不把我喊醒嘛，差点误了大事。快，集合队伍准备出发，再派快马去禀报望帝，我们明天中午可以到达王城。"

一个时辰后，熊虎准备好了一切，把国相轻轻抬到担架上，把那柄望帝宝剑放在他身边。国相指了指那根刻满了道道的木柱，熊虎会意，马上把它拔了出来，擦干净，放在他身边。鳖灵望着自己住了三年的小窝棚，简陋而亲切，令他恋恋不舍。他抚着木柱上那三十五道刻槽，每一道，都凝结着无数人一个月的艰辛血汗哪！这根木柱，又附着了多少兵丁的忠魂啊！他知道，他没有辜负望帝的嘱托。

到了门外，两位候在门口的百丁长上前一步，轻轻唤一声"哥哥——"，一人握住国相一只缠着布条的手，说不出话，眼里噙泪，轻轻摇着，久久不放开。这是要留下来的两个百丁队。

"好兄弟，你们都是我的好兵啊！"

"'累死不退，饿死不退'，我们随时听候国相军令！"

鳖灵点点头，朝他们身后望去，一片火光闪烁，二百兵丁高举火把，齐齐跪在地上。他们破衣烂衫，蓬头赤足，挺直胸腔，手持铜锸，双眼坚定无畏地仰望着他。"多好的蜀人啊！"鳖灵在心里赞叹着，含泪大声说：

"兄弟们，石门通了。你们留守这里，要多开田多种水稻，光是泉水塘那一片，就可开出几百上千亩好水田，好日子还在后头哪！干脆，把你们的亲人都接过来，就在这里建村开田过好日子吧！"

"国相火火，国相火火……"

兵丁们学着楚音，高喊着。

"熊虎啊，我们再过去看看石门吧。"

熊虎遵命，抬着国相来到石门前停下。鳖灵挣扎着坐起来，三年了，这是他每天必来的地方。有时累了，就坐在树墩子上眯一觉。现在，他的树墩子已经沉到大堰河底，永远消失了。但那风箱的呼噜声、木柴燃烧的噼啪声、泼水的刺啦声、铜锸的咚咚声、石锤的嘣嘣声，和着兵丁们的号子声、喊叫声、骂人声、唱歌声、哭叫声，汇成一片嘈杂又动听的奇妙和声，这些声音已深深地印在鳖灵的脑海里，永远不会消失。三年来，在这奇妙和声中，鳖灵才睡得着、睡得踏实。现在，这些声音都已消失了，永远地消失了，似乎在人世间它们就从来没有出现过。取而代之的是，大堰河欢快的浪花声，哗啦啦、哗哩哩……大堰河在唱歌！哈，她在快乐地唱着歌啊！她已有了生命，成了活生生的水神！是我们创造的温驯可爱的小水神啊！霎时，鳖灵的激情被点燃，他大喊：

"兄弟们，把剩下的柴木堆成两大堆，点燃大火，好好看一看我们的石门大堰河吧！熊虎兄弟，弄碗酒来！"

"没酒了，我们早就没有酒啦……"

"那，去给我舀一碗大堰河的水来。"

大火燃起来了，照亮了这群在大堰河边又唱又跳、又哭又笑的"野人"。鳖灵跪在河边，火光映红了他的脸。他双手高举那碗水，高声祷告：

"山神水神，天地诸神啊，下臣鳖灵者百拜叩首，虔诚请罪，其大罪有三。

"一大罪：烧凿石门山洞，开河分江，是亘古未有之悖行。伤及山神水神，罪在不赦，臣伏罪。

"二大罪：工程浩大，耗空蜀国，兼天降旱灾，饿死百姓无数，兼他国入侵劫掠，离亡国亡族，仅差一线。此罪也在不赦，臣伏罪。

"三大罪：苛责兵丁，杀戮民夫，劳役沉重，水火炼熬。悖天地仁爱之大德，有失人性。此罪也在不赦，臣伏罪。

"下臣鳖灵有此三大罪，即天雷轰砸，化为齑粉泥土，亦无怨无悔。唯愿我蜀国从此断绝水患，兴农强国富民，子孙幸福绵长。鳖灵穷无酒浆，此满碗大堰河水，乃无数心血、无数精魂经千日酿制而成，以此水代酒，恭敬山神水神、天地诸神，或可赎罪一二。

"祈众神佑我蜀国！佑我蜀国！佑我蜀国！"

祷告毕，鳖灵将那一碗大堰河水又缓缓倒入大堰河中。接着，他就一直默默跪伏在地，一动不动。好似忘记了时间，忘记了一切，身心俱已融入了水中。良久，抬起头来时，已是热泪纵横，唏嘘不止……

熊虎带着二百余人的队伍，打着火把，连夜向王城进发。

走了一程，天已大亮。忽见十余人急匆匆迎面赶来，为首的一位气宇不凡的老者挡住了去路。熊虎认识，他是蜀王朝五大姓大臣中的常姓大臣。那常长老疾步上前，不由分说，对着鳖灵担架就下跪施礼，他身后十余人也急忙跪在泥地中。熊虎忙扶国相坐起，鳖灵开言道：

"常长老啊，我等同为望帝大臣，不必行此大礼啊，太过了，太过了。"

那常长老谦恭地说道：

"国相为除水患，三年坚守，几乎累死饿死，志比玉垒山哪！前日洪水先涨后退，村人都传说，一定是天神把洪水收回去了，救了百姓，都纷纷跪敬天神。昨日有民夫从石门跑回来报告我，方知是国相终于凿开玉垒山，开出大堰河，分流了洪水，一举竟除了岷江水患。凿山开河，根除水患，堪称天下惊世奇功也！国相建此奇功，却受了重伤，几乎丢了性命。我率我族众长老连夜渡河，欲来石门看望国相，却不料在此相遇。是国相救了蜀国百姓，也救了我常姓近万族人哪，这是何等的大恩大德啊！我跪你，是替我常姓万人跪；跪你，也是跪谢天神啊！国相的惊世奇功必将恩泽千秋万代。我常氏一族誓将代代传颂，永志不忘。"

说毕，一颗花白头颅又连连叩在泥地上。抬头时，已满脸是泪，满额是泥。这时，瞎眼婆婆扶着孙儿，从后面挤上来，手里举着一个鸡蛋：

"国相神在哪里啊？天啊，你要早几年从天上下来治水，我儿子儿媳就不会死了嘛。听说你同水妖打大仗，打得惨啊，虽打赢了，但你也差点死了。我穷，只有一个蛋了，本是留给孙儿的，现在给你吃。你把它吃了，补一补伤啊。你的嘴巴在哪里？来，我把蛋打进你嘴里，你来喝，你喝……"

熊虎记得这是三年前在常长老家见过的瞎婆婆，她的儿子儿媳为救常长老，双双死在洪水中，她日夜哭儿子儿媳，就哭瞎了双眼。他赶紧上前接过蛋，分外温柔地说：

"婆婆，我是国相神手下的兵，我帮你喂，你放心。"

常长老双手捧上自己从不离手的双蛇头拐杖，恭敬地说：

"国相受伤，可用我这拐杖助脚。我族现穷，灾年荒月的，都饿死了人，全族都在吃山茅野菜度荒，也拿不出什么礼物奉献。这条拐杖，在我手上三十多年了，我族老少男妇都认得，你可凭此杖号令我常族，无人敢不从命！"

"不忘常长老！"

鳌灵接过常氏拐杖，含泪与常长老及越聚越多的乡亲们作别。他自己也奇怪：三年来，累死苦死饿死都不曾流泪的堂堂国相、堂堂男子汉，怎么在石门开了后，一天之内多次流泪呀，心咋就变得这么软塌塌的呢？

鳌灵一行人慢慢向王城走去。人越走越多，队伍越走越长，那是许多百姓感恩国相，闻风而来陪送国相的。这时，鳌灵突然注意到，自己的兵丁人人都带足了长短兵器，身穿甲胄，刀锋也磨得雪亮，一副准备打仗的样子。问熊虎，熊虎却反问道：

"我们都不会再回石门了，这些兵器甲胄还要留在石门吗？各人带各人的，甲胄穿走嘛。再说，我们都没有衣服了，也只有穿甲胄了。"

国相默默点点头，不作声了。其实熊虎心里一直忐忑不安，备受煎熬：望帝的两条旨令，是下给国相的，他本该如实禀报，但现在，就是给他熊胆虎胆，他也不敢禀报啊，他的嘴巴说不清楚也不敢说啊。荆姬求粮侍寝的事，荆姬跳江的事，还有那个白绢长裙的事……都是一把把锋利的尖刀哇，刀刃一露出来，就能要了国相的命啊！可怜的国相已经全身是伤了，虚弱成那个样子了，哪个龟孙子还忍心往他心上再插一刀嘛！至于大巫师的巫师部队，要造反，嗨呀，老子的百丁队随时奉陪。哼，他不来找我，老子还要去找他呢！那天就该痛快一刀砍下去，先砍下龟儿子的花脑壳，再去救人。

已近正午时分，天越来越闷热，黑云渐渐压了下来，一群乱飞的蜻蜓，几乎撞到人脸上。躺在担架上，鳖灵一直注视着乌云滚滚的天空。他忧心忡忡地对熊虎说：

"像是要下大暴雨了，更大的洪水就要来了，石门能分走多少洪水呢？我们的治水真的能算成功了吗？"

"那石门，至少能分走两分洪水，这可是你以前说过的话嘛。前天的洪水，已分走两分，岷江只有八分水，没有漫堤成灾。再下大暴雨，就算岷江又增两分水，与河堤持平，但这新增的两分洪水里，还是要从石门再分走两分。这样一算，洪水还是翻不过堤成不了灾。这个算法对不对哟？咳，桃花汛加暴雨汛，是多大的洪水？玄，玄得很啰。只有过了这场暴雨才晓得。现在呀，只有天晓得。"

鳖灵躺在担架上，听熊虎摇头晃脑的，居然讲得头头是道，不禁哈哈大笑：

"是啊是啊，你算得不错！想不到我们的熊虎脑壳也变聪明了。以后哪里再有水患，我们的熊虎将军就可以领命治水了。走快点吧，下雨前争取赶到王宫觐见望帝，报告他这个盼望了三年的大喜讯，让他老人家也高兴高兴。"

一行人赶到王宫时，已过正午时分。那望帝接到熊虎兵丁的快报，早早地就坐在他的熊皮王座上等候了。从四天前的那个晚上起，他就没有睡过一个时辰的安稳觉，心里纠缠着一大串要命的难事：大巫师往石门送粮，荆姬去追大巫师，追上没有？蛮牛又带着我的旨令去追荆姬，追上没有？传了旨令没有？荆姬千万不要追上大巫师，蛮牛却千万要追上荆姬啊，荆姬一定要在三天内在三年期满前向鳖灵传达我的旨令啊……大巫师带着他的巫师大部队现在埋伏在哪里？他的具体行动到底是什么？这一串一串的事情都是要命的大事，都没有答案，甚至都无法派人去找答案！他只有独自像推碾子一样颠来倒去地煎熬自己。生平第一次，望帝感到了自己的无能和衰老！此时，是蜀国的生死关口，作为蜀王，他应该有所作为，但他又不敢轻举妄动，甚至，他都不敢轻易下令，调哪一族的族兵，来加强王宫的护卫。万一大巫师跟他们早就有勾结，那不就正好是引狼入室吗？现在，除了天象将军，他敢相信谁呢？唉，这四天真比三年还漫长啊！望帝在煎熬中，几乎耗尽了心血和元气，他窝在床上，一动不动。忽听来报得知国相竟已成功凿开石门，分流了洪水，要来向自己报喜缴令，这可是天大的喜讯呀！他顿时来了精神，挣扎着下了床，还喝了几口肉羹稀饭，穿着睡衣袍，早早地坐在王座上，等待着国相的到来。他还喜滋滋地同天象将军聊起水患除了以后开田种谷之事，聊着聊着，就睡着了。不知睡了多久，天象将军叫醒他时，他睁开倦怠的眼睛一看，大吃一惊，顿时睡意全消。只见眼前跪着一条骇人的汉子，他披头散发，骨瘦如柴，身着甲胄，憔悴的脸上瞪着两只黑白分明的大眼。稍远处，殿前广场上还排列着几排——蛮子兵，还是野人兵？他们全都光身穿甲胄，没穿衣服，手中都拿着武器刀枪，却也都披头散发，看不到脸面。

"你，你是熊虎将军？广场上那些，是你的兵？国相呢？国相在哪里？"

"臣下熊虎拜见大王。广场上的，都是臣下的兵丁。这担架上躺着的，便是国相，他，他，受了重伤……"

熊虎忽然悲从中来，抽噎着说不下去了。他扶起国相，让他坐在担架上，靠在自己胸前。国相鳖灵抬眼望着望帝，千言万语竟不知从何说起，泪花又一次涌上眼眶，喉咙发堵，停了好一阵子，才开口说道：

"臣下鳖灵，伤重不能行礼，望……大王恕罪。三年前，臣下就在此处领受国相之职，受命治水，立下军令状。三年里，光是熊虎的兵丁就死伤过半，若非及时补足，断然难成大事。赖天神护佑，大王洪福，今报知大王：石门开，大堰成，洪水消。恰好三年整啊。这是计时柱，上有三十五道槽，一月一槽，缺了一槽，该前日刻的，因臣下无力……请大王收验军令状。"

说罢，他一手握起望帝宝剑，一手握起计时柱，再双手并拢捧到望帝面前。望帝却不接，他呆呆地望着这个头发胡子乱蓬蓬的"毛球"，"毛球"中间有一小片没见毛的地方，凸着一双眼睛，一双他在心里暗暗赞叹过的眼睛。"毛球"身上手上腿上都扎着裹伤的血布带，连"毛球"头顶上，也斜扎着两条布带。"毛球"奄奄一息，说话也失去了当年的洪亮。当年那个英气逼人、意气风发的鳖灵后生，到哪里去了？我万分钟爱的后生啊，他竟熬成了这般残败的瘦鬼模样！望帝心中陡然涌起万般酸楚，说不出的疼惜。他双手撑住王座，终于站了起来，扶住天象将军一只手臂，往前挪了两步，弯下腰，面向那"毛球"：

"鳖灵啊，你劈山开河，是做出了大禹王一般的伟业……你救了蜀国，救了万千百姓啊，真真是千年天地奇功一件！你们熬干了自己，熬死了自己，献出了一切，我该拿何物奖赏你啊？啊？奖赏什么东西都不为过啊！一座金山？一座银山？都不为过啊！可我的国库也空了，金银玉帛也都拿出去换粮食了，连桐油麻布这样的粗货也没有了，什么都没有了……空了。我，我杜宇老夫，只有给你叩头……代我万千蜀国百姓，叩头谢你！"

说着，老望帝涕泪涌出，竟对着鳖灵，颤颤巍巍两膝跪下，在地上良久不起。鳖灵忍着疼痛急爬出担架，也跪伏在地，连说：

"罪过罪过啊！下臣哪敢受大王叩拜？下臣三年所为，只是拼力坚守誓言，做完了臣子分内之事，也绝不图大王的赏赐。今日，下臣任国相治水，重任已毕，三年期满，恳请大王恩准下臣辞官回家养伤,回家团聚。草民再三叩谢大王,感激不尽。"

天象、熊虎二人也急忙跟随跪伏在地。众人又惊又悲,殿内殿外,竟一齐号啕大哭起来。蜀国君臣大贤大德赤诚为民之举,真可惊天地泣鬼神,亘古少见啊!最后,还是天象、熊虎二人将望帝扶起。正要扶入王座时,一群黑瘦的兵丁抬着三副担架风风火火闯了进来,随后将三副担架靠着国相担架摆成一排。打头的一个兵丁喘着粗气对熊虎将军说:

"报告将军,找到了!找到了!都找到了!都死了!"

鳖灵定睛一看,身旁担架上那身着白裙的女子,已经僵硬不动,定是已死。另一担架上的蓝裙女子,他一眼就认出是小玉,也是僵硬已死。心里咯噔一跳,急拄着那双蛇头拐杖,往前挪了挪,伸手分开白裙女子脸上的乱发——啊呀,唉呀呀,荆姬!怎么会是荆姬?!他悲怆地哭喊起来:

"荆姬,你怎么啦?你起来啊!几天前,你还是好好的嘛,离开我去找望帝求粮。一顿饱饭,救了我凿岩五百兄弟啊……后来,后来到底啥子事嘛?啊?咋还穿了个白裙子?这是哪里来的嘛?"

鳖灵泪如泉涌,悲恸哭号不止。广场上众兵丁又是一阵哭号。刚才,是为深爱百姓而大义下跪的望帝而哭,为用生命和鲜血凿岩的国相和自己而哭;现在,是为国相哭、为荆姬哭,他们比国相还清楚这一切。国相冤哪,国相夫人更冤哪!天神啊,你咋这么不公啊?

熊虎早已知晓这一切,他没有哭,他含泪跪到小玉身边,伸手轻轻拨开她的秀发,一缕一缕把秀发理顺。她的脸多年轻

啊，还带着几分稚气呢，像玉雕成的一样，真美呀！他想起几
天前，他接过小玉手里的大陶罐，从罐里分一块肉给小玉吃时，
小玉还俏皮地说：

"熊虎哥，你吃了它吧，我不饿。"

"不行，你跑一天路了，还说不饿？必须吃！"

"那，你先咬一口，剩下的我吃。"

他咬了一点点，再递过去。

"不行，再大点……哎呀……"

最后，小玉一把抓过肉块，龇着牙咬下一小口，顺手一
下子把肉塞进他嘴里，还咯咯笑着用手捂着他的嘴，不准他再
吐出来……他是含着幸福的热泪慢慢地、慢慢地含化了那块肉
的……现在，小玉不会说话了，不会笑了，不会喂肉了，她睡
着了……再也不会醒过来了……

"小玉——你起来哟——啊啊啊……"

熊虎终于爆发出一声悲怆至极的哀号，像一头棕熊被利
箭射进了胸膛。他紧紧抱住冰冷僵硬的小玉，肩背抖动着号
哭起来。

望帝见到白裙，知那定是荆姬，却不知道她又是怎么淹死
的？可以肯定的是，在这几天里，鳖灵没有见到荆姬，也不知
道自己的那两条旨令。要命的是，荆姬竟还穿着那条该死的白
裙子呀，那可就是侍寝的铁证啊！绝望的望帝喃喃自语："这
下百口难辩了，真是百口难辩啊！天神怎么会这样安排哟……
只有靠天象将军来说一说了，唉唉，说了谁会信啊……"他头
晕目眩，眼前阵阵发黑，一把死死抓住天象的手臂：

"你给他们，说说白裙子……说说我的两条旨令，扶我回去，我，站不住了，晕，头晕……还有，大巫师的事，他心变黑了——"

天象扶住望帝往后宫走，回头对国相和熊虎说：

"你们俩等一下，我回来有极紧要的话跟你们说。"

熊虎陪着悲痛得倒地的国相，跪在地上，一字一泪地把这几天发生的事都告诉了他……还有蛮牛事后才补报的望帝的那两条旨令……

"她们投江后，紧跟着就是洪水破堤下灌石门前，我们撞开石门，你被洪水冲走……我没有机会给你报告这些。后来你受了重伤，差一点就活不过来了，我就更不忍心向你报告了。也是我的错，不该听大巫师的鬼话去祭什么水神。嫂夫人和小玉跳江后，老子就想一刀杀了那个大巫鬼，不料引水口突然破堤，万分危急中……唉，便宜了那大巫鬼。不过，老子早晚要替嫂夫人报仇。这一刀，他躲不过！"

鳖灵听了熊虎的讲述，不由得又是一阵痛哭。半晌，心绪稍定，他抬起头来问熊虎：

"那边那个又是何人呢？"

"兵丁刚才报告，那个人的头已被水冲烂了，只有半个头，认不出人来。兵丁见他脖子上套着一根细黑绳，上面穿着三颗白玉珠子，一眼就认出那是老国相的。那三颗白玉珠子，兵丁们太熟悉了，就把他也抬回来了。回水沱那里还漂着不少死人，好些都是我们的兄弟，他们抬不过来啦……"

鳖灵点点头，庄重地说：

"无论你我，都要记着老国相的辛劳和大恩。明年后年，一定要凑够粮食，到江源老部落把他的儿子赎回来。"

这时，天象将军手捧一个漆盘慢慢走过来，埋着头跪了下来，他双手举盘，向国相说：

"请给夫人更衣吧。"

"这是荆姬的红裙，怎会在你这里？"

鳖灵一眼认出红裙，一把抓在手里紧紧压在胸前，盯着天象问。天象挥挥手，要大殿里抬担架的兵丁们都出去。待大殿里只留下国相和熊虎时，他用两手抓住漆盘撑在地上，跪着说：

"荆姬夫人是一位多么贞烈、多么爱国相的好女人啊！我只有跪着讲，才能显出我对她如对神一般的敬重啊！那是三天前，啊不对，应该是四天前的那个傍晚，接到蛮牛的急报后，我派出了几路卫士在城外路口拦截，终于接到了荆姬和小玉二人。荆姬她们两人在我这里一边吃饭一边说了国相缺粮的紧急情况。我当即决定立即带蛮牛禀告望帝，求他立即给国相发粮。正巧前一天南中部族给我们送来了一批粮食，大王手里才有粮。正在这时，那无孔不入的大巫师在门外偷听到荆姬来求粮的事，不由分说就带荆姬入寝宫见大王。在大王面前，那大巫师一张上天入地的油嘴巴简直把我都说晕了，把大王也套进去了。说来说去，说出一个办法来：只要荆姬同意给大王侍寝，他大巫师就算累死，也亲自连夜给国相送粮。不侍寝，他不送粮。这就直接把荆姬逼到了墙角，没有退路，而大王也实在派不出第二个能连夜送粮的人，事情就这样决定了。其实大王本来也并没有让荆姬侍寝的意思，只等大巫师送粮队伍一走，他就给荆姬下达两条旨令：一是撤销侍寝，二是要荆姬速回石门转告国相，将三年期限改为四年。睿智的大王也感觉到了大巫师当晚的反常，这正是天神一般的预见啊！这个大巫师在王城中竟然隐秘潜伏着一支庞大的巫师部队，他在广场上集结了不下三百人的部队，都有兵器，带着二三十匹驮马，向石门飞奔而去。这是在月光下，我亲眼看到的。当时，把我惊得背心阵阵发冷——大巫师竟然就在大王眼皮子底下拉起来了这么大一支部队！大巫师一定有更大的阴谋，蜀国将面临一场大动乱啊！我赶紧跑进寝宫向大王报告这万分危急的天大凶险，此时荆姬夫人也换上了那条侍寝的白裙子……"

"我们的国相神在哪里？"

"蜀国百姓的大恩人在哪里？"

一群人兴奋激动地喊着嚷着拥了进来，打断了天象的话。这是五大姓大臣中的两位大臣和他们的长老，还有常长老他们跟过来的一群族人。他们一进大殿不由分说对着国相就下跪行叩拜大礼。当抬头细看重伤的国相和担架上的三具遗体时，又都吃惊不小。七嘴八舌问国相问熊虎问天象问兵丁……人越聚越多，天象说不下去了，深深地叹了口气，最后大声说了句：

"夫人是清白的啊！她是大巫师害的……国相啊！"

鳖灵已经明白了一切。在他的脑海中迅速还原了爱妻几天中的一切遭遇：大巫师的无耻，望帝的无能，天象的无奈，忠烈善良爱夫如命的妻子就这样被推到了悬崖边……"大巫师你给我滚出来！大王你要站出来给我主持公道！我的荆姬不能就这样不明不白地死了！！"他在心里呐喊，怒火冲天地呐喊。一团怒火在他心中燃烧，他想烧毁这一切，包括他自己，爱妻死得冤屈死得壮烈，死得他也不想活了！他紧紧抓住红裙向空中使劲一挥，他想大声喊出来……但，伤口一阵钻心的剧痛却把他击倒在地，也击醒了他的理智：这是在朝堂，面对的是整个蜀国，是万千百姓的蜀国！我们拼死丢命不就是为了百姓、为了蜀国吗？还有，仇人大巫师的大阴谋还没有被揭穿，他还要捣乱！一场残酷的乱蜀大战就要来临！不管怎么说，人们现在都还认我是国相——万不能因我而乱了蜀国啊！一瞬间，仅仅只是一瞬间，鳖灵眼中的怒火暗淡了，委屈仇恨的泪水凝在眼眶。在他心底，人们看不到的地方，刻骨铭心的仇恨和为蜀国为百姓的隐忍克制交缠相斗，斗得翻江倒海、鲜血淋淋，他痛苦得浑身不由自主地颤抖着、抽搐着……

鳖灵含着泪，双手颤抖着把荆姬的红裙展开给她盖在身上，连脸和手也遮盖严实，他不愿让他的荆姬再被任何人看到，每一寸肉体都不能！他轻轻拿起荆姬冰冷僵硬的手，手里似乎紧握着什么东西，掰开手指，是一块白玉，正是那块自己藏了半年，四天前在江心岛送给妻子的白玉！紧握白玉，鳖灵不禁又伏尸大哭起来……

不知过了多久，一只手在后面轻轻将鳖灵扶起来，鳖灵缓缓回头一看，那人正是自己的岳父。他不禁将头无力地靠在岳父胸前，泣不成声：

"阿爸，阿爸啊，我们的荆姬，没了……"

开明老族长也跪坐在地，一手搂着女婿的头，一手伸过去想把爱女的头也搂在怀里。爱女已经僵硬直挺，哪里搂得动？

老人顿时呜咽起来，泪流满面，他翘动着山羊胡子，悲伤地念叨着：

"我的荆姬哟，我的鳖灵哟……天神啊，把他们都好好地还给我吧，我的妹娃儿死得冤哪……我的伢子都要累死了……天神爷爷，我们好命苦啊……"

鳖灵国相凿开石门的喜讯，像春天的柳絮，一阵风，就飞遍蜀国大平原，人们从四面八方向王宫拥来。五大姓大臣、无数族长和长老带着族人，王城里五行八作的匠人，城外四寨八村的百姓，喜气洋洋，唱着跳着，都拥向王城，拥向王宫。他们要为他们的国相欢呼、舞蹈，他们要庆贺蜀国消除了百年水患，从此安享太平！但眼前这一幕，却让他们震惊万分！

——奄奄一息伤痕累累的鳖灵国相。

——死得不明不白的荆姬夫人。

——尸身残缺只有半个头的老国相。

——披头散发赢瘦的凿岩壮士。

——还有那一串串传得飞快、真假难分悲壮冤屈的故事。

……

悲痛代替了喜悦，哭泣代替了欢笑，欢呼变成了号啕。

眼泪在聚集，怒火在聚集，是谁这样无耻地伤害了我们敬爱的国相神？是谁害死了美丽忠贞的国相夫人？把公道还给国相神！蜀国百姓要公道！要公道！！

"大巫师出来说清楚，国相夫人是咋死的……"

"大王在哪里？大王要出来主持公道……"

"我们要公道！要公道！要公道！"

"……"

群情激愤，正义的火山就要爆发……看着这纷乱激动、怒火越燃越旺的人群，鳖灵心里突然涌出一句古语：水能载舟，亦能覆舟。呀，蜀国不能乱，绝不能乱！更不能因我而乱啊！他抬起头来，使劲咬了咬嘴唇说：

"阿爸……我要回……家，荆姬也……回家。"

"回家？啊，对对，我们回家，是该回家了啊……都三年了。好伢子，你躺下，睡平了，不许哭了呵，阿爸来抬你……我们回家去喽，不哭喽，啊……我的荆姬妹娃儿……小玉妹娃儿，也回家喽，一家人，回家团——圆——啰……"

岳父流着泪念叨着，将鳖灵安放在担架上，又脱下衣裳轻轻盖在爱女脸上。弯下腰正要去抬，这时，好多双手从后面伸过来，抢先抬起了鳖灵，接着又抬起了荆姬、小玉和老国相，扛在肩上。这是五大姓大臣和那些族长、长老，还有无数百姓。他们争着拥上来，抬着、扶着、紧贴着、簇拥着担架，远远地伸手摸着担架，默默流着泪，无声地走出王宫，走过广场。跟在国相岳父的后边，向开明村慢慢走去，后面是好长好长的队伍……

几声炸雷响过，沉闷压抑了许久的暴雨终于倾泻下来了。无边的乌云压在平原上，乌云和平原之间，雷电和暴雨仿佛在比威力，目中无人地在人们头顶上施威，似乎想要驱散这长长的悲伤队伍，又似乎在为这无边的悲痛而鸣不平。人们砍来大芭蕉叶，层层叠叠盖在担架上——亲人们受了那么多苦痛、那么多委屈，可不能让他们再淋着雨了哇！至于那些多少年来，无数次从洪水中爬出来的蜀人百姓，谁还在乎这点雷雨呀。百姓心中都窝着一团火：国相神为我们治水，差一点就死了；国相夫人，一个多么贤惠美丽的女人，也死得不明不白。人哪，咋能不讲良心嘛？老子们现在天不怕地不怕，让雷雨来得更猛烈些吧！天神爷在我们这一边！天都哭了哇！我们只认国相神！我们只服国相神！

　　天象将军站在殿前王座旁，平静地注视着渐渐远去的队伍，那队伍里还有好些他手下的宫廷卫士呢。擅离职守，可是要杀头的罪啊，可他们还是跟去了，跟着鳖灵和熊虎的兵丁去了。刚才人山人海要挤爆的王宫大殿空了，广场空了，心也空了，没有了百姓的蜀国，也空了。一切归于平静、寂寞、空虚，了无生气。他忽然看见望帝那柄至高无上的宝剑，在广场泥浆中毫无尊严地躺着……剑鞘上那些珍贵的金饰和耀眼的宝石都已黯然失色，好像已经不值钱了……

　　一切是那样寂静，刚才可是千钧一发呀！一场惊心动魄的大火眼看就要燃烧起来了。他从熊虎将军眼里看到了火苗，从五大姓大臣眼里看到了火苗，从平时唯唯诺诺的兵丁和百姓眼里看到了火苗，但，这些火苗没有燃烧起来。毕竟，鳖灵国相眼里没有火苗。不，他眼里也是有一团怒火在猛烈燃烧，我看到了，但很快就消失了。后来，他如天神般轻轻喊了一声：

　　"阿爸，我要回家。"

　　就是这轻轻一声"我要回家"，立刻就使即将爆发的怒火转了个弯，离开了王殿，让一切归于平静。啊，这正是天神的胸怀和智慧啊！这场没有烧起来的怒火，其实已经烧毁了望帝的王座，望帝在百姓心中已经失德失威。是啊，这可能只是大巫师阴谋的第一步，不过"两虎相斗"，却没有斗起来。那，下一步是什么呢？大巫师和他的巫师部队此时很可能就隐藏在附近什么地方，等待那最佳时机的到来，然后对王宫发动致命一击！伴着雷鸣，暴雨从天上直泻下来，涤荡着平原大地。天象仰望着雷霆万钧大发脾气的天空，抹了抹飘洒在脸上的雨水，喃喃自语：

"走吧，都走吧，要变天了。天都干了一年了，该下雨了，该变天了。天神啊，你将把蜀国引向何方啊？"

八、西山化鹃

　　望着大雨中渐渐远去的人群，大巫师从王宫厨房后边的芭蕉树下悄无声息地溜了出来，浑身湿淋淋的，成了落汤鸡。

　　"哼，这是要造反了！一个熊虎，一个鳖灵，勾结成伙反我蜀国。造反？没那么容易！望帝的江山是上天给的，谁也别想拿走！"

　　大巫师若无其事地回来了。

　　令他万分失望的是，鳖灵和望帝没有打起来，虽然就只差那么一点点！"两虎相斗，两败俱伤"，这个精心策划的计谋还是落空了。这个鳖灵，都伤成那个样子了，妻子穿着白绢长裙的尸体也摆在眼前了，大臣百姓的怒火也烧起来了，他都还有那么强的自制力和控制场面的能力，好厉害的一个对手啊！莫非他真有天神的指引？

　　一计不成，再生一计。大巫师迅速分散隐藏了他的巫师部队，带着二十多个小巫师冒雨跑到望帝跟前，一副为大王办事不辞劳碌的样子。他继续以"忠君"的角色演戏。

　　在望帝面前，大巫师极尽所能地将污水往熊虎和鳖灵头上泼，似乎谁跟他大巫师过不去，就是跟望帝过不去，就是要造反。

望帝和天象将军这几天回忆分析了大巫师的种种反常，也从府库官那里核实了大巫师那晚的确多领了十驮粮食，断定大巫师就是在搞大阴谋，而且一定还有新花招要使出来。那么，大巫师对大王会有直接的生命威胁吗？天象很自信，大巫师的巫师部队要是敢进攻宫廷卫队的话，是占不到一点便宜的。而只要国相、熊虎及他们的百丁队还在，大巫师就不敢轻易拉出他的巫师部队来公开叛乱。望帝和天象将军，这两个二十多年并肩作战的老搭档冷静地决定：处乱不惊，静观待变。对，演戏就演戏，大家都来演戏！

静听大巫师说够了，天象将军若无其事地说：

"国相和熊虎拼死拼活凿石门，三年了，终于凿开了石门。看他们现在这个样子，一个累垮了，一个受了重伤，哪有一丁点要造反的样子嘛？手下兵丁，一群饿鬼，一个个虚弱不堪，连衣裤都不全，穷得只剩下胯下那一小块遮羞布了，还造个什么反？我忧惧的是，要是此时青羌大王再打进来，我们还能打得过人家吗？"

望帝窝在床上，眼睛半睁半闭，他缓缓地对两人说：

"说他们造反？这不像呀！不会，不会的。唉唉，本王并没有传荆姬侍寝呀，可那荆姬怎么偏偏穿着白裙子淹死了？这就真让我百口难辩了啊。大巫师，荆姬是咋淹死的，你在石门，你知道不？人人都责恨我失德，人心都背我了，百姓都离我了。天神啊，我该如何做啊？"

望帝心绪虽乱，但爱民的品质和道德底线还是守得住的，这正是他为帝几十年来深得人心的原因。

"不如大王带上厚礼，亲自前去开明村看望慰问国相，也顺便问清楚荆姬是咋淹死的。那鳖灵是明晓事理的君子，定能不计嫌隙、以国事为重，感激恭敬大王的。大王也正好收拢人心啊。"

天象将军趁机说出自己的建议。大巫师图谋篡位，其实并不那么危急，只要国相和熊虎这两人还在，他就不敢轻举妄动。在天象将军看来，能恢复三年前望帝、国相之间那种相互信任、亲如父子的关系最为重要，那可是蜀国安邦兴旺的基石啊！

"不可不可。'谁不服就把他打服'，这可是望帝几十年来的为王之道哇，可别便宜了那些心怀叵测的家伙。以为凿开石门立了大功，就笼络人心，阴谋篡夺王位。到时候人心不足，蛇也能吞象的。大王问到荆姬淹死的事，那肯定就是那天岷江大水漫堤，她骑马回家，马受惊摔到江里去了呗。"

大巫师一说到"打服"，望帝不由得睁开了眼。天象之说不可取，向臣下认错，是心底里的事，行动上，绝不行，那还算得上是堂堂蜀国大王吗？不过"打服"——

"拿什么打？就近的就只有五大姓大臣手中的兵马。天象告诉我，五大姓大臣都跟着到开明村去了，他们还能调兵到开明村去打鳖灵？自己打自己？说梦话！当然咯，他们也是肯定不会与本王作对的。远一点的，是西山老部落的兵马。本王身边的人都跑光了，呃，这倒提醒了我，是该召些兵马来护卫本王了。打仗是内乱，苦了百姓，穷了国家，喜了敌国，是下下策呀。谁搞内乱，谁就是罪人，天道不容啊！"

天象将军接过望帝的话：

"大王英明，蜀国万不可内乱！五大臣和百姓们都已经心向国相了！你看，那常长老的双蛇头拐杖不都已经在国相手中了吗？这是大王亲眼见到的呀。刚才大王转身走后，你没看见，那五大臣和他们众多长老，都争着去抬那几副担架呢。那些个小兵丁、老百姓，还挤不拢捞不着抬呢。他们都感激国相治水大恩，哪里还愿与他作对呢？就近的态度不明的，就只有西山老部落了。要不，大巫师你亲自跑一趟西山老部落，找格当酋长，去为大王调兵护卫，再立一个新功？"

天象明知大巫师心中有鬼不敢出门，故意怂恿望帝把这个讨厌的家伙派出去，踩一踩他的狗尾巴。不料，大巫师一听就急慌了，连连推脱，说什么西山路太远、西山人不熟、人老跑不动……总之，是去不得的，是不得去的。

那望帝一听到"去西山"，眼睛一亮：

"这倒是个办法，召西山兵马前来为本王护驾——好办法！大巫师不愿去，天象也不能去，就没人可派了，干脆我亲自上西山！我的老部落，好几十年都没有去过了，也该去看望一下那些老乡亲了。只恐老人都死完了，不认识人啰。天象，你准备一辆马车，待雨停了，我们就奔西山去。"

说完，他回头望了望大巫师，他忽然感到一阵心烦，大巫师那瘦小猥琐的身形，那头上抖动不停的鸟尾，怎么都一下子变得那么让人讨厌？怎么那么多令人别扭难堪的事都有他掺和？"主星暗，客星亮"，会不会大巫师就自认是那个"客星"，他想发"亮"？哼，这个人同鳖灵比起来，一个是鬼一个是神！

可叹我居然还宠信他几十年。虽然望帝已经断定大巫师在搞大阴谋，也想不动声色地同他周旋，借此摸清他下一步的动向，看准机会雷霆出手，一举灭掉他。但望帝实在忍不住心里的厌恶，他也不想再演戏了。他慢慢抬起手来，对着大巫师，轻轻挥了挥，像掸掉灰尘：

"你去吧，去看你的天相占卜吧。我这里有天象在就够了。"

瓢泼大雨直下了两天两夜，望帝很是诧异，怎么就没有一个人前来报告岷江水灾呢？往年一下大雨他就提心吊胆的，报水灾的人一串一串地来。看来，那鳖灵凿穿石门，分泄洪水之法还真是灵了，还真就把水患治住了。这该是确认无疑的事了！望帝一高兴，两天之内，一口气派出去五个传令官，冒雨骑马奔向各大姓小姓、各村各寨，命令凡有水之处，必得多开水田种稻谷。谷种由望帝发放，不收一分钱！今后收税贡，一律收稻谷，不再收干肉干鱼之类的了。他时时不忘三年前同国相鳖灵的约定：国相凿山治水引水，望帝劝农开田种谷。如今水患除、大堰通，该是他望帝劝农开田种谷的时候了。治水兴农，两两相连，国之大计，蜀国之根本哪！

暴雨下了三天，终于停了，水灾也没有来。整个蜀国，都长长地吁了一口气。鳖灵国相的凿山开堰分洪，真的成功了！天神啊，蜀国有救了！

东方泛出一派红霞紫气，天高云淡。好啊，是宜出行的好天气。望帝喜滋滋地坐上了马车，那是天象将军特别给他准备的：厚厚的三层毛皮坐垫，又暖又柔，可靠可睡。头顶有布篷，风吹日晒都不怕。好啊，想得周全。天象真是一个可以托付大事的人，没有花言巧语，只知埋头苦干，与鳖灵算是一类人吧。嗯，这车颠是有点颠，可再颠也总比骑马稳哪。想当年，本王骑马统雄兵杀遍平原山地，纵横千里，那是何等的英武……啊，又想远了，想远了。望帝摇摇头笑了笑。

望帝已多年没有出过王宫了。看着茂密的树林、闪着水光的湖塘，听着鸟鸣狗吠、溪水潺潺，一种我还活在人间的真实感，令他无比兴奋。人间真美好哇！这就是我的锦绣蜀国，是我征战几十年打下的江山！这锦绣山河它的名字叫杜宇王朝，它只能听命于我一个人！对，一定要西山老部落给我调来强大兵马，把所有不听话的人都给我灭掉！蜀国要兴旺发达，我望帝杜宇要做的事还多着呢。想想看，我还要做哪些事？第一当然就是劝农人开田种谷嘛，叫鳖灵带他开明族的人来教百姓种水稻……一想到鳖灵，望帝心中又有一种说不清道不明的滋味：鳖灵入我蜀国三年，就没过过一天安稳日子。任国相就是服苦役。三年哪，他都没有回过一次家。大禹王治水三过家门而不入，也不过如此呀。他整天跟兵丁民夫混在一起苦干，把自己熬成野人般粗陋肮脏，饿成乞丐般低贱破落。他贡献了自己的一切，就只剩下一个女人了，还被大巫师七绕八绕，绕来为我侍寝，连我也差点被绕进去了！幸好我醒悟得快，管住了自己。我虽无失德之举，却有失德之心啊。荆姬深夜出走，无论是死于虎口还是死于大江，我都有责有过啊。我本应全力保护她才对啊，那么好的一个女人……

哎呀烦死人了，不想那些烦心事了。再说那个大巫师，说话总是头头是道，令人不得不信，信了做了却又令人难堪……他说国相熊虎要造反，真是要造反吗？也不像啊，要造反的反倒就是他大巫师……烦心的事又一件件涌上心头，像蚕吃桑叶，沙沙沙地直啃咬着望帝的心，很痛很累。刚出王宫时的美好心情，又被这些赶不走的蚕儿啃光了，荡然无存了。烦恼解脱不了，那就睡吧。睡着了，一切就都美好了。都说"烦恼就是瞌睡虫儿"，一点不假，望帝不觉又沉沉睡去。

太阳已西斜，一行人来到西山口。这是平原入西山老部落的大路口。进山了，山路崎岖，就没法再坐马车了。天象将军将马车停在一棵大树下，命兵丁们就地休息，喝水吃干粮。他就守在马车旁，静静等候望帝醒来，听候望帝的旨意。

这时，从大树后面转出来一个老人，银发银须，白衣白袍，拄着一根高高长长的老藤九曲拐杖，慢腾腾颤巍巍地走过来。他用拐杖在地上顿了几下，朗声说道：

"呔，你们这许多人，正事不干，拿着刀刀棒棒，占着大路中间，怕是要拦路打劫人？"

天象将军猛抬头，见是一位老人，气宇不凡，话虽严苛，语气却温和，俨然神仙一般，赶紧起身施礼作答：

"啊，是位老人家、老神仙！我们护卫望帝来找西山老部落的格当酋长。正好老人家从山里出来，借问你一声，你可知格当酋长是否在家？"

"哦，是找格当酋长的呀？嗨，你们来晚一步了，他刚刚才从此处过去呢。我也是要跟着去的，只是人老走得慢，跟不上咯。格当酋长带了一大批人去看望鳖灵去了。他们是结拜兄弟嘛，亲得很哪。格当听说他的鳖灵大哥凿开了玉垒山，身上受了很重的伤；大哥的女人又侍寝了大王，心上也受了很重的伤。他急呀，就走得快。他为啥急呢？他就是盼着鳖灵早日凿开玉垒山，修通大堰，造田千万，他部落族人就可搬出山来，种田吃粮米，不再挨饿呀。他靠鳖灵亲鳖灵哪，鳖灵也亲他呀。不比那个出山混成了大王的人，忘了祖宗……"

望帝半睡半醒，迷糊中闻听老人讲说格当和鳖灵早已结拜为兄弟，亲得很。嗨，见鬼了！早知如此，就不该走这一趟。后面几句话，分明是在讥刺自己，不禁心里一惊，这侍寝丑事，百姓们不辨真假，竟传得这么快啊！急坐起身，干咳了两声，问：

"谁在那里呀？谁是'祖宗'啊？"

天象将军正欲回话，银发老人见望帝起身发问，不慌不忙拄着拐杖，上前两步，笑眯眯地说道：

"你要问'祖宗'啊？凡死去之人，都是祖宗。譬如你和我，都是可以做祖宗的，就看后辈儿孙认不认吧。德高望重，儿孙千辈万载都认祖宗，光彩自豪；德薄自利，尸未腐而名已朽，儿孙后辈都羞于提起，似避瘟疫……"

望帝闻言，戳到心头痛处。细看老人，仙风道骨又似曾相识，想了半晌，就是想不起。遂问：

"这位老者，你是谁啊？怎么像是在哪里见过？"

"认识就好，认识就好啊，我们还是有仙缘的。你既要找格当酋长，那还不赶快往开明村追呀？"

望帝听此一言，愣了一阵，心想我乃堂堂望帝大王，如此去追一个下臣，岂不惹人笑话？再说，那格当与鳖灵早就穿一条裤子了，还调啥兵马哟？想了一下，遂令天象将军，速带人去传国相熊虎格当众人一并到此大树下见驾。天象却犹豫不动，说：

"大王，我的重任就是时刻护卫大王，可不敢留下大王独自在此，去追格当啊。再说，天也快黑了。"

"不妨不妨，你们的大王有我老神仙陪着，他不会寂寞的。你们就快去快回吧。"

那银发老人接着又对天象说道：

"你们的大王再也经不起马车颠簸了，他留在这里等是对的。哪有大王去找臣子的呀？只有臣子来朝见大王嘛。只是你快把大王那头上的金圈圈和手中的金棒棒都收藏好，免得坏人见财起歹心哪。"

"对，对，这位老者说得对。来，天象，你就把这金圈圈和金棒棒收藏好，待大臣们聚齐时亲手交给鳖灵。留在我手里，我恐守不住。万一大巫师来强抢，怎么了得？我现在头脑突然清醒了，清醒得很呢！把蜀国大事完全想明白了：以后呀，就叫鳖灵代我行令，管理蜀国。这两件东西，关乎蜀国命运，可千万别落在大巫师手中。大巫师逆天命，误我误国，人神不容，实属该杀。我突然悟出，'主星暗'中的'主星'应是指我，我已垂垂老矣，行将就木，该暗就暗；'客星亮'中的'客星'应是指鳖灵，鳖灵德才胜我百倍，正当壮年，如日中天，代我行令管理蜀国，正是天命，也是众望所归。你们都走，一个不留。有这位老神仙相伴就极好，我等你们回来。"

　　望着天象众人急速远去，望帝吁了口气，如释重负，回头面对慈祥的银发老人，像是拉家常一样笑眯眯问道：

　　"老神仙，你看起来真的很面熟啊，就是想不起来了。你是西山老部落的老酋长？还是……咳，我二人有何仙缘呢？"

　　银发老人爽朗地哈哈大笑：

　　"正是贵人多忘事哇。五十年前之事，你都忘了吗？那时，不就是你送我成仙的呀。记不得了吗？在湔山……嗯？"

　　望帝大惊：

　　"湔山？五十年前？你……你……你是鱼凫王？你，你要干什么？！"

　　望帝背脊上一阵阵发冷，坏了，今天定要出大事！四顾无人，林中死一般寂静，真后悔刚才像是鬼迷心窍了，竟把从不离开自己的天象派出去了，连一个兵丁也未留下。唉唉，谁能来救救我？

　　五十年前[1]，正是他，风华正茂的杜宇，带兵打败了鱼凫王，在湔山迫使鱼凫王自尽成仙。他的数百兵丁也都慷慨自刎，随他一同仙去。由此，他一举夺得了鱼凫王的政权。从此征战千里，气势如虹，横扫四夷八蛮，建立了自己强大的杜宇王朝。他拥有汶山丰美的牧场、朱提珍贵的银矿铜矿、平原技艺精湛的无数工坊。他富得流油，强得令人望而生畏。

　　一晃五十年辉煌岁月过去了。真是冤家路窄，仇人找上门

---

　　[1] 杜宇王朝也有数百年十余代国君。古籍资料中习惯把开国杜宇王和末代杜宇王称为一个人。由此，小说虚构望帝杀了鱼凫王，其实那是开国杜宇王的战绩。

来了，就在眼前。今天，怕是……死定了？望帝内心颤抖不已，双目紧闭，无力地瘫在车上——一切都结束了！哼，虎死不倒威，望帝硬气地问了一声：

"来吧，说，怎么死……"

"杜宇呀，你也别怕、别紧张啰。实话告诉你吧，我早已入列天帝仙班，在九天太虚仙宫安享极乐，哪里还管什么人间恩怨！今天来，实是受天帝遣派，到此度你成仙的呀。你已七十有余，是古来少有的高寿了，儿子都熬不过你，都老死了。在人世间你享尽荣华富贵，远胜于我哪，该知足了。你的元气现即将耗尽，还丢不下人间这点小芝麻粒般的荣华富贵吗？"

"你要逼我？"

"是民心逼你呀！人民已不再拥戴你了，不理你了。你没看见你的大臣百姓，都跟着鳖灵跑到开明村去了吗？"

"那，谁可为蜀国君王呢？是鳖灵吗？咳，只要不是大巫师！"

"哎呀，这些事就无须你操心了。身前之事，今夜了却；身后之事，自有后人。来来来，抛却万千烦恼无穷恩怨，随我走吧，啊？你虽失德失民心，但你有知耻之心、明理之智、兴蜀之功，由此仙根深厚。最值得称道的是，你最终领悟了天道轮回的真谛，让鳖灵代你行令，管理蜀国，这就避免了改朝换代的战争，减少了多少百姓的死亡啊，真可比尧舜禅位义举，是大德大道啊！来来来，快快跟我走吧，天帝召你呢！"

望帝听此一说，心中似觉如释千钧重负，顿感轻松无比，竟想跳起来飞起来，他轻轻一步就跳下马车，再一步跳到大树下。

"其实，死我倒不怕，只是我答应鳖灵的事还未做完呢。兴农倡农，国之大事；开田布谷，民之大事。请你禀告天帝，容我再……"

望帝说着说着，抬头看时，那银发老人却不见了。他心中一阵恍惚，一时竟不知是梦是醒，是真是幻。环顾四周，林木幽暗，晚风习习，已是黄昏时分，一天又过去了。此处如此陌生，我怎么会在这儿？

是啊，人间太累了，太沉重了，一天一天都那么累……要是能像鸟儿那样，自由自在轻松飞翔，那该多美妙啊！

他心中想着想着，脚稍稍一顿，身体竟就飘了起来，落在大树上的一根粗枝丫上。他往树下看，地下散落着熟悉的华丽王袍和锦缎软靴。咦，那不是自己的吗？看看落在枝丫上的脚，变成了一对黑粗爪子，双手也变成双翅，上面覆盖着厚厚的羽毛。他迷糊起来：这不会又是做梦吧，我怎么会变成一只鸟儿呢？唉，变成了鸟也很好啊，整天关在宫中也闷死个人。没完没了的烦心事，称王称帝又有啥意思？一副枷锁，累死个人！鸟儿还可四处飞翔，催促百姓开田布谷，兴我蜀国。对了，再不用什么传令官了，我直接对着族长百姓发布开田、布谷的命令。哈，真痛快……

天完全黑了。天象带着国相、熊虎、格当等一大群人匆匆赶到大树下时，望帝却不见了，那个银发老人也不见了。众人都急了，打着无数火把将树林照得通明，四下寻找，呼喊望帝，都不见踪影。最后，还是天象将军在马车旁大树下发现了望帝的衣袍和靴子，他不禁大哭起来：

"望帝丢了，是死是活呀？都是我的罪过啊！一定是望帝想洗澡了，脱了衣服去找河塘……淹，淹死了？咦，附近这一大片也没有河塘啊……大王，望帝，你在哪里啊？"

天象伤心地在大树下转来转去喊叫不停。忽然，听见大树上发出嘎儿嘎儿的叫声，有点像人的笑声，像极了望帝老人的嗓音。众人高举火把往大树上看，一下子都惊呆了——在那堆衣袍正上方的大枝丫上，蹲坐着一只巨鸟！双翅黑白花纹，黄背白腹，张着血红大口，正嘎儿嘎儿笑呢。天象壮着胆子问：

"喂，大鸟，你看见望帝了吗？难道你是望帝变的？可别吓我们啊，快变回来吧，国相他们都来了。"

大鸟自顾自地叫着笑着，那声音就是望帝的声音，一点没错！只是略微沙哑。正当大家还疑惑不定时，叫声忽地一变：

"开田、布谷，开田、布谷……"

听到这叫声，所有人顿时都明白了：这只大鸟就是望帝！是望帝仙去，化为大鸟了，还念念不忘他的承诺：劝农开田布谷呀！

鳖灵、天象、熊虎、格当连忙跪伏在树下，其余众人也黑压压跪了一地。鳖灵哭喊道：

"大王啊，我们还是尊崇你的啊！我开凿玉垒山治水，没有你倾全蜀国之力支持，是断不能成功的呀。我挨饿，你也在挨饿呀！回来吧，回来还做我们的王。蜀国不能没有王啊，我的望帝啊……”

忽然，大鸟全身闪出万道金光，金光越来越亮，耀得众人睁不开眼睛，都低头紧闭双目。待金光渐消，抬头看时，那大鸟却缩成了一只斑鸠大小的鸟，发出一串凄厉的叫声：开田布谷——布谷布谷——

小鸟振翅飞起，在鳖灵头上方盘旋了五圈，落在他的肩上，仍不停地叫着："开田布谷——布谷布谷——"少顷，飞到空中，盘旋着向远方飞去，消失在黑暗之中。

这只鸟，杜宇王望帝仙去化成的鸟——杜宇鸟，还会飞回来吗？国相鳖灵还有好多好多事情，没有来得及和他细说啊。

人们在大树下，在黑暗中，整夜倾听着杜宇鸟凄凉响亮的鸣叫声，或远或近，或高或低。一直等到天亮，那鸟也没有再飞回来。

他们在这里一直等了三天，那只杜宇鸟也再没有飞回来——望帝真的走了，他化成杜宇鸟离去了。他飞向广阔的平原丘陵，永伴他的蜀国大地和蜀国百姓。他离不开他的百姓，他为百姓操碎了心。

从此蜀中大地上，又多了一种鸟：杜宇鸟，又名杜鹃鸟、鹃鸟、子规、布谷鸟。两千多年来，它就这样不停地叫着，催人开田布谷，勿怠农事。以至叫得口中滴血，血滴在满山的杜鹃花上，生成极美丽高雅的"滴血杜鹃花"。也有人说，它的叫声，不仅只是催人农耕，还有另一种滋味，那是悲戚沉痛地诉说："失德失国呀！"

九、开明王朝

老望帝就这样走了，他化鹃仙去了，丢下了他心心念念的杜宇王朝，一了百了。是的，他早就知道，人人都必有这一天，不过，谁能料到他的这一天竟会是这样的奇特诡谲，令所有的人都目瞪口呆、措手不及！

不过生活还得继续，活着的人还得一步一步地不断负重前行：鳖灵要回他的开明新村，格当酋长要回他的西山寨。熊虎将军，只愿生死相随国相，百丁队的兵丁们要四散回家……

"国相啊，你不能走啊，偌大一个蜀国，现在只有你一人可以担起啰，国不可一日无主……"

天象将军躬身面向国相，万分诚挚地挽留，鳖灵却断然拒绝：

"莫说这些，不听不听。草民不管村外事，我要回家养伤养命带娃儿！"

"国相啊，总要有人在朝堂上，向众大臣说明望帝化鹃升仙一事吧？你可是见证人啊……"

"嗨，天象大将军，你们想咋说就咋说，大家想咋听就咋听。跟我无关。"

"国相啊，大巫师阴谋篡权，他的巫师部队把刀都亮出来了，眼看蜀国就要血流成河，百姓就要蒙受苦难。这几天，王城怕都要翻天了。大灾难来临，你都不管吗？你是爱百姓的啊，百姓只有靠你了……百年水患，你都治住了，大巫师反叛，也只有靠你了……望帝错与不错，他都已去了。你，还活着……救救可怜的百姓吧！"

说着说着，天象大将军跪在鳖灵面前，失声大哭起来。

"哎呀，天象大将军呀，你真叫我为难啊！大巫师已经亮刀要作乱，唯一的办法就是——镇压！跟他没得商量。你快快发令五大姓大臣，要他们各带一百精兵，明日午时赶到王城城门外待命。你就率领大军，镇压平叛吧。"

"国相大哥，走，我们回王城！先除掉大巫师和他那个狗屁巫师部队再说。我马上就调集百丁队！我那二百精兵，杀他那几百巫师，一顿饭的工夫就够了。"

熊虎恨透了大巫师，一听说要杀大巫师，立马就冲动起来。

"还是请国相出马为好，这事太复杂，我怕弄不好会伤了无辜百姓哪，反倒更加弄乱了蜀国。再说，五大姓大臣现今也只听国相你的话啊。看在百姓的面上，还是请国相再辛苦一趟吧！"

"唉，天象啊，叫我说你什么好呢……嘿呀，哪里是个头啊？也罢，我们走吧。"

一声长叹，鳖灵拄着拐杖，坐进了望帝的那辆马车，向王城进发。与此同时，天象和熊虎的调兵命令也快马发出。

第二天中午时分，鳖灵国相、天象将军、熊虎将军及格当酋长等几路汇集的大队人马，才急匆匆赶回王城。不料，那王城却反常地紧闭城门，城墙上遍插五色彩旗。一些陌生装束的黑衣兵丁手执兵器在城上巡逻，间或有头上插着彩色鸟羽的小巫夹杂其中。城内还隐约传来鼓号之声……奇怪，这是谁关的城门？里面又像是在做什么法事。

天象将军走上前，高声叫门：

"城上小军听着，我是天象大将军。国相在此，快开城门！快开城门！"

过了好一阵，城楼上出现一个熟悉的身影，那是大巫师。他嘿嘿干笑着，大声喊：

"天象啊天象，我早已得到密报，你们弄丢了望帝，这是要篡权吗？你们罪过滔天啊！前夜星相已有显示：蜀国当立新君。我已连夜安排妥当，正在拥立望帝嫡孙为我杜宇王朝新一代蜀王，以承正统。你等若非叛乱篡权，愿意同我一起维护正统，可在城外稍候片刻，待我新君登基大礼完成后，方可进来跪拜新君，听候封赏。"

天象听罢大怒，问道：

"拥立新君，岂能由你一个人说了算？国相在此，众大臣也都未参与商议，你怎敢擅自做主？你怕是要造反篡夺王位？"

天象将军的怒叱，大巫师根本不理，他跑回王宫去了。城内城外一时僵持不下。此时，五大姓大臣接到大巫师传来的紧急王命，和天象将军传来的紧急召令，也都陆续率兵赶到。正不知望帝和天象将军都先后急命他们赶来所为何事。见国相在此，又都过来与国相见礼。原来，那日众大臣把国相送回开明村后，关心慰问一番后，就都各自回去了。现在又在此时此地遇见国相、天象将军和格当酋长等人，甚觉意外。天象将军就将望帝化鹃鸟成仙一事，与众大臣细细讲述了一遍。且说当时国相熊虎格当等人都在场，只是不知那位白发老神仙究竟是谁。众人听说望帝已化鹃仙去，尽皆感叹流泪，连说不可思议。天意如此安排，虽深藏奥秘，却也透露一线玄机，细细想来，这种种看似诡异荒诞之事，也正在情理之中。蜀国国运，正在渡劫，我等同心，匡扶正义，以民为本，蜀国必将大顺大兴。对于大巫师假传紧急王命召回五大臣，欲立望帝嫡孙为新蜀王，五大姓大臣皆看穿了此等把戏：这是大巫师欲立幼主，进而由他来操弄朝政的鬼把戏，天下谁人看不出来？我们绝不认可！也难为他多年来隐忍不发，今日终于露出了狐狸尾巴！于是一齐叫门，声威夺人。城头上的黑衣巫师一阵忙乱，突然消失不见。少顷，城门大开，一群黑衣巫师拥出，纷纷扔掉兵器脱下黑衣，纷纷跪在国相面前，不住地磕头。其中一个小头目抬头说话，带着哭腔：

"大巫师悄悄给我们分粮食，要我们穿黑衣当兵。国相为百姓治水，就是天神啊，我们绝不敢挡天神的道，我们都是被骗的百姓，都愿听国相的号令，求国相大人开恩饶命啊……"

鳖灵回头望了望天象将军，点了点头，接着对跪着的巫兵说："大巫师拉队伍要谋反，你们都是被欺骗的好百姓，我赦你们无罪，你们都下去听天象将军的号令吧。"

说完转头发号施令："就请五位大臣率你们的五百精兵包围王宫，勿使大小巫师一人漏网。熊虎你带着二百精兵入王宫捉拿大巫师。天象将军可就在朝堂之上，当众宣告望帝化鹃仙去的悲伤大事。如此，动乱可平，百姓无忧。剩下的事，你们自己看着办吧。走，进王城平乱。记住，不得轻易动刀枪，以免惊扰百姓。"

蜀国最精锐的部队尽在此，他们按国相的指令，鱼贯入城，迅速控制了王城，包围了大巫师正在举办新君登基大礼的王宫。

原来那望帝育有一子，三年前就已老死，遗下三个孙儿，两个大孙儿早逝，只有小孙儿健在，年方八岁。此时，小孙儿正坐在爷爷的王座上。爷爷的王座像一张可睡三人的大床，是用一头巨大的棕熊皮铺就的。这个猎熊故事，他爷爷已给他讲了好多遍了。现在，他坐在上面，就像一只小兔趴在广场中央，四周空荡荡的，显得有点滑稽。正手足无措时，一下子进来了许多人，拿着刀剑，他都不认识，他有点害怕。只天象将军一人，他从小就熟识，忙大喊：

"天象爷爷快过来，天象爷爷快来！这里乱糟糟的，这么多人要做啥子哟？我怕，我怕！我爷爷呢？"

那天象将军走到他面前，俯下身把他抱起来，温柔地说：

"不怕不怕，有天象爷爷在，不怕哈。小乖孙，这里不是你玩儿的地方，走，到那边去吧。"

大巫师急赶过来，伸手欲抢夺"小乖孙"：

"呔！天象，你好不懂规矩。见了新王，还不快快下跪！"

天象将军也不答话，将望帝小乖孙交与熊虎看护，并嘱咐他，保护好望帝孙，如有人来抢夺，立即一刀砍死！接着回头怒视大巫师，高喊：

"大巫师听旨！望帝有遗旨在此，还不快快下跪听旨！"

大巫师尚在犹豫，被熊虎一脚踢跪在地。一群小巫师持刀拥上，围住熊虎，想护住大巫师。熊虎向殿外招了招手，呵呵冷笑，叉手大喝一声：

"就凭你们几个？还不快给老子退下！滚！滚！"

身披铠甲的百丁队拥进大殿，一手持盾牌一手持大刀，把殿内的黑衣巫师逼到墙角。没有人动刀，没有人敢抵抗，在如狼似虎的百丁队的威压下，黑巫兵乖乖地交出了他们的武器，被围在殿外的五大姓族兵押走了。天象将军的卫队，趁机一举夺回王宫，然后布下卫兵护卫王宫和众大臣。大巫师苦心经营的巫师部队，连同他绞尽脑汁盘算的阴谋诡计，刹那间就土崩瓦解了。

天象将军素来仁厚温和，还稍显木讷，此时一改常态，威立朝堂正中，恰似往昔征战沙场时，面带杀气。他从背上解下布袋，取出尚未示人的秘藏的金王冠和金权杖，双手捧起，朗声宣布望帝遗旨。大殿内各色人等，一见金王冠、金权杖，一齐跪下。

"望帝升仙前，亲手将金王冠和金权杖交付于我，要我保管好，千万不要落到大巫师手里。他的第一条旨意是：将金王冠和金权杖当着众大臣的面直接交给国相鳖灵，要国相代他行令，管理蜀国。他的第二条旨意是：大巫师逆天命，误我误国，实属该杀！"

他宣读完毕，上前两步，一手抱着金王冠金权杖，一手扶起国相鳖灵，然后跪在鳖灵面前，双手高高捧起金王冠和金权杖，说：

"望帝遵崇天意，将蜀国君王之位禅让于国相，效法尧舜。委国成仙，化鹃鸟飞去。请国相受此金王冠和金权杖，为我蜀国造福吧！尊贵的大王！"

那鳖灵双手拄着双蛇头拐杖，跛着一条腿，直往后退，口中连连说道：

"不接不接，此物于我无用。我累了三年，元气枯竭且痛丧发妻，几乎丢掉性命。天象啊，你要早说此事，我是定然不会跟你来王城的。我发誓再不管村外之事了——我累了，我受够了！"

"这是望帝委国化仙前的遗旨，要我当着众大臣的面将金王冠金权杖亲手交给你，我实在不敢违旨抗旨啊！望帝当时还说：鳖灵德才胜我百倍，正当壮年，如日中天。代我行令管理蜀国，正是天命！"

说罢，天象将军也不管国相接不接，将金王冠金权杖强塞在国相怀里。转身走向大巫师，眼喷怒火，抽出剑来：

"妖巫师，你妖言惑君，妖行逆天，天地不容！望帝成仙前，痛悔受你妖言蛊惑，以致铸成大错。

"你如此费尽心机，为的是什么？就是为了挑起望帝国相不和，互相仇恨，引起内战，直至两败俱伤时，你好指挥你暗中组建的巫师部队突然杀出，篡夺王位。你好歹毒的黑心肠啊！望帝最后一道旨意是下给我的，就是要我诛杀你这祸乱蜀国的奸臣，洗清蜀国的晦气，为国相治蜀扫清障碍。

"我自领任望帝护卫大将以来，十年不曾动刀了。妖巫，今天就由你来试试我的刀尚快否！"

众大臣众兵丁皆激愤难抑，刀枪盾牌，碰得砰砰雷响，跳脚高喊：

"杀了他！杀了他！杀了他！"

"为望帝正名！为荆姬报仇！"

众人怒吼震天，那大巫师非但不惧怕，还转圈四顾，大笑不止，最后摇着头叹了口气：

"天意如此，我岂会不知？只是不甘心我蜀国锦绣河山，竟落入外人之手。我总要用命来和命运相搏一回，以图扭转乾坤。可叹天不佑我，天不佑我啊——不消你们动手，我自己成仙，自通天神！"

说毕，迈着小步走向殿前的大火堆，喝令小巫师加柴撒香药，吹号擂鼓。只见烟火浓烈冲天，怪香四溢，大巫师口里喃喃念着咒语，摇晃着身体一次一次比试着，正要跳入大火之中时，背后突然传来一声呵斥：

"大巫鬼！你成不了仙、通不了神的，死，也吃老子一刀！"

只见熊虎瞪圆双眼，手起刀落，砍向大巫师，随即狠狠一脚，将大巫师蹬入火中。一声长长的怪叫，大巫师便化为灰烬，随烟而去。

天象将军见大巫师已死，复转身跪在鳖灵面前：

"大王啊，你正是天神遣派到我蜀国的神武大王，你治住了为害百年的水患，开出了灌溉万亩农田的大堰河，救了蜀民蜀国，功比天高，德比地厚。为治水你辛劳忘家三年不归，以致受重伤几乎丧命，贞烈为民的夫人又献出了她的生命。然望帝兴农大业未成，蜀国仍不富不强，四夷八蛮仍在边境霍霍磨刀。今日小安，明日大祸。治水兴农，我蜀民一天也等不得了，恳请大王以民为重，以国为重，即刻登基吧……"

熊虎将军也跪在鳖灵面前，哭着恳求：

"大王啊，老国相的儿子还在江源受苦，要靠大王营救啊。我听兵丁报告，大堰河在老猛林子那里，没有'水到渠成'啊，而是成了一片大海，又淹了村庄，成了新水灾哪，还得靠神圣的大王想办法啊……治水还没有完全成功，大王就不管了，半途而退。我们苦苦干了三年，死了那么多好兄弟，成了这个样子，不甘心哪！死也不甘心哟……大王！"

格当一大步蹿到鳖灵跟前，咕咚一声，并排跪在熊虎旁：

"大哥啊，我最后一头怀儿的母牦牛都送给你吃了，助你凿石门，你也说好要把我们搬到平原来，教我们开田种谷的哟。噫吧——说话不能转拐拐哦……我，我山蛮子是个死心眼，只有死靠你啰！你回开明村，我部落上万人就都跟着你走，我们都姓开明，天天守着你……我的神啊，我的牛羊都没得啰，咋个活哟……"

熊虎和格当都跪地大哭，同时拔出刀来，架于肩上。

五大姓大臣也跪地拔出刀来，架于肩上，齐呼：

"石门虽开，大堰未通，水患才除一半，大王不能不管。大王是天神，是上天派下来的，受苦受累，为国为民，除大王一人，谁可担当此任？大王可以不理我们大臣，但请你听一听啊，万千百姓都在喊你、求你哪……"

殿外广场上，王宫周围的街巷中，已聚起成千成万的百姓、兵丁，还有从王城四门不断拥入的人群，为了蜀国也为了自己，他们不停地跳着脚打着鼓高呼着……这嘈杂的震耳欲聋的呼声渐渐有了节奏，越来越整齐，越来越清晰：

"大王鳖灵！开明火火！"

"大王鳖灵！开明火火！"

"大王鳖灵！开明火火！"

……

这一浪高过一浪的呼声，如洪水般冲激着鳖灵的心灵和魂魄，使他难以自持。鳖灵双手捧着金王冠和金权杖，泪眼蒙眬，心中五味杂陈，翻腾激荡：凿开石门，九死一生；荆姬冤死，身心俱疲；一事刚毕，百事跟来；难事不断，何时是头……人生一次，人命一条，拼命做事，命何能长……

蜀人忠勇淳厚，本性率真，拒他们我于心不忍，应他们必受累无穷，受累无穷啊！我将何往？我将何往啊？我的天神啊……

我的荆姬唱过：天神啊，我把我命献给你。我的兵丁吼过：累死不退，饿死不退。望帝也说过：我陪你们挨饿……

啥叫血性，啥叫担当？啥叫为民奉献？啥叫为国奉献？

鳖灵一时百感交集，万念丛生，天旋地转，体内气血奔涌，不禁哇的一声大叫，仰面朝天喷出一大口鲜血来，随即双眼紧闭，往后便倒，昏了过去。天象熊虎看得真切，急忙跳起将鳖灵紧紧扶住。少倾，鳖灵慢慢清醒过来，睁圆双眼，仰望天宇，一手扶住天象肩膀，一手抓着金王冠和金权杖，高高举起，奋力高喊：

"身献蜀国，命献蜀人！

"鳖灵在此，蜀国不垮！

"望帝有德，化仙为鸟！

"开明有德，只为百姓！

"祈愿天地众神，佑我蜀国！佑我蜀国！！佑我蜀国！！！"

鳖灵以命为百姓治水，百姓诚心拥戴他为王。

人们高声欢呼，久久不散。从王城到偏僻村寨，连续好多个夜晚，百姓们都围着篝火，兴奋地唱歌跳舞，庆贺蜀国有了自己的新王。其实，关注蜀国命运的人，除了大巫师和将军大臣外，还有万千的农夫、工匠、兵丁、猎人、渔夫……这些默默无语的百姓心里清楚得很，谁有野心要篡夺王位，谁是真心在为百姓受苦受累，谁才是蜀国众望所归的大王。鳖灵国相三年辛勤治水，是为了谁？为百姓嘛。他当然就应该是我们百姓的大王啊！这，也算是一种"水到渠成"。

整个蜀国，沉浸在一浪高过一浪的欢乐之中。

"开明火火！"

"开明火火！"

"开明火火……"

开明王朝诞生了，取代了杜宇王朝。这是古蜀国自蚕丛王朝以来的第五个王朝，也是古蜀国的最后一个王朝。

鳖灵遵从望帝兴农倡农的治国方略，自称丛帝。他带领古蜀国从半渔猎半农耕文明彻底过渡到农耕文明，跨过了文明发展历程中的一大步，跟上了中华文明前进的浩浩潮流。他凿开的石门，现在被称为都江堰宝瓶口，两千多年来，源源不断地为成都平原输送着丰沛甘甜的清流，为中华民族创造着无尽的财富，被世人誉为"人类水利工程史的一大奇迹"，成为中华文明王冠上一颗璀璨的明珠。

仅十余年后，蜀人就不再挨饿，丰足不知饥馑。

丛帝鳖灵在玉垒山为望帝建一祠，称为"崇德祠"，让以德治国的望帝，永远护卫着蜀国兴旺之命门——石门。后代儿孙，年年祭祀，永世不忘。

他的儿孙辈也刚正坚强，勤勉勇烈。儿卢帝率大军北上越过秦岭，直抵渭水平原，威逼秦王都城，敢与强大的秦国争锋、对峙，以确保北部边疆。孙保子帝率大军南下攻入青羌连绵山地，征服多个部族，巩固西南屏障……

他的后代还做了一件影响深远的事：建筑了新的蜀国都城并迁都。这座都城，就坐落在蜀中平原中心的风水宝地。两千五百多年过去了，她的名字和位置就从来没有改变过。现在，这座千年古都正勃发着时代青春风采。她飞速发展的经济，不断创新的尖端科技力量，优美适居的自然人文环境……令世界瞩目，她的名字就是——成都。

开明王朝传国十二代君王，在历史上留下了许多有声有色可圈可点的故事。开明十二世王荒淫享乐，朝政荒废，内乱不止，被秦国秦惠王施计于公元前316年攻灭。开明十二世王及太子战死，王族携大批蜀人逃往南中避难。其一王子率数万人逃至交趾（即今越南北部及广西一带）建国，数代后也湮灭于历史长河中。古蜀国作为中华文明发祥地之一，在经历五个王

朝数千年独特的发展道路后，她那令人惊叹、璀璨而神奇的古
蜀文明，终于汇入浩荡伟大的炎黄中华文明主流，成为秦国的
一块风水宝地，为中华大一统的秦王朝建立，垫上了重要的一
块基石。

由于岷江洪水沙石含量巨大，三五年后，石门就渐被堵塞，
分洪功能也大为降低。这就不得不需要调集大量民夫，清理沙
石，疏通大堰河，很是劳民伤财。岷江水患，还远未得到彻底
根治。丛帝鳖灵殁后三百余年，又一位杰出的治水先祖横空出
世，他就是秦国蜀中太守李冰。李冰太守于公元前 256 年到公
元前 251 年间，以他远远超乎时代的智慧和胆识，总结了几百
年来蜀人治水的经验教训，在鳖灵凿开玉垒山的基础上，带领
蜀人大规模全面整治都江堰水利工程，使其具有防洪、灌溉、
防沙、行船的全面功能。奠定了现代都江堰水利灌溉工程的基
本轮廓。这项工程，恩泽千秋，造福万代。

蜀人为感恩这两位伟大的治水先祖，就此，"开明肇其端，
李冰集大成"，这两句不朽碑刻，就永远刻在蜀人心底，千年
万年，海枯石烂，矢志不忘。

由于有了都江堰的自流水利灌溉，丰饶富足的蜀中大地被
后人赞誉为"天府之国"。它的富饶就像天帝的府库一样，万
类物品，取之不竭、用之不绝。

约在公元 5 世纪，南北朝齐明帝时，蜀地刺史刘季连将
望帝陵墓和"崇德祠"从玉垒山移至郫都，与丛帝陵墓比邻
而建。并将两祠合一，定名为"望丛祠"。蜀地刺史刘季连
这样做出于何种缘由，史书上找不到任何记载。将一位亡国

国君陵墓与一位开国国君陵墓比邻而立，共享祭祀，这在人类历史上恐怕也算得上是绝无仅有的奇事吧！但世人却均不以为怪。何也？两位国君命运相连，忧国忧民，治水兴农，生死不忘百姓。都是中华民族深深敬仰的杰出英雄。他们那九死一生凿山治水的故事，被常长老的后人常璩在东晋时记入典籍《华阳国志》中，永志不忘。这两位古蜀先祖为民治水的传奇故事，指引着中华民族一段艰辛而辉煌的由来之路，让蜀人骨子里为家乡感到自豪。

尾　声

　　鳖灵仙魂追随杜宇鸟的鸣叫声，飞遍广阔的蜀中平原。金黄的油菜花，深黄的成熟小麦，嫩绿的新栽秧苗，碧绿的各种蔬菜，还有各类各色的花圃园林……清澈的都江堰河水似有无穷魔力，将平原染成五彩斑斓的锦缎。无比丰饶的平原上，还矗立着许多巨大的房子、比广场还宽阔的蛛网般的道路、无数像迷宫一样的巨大桥梁……蜀国大地繁荣兴旺的面貌，令鳖灵目瞪口呆、眼花缭乱……

　　不知飞了多久，杜宇鸟的叫声消失了。鳖灵定睛一看，下方是被柏树、红墙环绕的一处清幽所在。内中望帝陵、丛帝陵两座陵墓比邻而立。一祠名曰"望丛祠"，祠内望帝、丛帝金身塑像比肩而坐。墓园整洁，花木繁茂，祠庙壮丽，庄严肃穆。鳖灵仙魂仔细参观此处后，满意自语：原来我仙去之后，后人祀我，竟如此用心，几千年仍不懈怠，真真令人欣慰不已啊。不过，那望帝陵和望帝祠乃是我亲自主持建造，明明是建在石门玉垒山上，又缘何迁来与我墓相伴？哦，是了，应是百姓心中，早已把我二人视为一体了吧。凿石门、开大堰、除水患、倡农耕、开水田……这桩桩件件为后人谋福之事，倒确确实实是我二人各尽所长沥尽心血之为，缺一人不可成啊。那望帝虽有失德之瑕疵，其禅让为民之举却大得人心。那桩说不清的侍寝丑闻，看来不仅我未纠结于心，百姓们也早已忘在脑后了。将望、从二祖合为一祠，好啊，极好！

在望帝陵墓旁的一株高大柏树上，鳖灵仙魂终于看见了杜宇鸟，不禁笑道：

"哈哈，杜宇啊，天帝说你还在思念我，我专来看你，飞了这半日，你咋还躲着我呢？"

那杜宇鸟忽然开口，声音仍是那熟悉的略为沙哑苍老的声音：

"鳖灵，我知是你在后面追着我，索性就带着你畅游一番蜀中大地，让你看看我们的后人，他们有着远超我们的智慧、远超我们的神功，建成了远超我们想象的幸福家园，真令你我无限欣慰啊。

"我故意把你引到此处，是我有话要对你讲说呢，只是碍于侍寝之事，一时不知从何说起罢了……"

鳖灵仙魂凑近杜宇鸟，恳切地说道：

"望帝啊，此事就莫再提了。你仙去之后，我们在那棵大树下等了你三天。天象细细同我讲了当晚的实情：荆姬是清白的，你是冤枉的，都是被大巫师利用了啊。但我已无机会同你解开误会了，百姓也就把这误会认成实情了，一些读书人还把它写进书里，成了历史，千百年来人们就这么传了下来。好在你我治水兴农、开田布谷的壮举，在百姓心中已如岷山之重，那侍寝小事嘛轻如发丝，百姓不是已将我二人并在一祠了嘛……"

"鳖灵啊，诚如你所说，人生已成历史，但……"

杜宇沉痛无比，从心底涌出千年肺腑之言：

"我虽无'侍寝'之实，却有'侍寝'之心，心念一闪，神鬼皆知啊。那天夜里，差一点就中了大巫师的奸计，险些铸成大祸，害了蜀国、害了百姓。若侍寝之事真的发生，我连做布谷鸟都没有脸面了，只能做粪坑里的蛆虫了！好了，这些都不重要，不说这些了。我同你说点正事吧。

"自你驾崩仙去之后，你的子孙，十世以内尚还不差。至十二世开明王时，他贪婪腐化，干出那种种荒唐失德之事，终致灭国，终结了我古蜀国五代王朝根脉，真真令人心痛不已啊！看来，劝农开田布谷事小，而贪腐却事大，失德失民心也必将失国，甚至将一国百姓拖入战乱，陷于受他国奴役的深渊。那时，百姓如陷地狱。贪腐之毒，可见一斑。由此，我想找你重新商议，改去原先与你之约定，我不再劝农开田布谷了……"

"哈哈……那杜宇，你终于算是想明白了。你二人刚才一番对话，严于责己，道德完美，真真都是圣贤之人啊……"

空中忽然传来一阵爽朗的笑声。杜宇鸟歪头四顾，问：

"你是何人呢？听你所言，似你一直就在我身旁，关注着我？但我却看不见你呀。"

"嘿，这正是天帝啊。天帝万能，无处不在呢。咦，慈祥的天帝，你怎么也下来了？"

鳖灵忙给杜宇指认天帝，那杜宇却仍然看不见。急说：

"既是伟大的天帝，我怎么看不见你啊？"

"你会看见的。我来，就是来接你升仙的呀。你劝农勤于劳作，'开田、布谷'之声，一叫就是几千年，已积下深厚德行。

你在人间逗留得太久了。再说，现在人间已少有农人做'开田布谷'之事了，大都是机器在布谷收谷。你再殷殷鸣叫'开田、布谷'，岂不多余？来来来，随我走吧！"

说毕，天帝将九天太虚仙境开一缝，一道金光射下来，竟将杜宇鸟顿时变成一只金鸟。

那杜宇鸟却急说：

"哎，不是那个意思，不是那个意思。慈祥万能的天帝啊，我刚才与鳌灵正说到不再劝农开田布谷之事，不是悔这辛劳，也不是嫌其多余，而是欲改劝那些王者、官者贪腐不可。我亲见几千年来无数王朝兴亡轮回，都是勤勉爱民勃兴，贪腐失民骤亡。如能禁绝贪腐，百姓就可尽享万年太平幸福呢，岂不是一件万世奇功？远胜我和鳌灵凿山治水、开田布谷啊！"

空中又传来了天帝那慈祥的声音：

"杜宇啊，你这是要效法'精卫填海'吗？须知'江山易改，本性难移'啊！世人那贪腐劣性岂是你几声'贪腐不可'就能改变得了的？你这小小布谷鸟，竟想要变成'贪腐不可'鸟？你这雄心虽然可嘉，但能改变世人之贪腐劣性吗？能改换天道轮回吗……"

"能，一定能！我日夜啼叫'贪腐不可'，哪怕啼出血来，也绝不后悔。百姓爱我，我理当为百姓说话。我布谷鸟从今以后，就改名为'贪腐不可'鸟啦！"

杜宇越说越兴奋，完全没有注意到金光渐暗，直至完全消失。

"……要是那些贪腐之官能在我'贪腐不可'的喊叫下，

悔过不贪，尽心为民，那该有多好呀！哎，万能的天帝啊，你最好再赐给我一股神力，对那些贪腐不悔改者，我叫他一声'贪腐不可'，他头疼一天，我天天叫，他就头疼得坐立不安，不想改也得改，那岂不更好……天帝，你听到了吗？万能的天帝……"

杜宇连喊数次，无人应答，四顾寻找，连鳖灵也不知去向。柏林寂寂，微风轻拂，只有自己在说话。

这只执着的勇敢的"贪腐不可"鸟，就此鸣叫着"贪腐不可""贪腐不可"……它飞出望丛祠，飞向人世间，去寻找那些躲在阴暗角落里的贪腐者。

孤独？你是说这只"贪腐不可"鸟很孤独吗？啊不，它才不孤独呢，那数不清的无处不在的百姓都是它的忠实盟友。一个贪官路过，知情百姓悄悄给它使个眼色、努努嘴，或手指头动一动，它立刻就能领会了。一下飞过去，冲着贪官"贪腐不可、贪腐不可……"一通猛叫，直叫得贪官心惊肉跳，头痛不已……"这是什么鸟啊？还让不让人活了？真是多管闲事！"

鳖灵仙魂随天帝飞向九天太虚仙宫，凝望着身后越来越小的锦绣大地，他的眼睛湿润了，在心里默默祷念：愿山河无恙！愿百姓幸福！愿望帝……唉，那望帝还是那副倔脾气，凭他几声"贪腐不可"的鸣叫，就能劝住那些黑心烂肠的贪腐之人吗？嘿，真是个老天真！好在一切天帝都早已有安排。天道轮回，往复不止，廉贪善恶，苦乐沉浮，各有所归。逃不脱的是命运，躲不掉的是因果。对那些胆大妄为、欺民违天的贪腐失德之辈，其实天帝早已布下大网，终将逐一收网严惩。早晚而已。

正所谓：天网恢恢，疏而不漏。

古蜀人疗伤治病所用的茶药，后来成了百姓极喜爱的茶饮。有好茶树，兼有大堰河清冽甘甜的好水，成都平原上，就密布着数不清的茶馆茶楼。若有人愿意细细统计，就会发现成都平原茶馆数量及茶客数量稳居全国之首。喝茶的百姓可能并不富有，但这碗茶是拜先祖望丛二帝所赐，平凡而神圣，当倍加珍惜。没有水患、没有冻饿，能悠闲自在地品茶，百姓就堪比神仙了。还图个什么呢？无祸就是福嘛！

你端起一盏刚沏的茶来，轻轻掀开茶盖，刮两下，茶叶在沸水中翻滚，顿时，浓浓茶香扑面而来，沁人心脾，直透天灵。茶尚未入口，人已如醉如仙，物我两忘了。在茶雾氤氲中，有福有德的你，依稀还可看到先祖那古朴的面容、淡淡的微笑……

全文完

2024 年 4 月 25 日第十一稿

后　记

　　我此生没有写过小说，不懂也不会写小说。

　　人生无常，退休后没有过几年逍遥日子，竟查出了癌症。手术后不久，又遭家庭巨变。日月无光，忧愁欲绝。何以解忧？唯有读书。那几年，我几乎每天都要在图书馆待几个小时，自诩读书治病法。就近的省、市、区图书馆，都有我习惯坐的位子。所读之书，五花八门并无目标。直到读到了《华阳国志》，我就放下了所有其他书籍。《华阳国志》是一部学者们评价很高的地方史志书。我惊叹书中所记载的古蜀国鳖灵治水的故事：一个名叫鳖灵的荆人，犯罪自杀身亡后，尸体竟沿岷江逆流而上，直达郫都，就复活了，并被蜀王望帝拜为国相，委以治水重任。这个鳖灵在望帝的全力支持下，开凿玉垒山，分流洪水，竟一举治水成功，解决了困扰蜀国几百年的大难题。且不说人死不能复生，就是一个人从荆楚走到蜀国郫都也是不可能的。我老家就在湖北江陵，几年前开车从成都经万州恩施到宜昌就走了三天，尽是在大山中转来转去。我为鳖灵入蜀设想了种种可能的方案，一朝心血来潮，干脆就试着写了一篇几千字的小文《百姓》来自圆其说。后又不断修改，增加人物、情节，一年后竟衍生成一个完整的故事，写了七本稿纸。这像不像一篇小说？有无意义？我渴望专业作家的批评指导。带着七本手抄稿，我不知深浅地敲开了都江堰市文联主席的门。热情的主席当即爽快地答应，请一位有资历的作家看手稿。几天后，向我回馈了作家的意见：小说中涉及的知识一定要准确，这是最基本的。这无疑是中肯的批评。感激之余又十分愧疚：用几万字的手写稿去烦一位写作任务繁重的专业作家，真的是太不知天高地厚了！

我学会了电脑打字，一年后把第七稿拷进了优盘。那时我搬家到成都市温江区居住，就把优盘寄给了温江区文联主席（地址姓名是政务网上找到的）。很快，我接到了主席电话回复：她已不任文联主席了，但她已把优盘转交给了现任主席。约半个月后，我接到了温江文联主席的一封热情感人的来信：温江文联将优盘转发给几位专业作家共读互鉴，提出了三方面的建议：一是在语言上要减少现代的用语习惯；二是在情节设置上，主要人物形象还有进一步刻画的空间；三是在中心立意上要多表现百姓的精神风貌，体现人民群众创造历史的决定作用。这样中肯贴切的意见使我万分感动，启发很大。我继续努力读书，查资料，推敲细节。半年后，修改成第八稿，约九万字。这一次我大胆走进了望丛祠博物馆馆长办公室。年轻的馆长爽快地把优盘里的稿件拷进电脑，约我一周后再来。约十天后，馆长拿出了两张纸交给我，上面写了十七条意见。根据他的意见，我又对小说作了大幅度删改增补，形成第九稿，再请望丛祠博物馆馆长审阅。这位可敬的馆长在一周之内，用业余时间对稿件进行了细致地修改。他这种认真精神令人折服。

又是两次大的修改后，形成了《百姓》第十一稿。这时，我已黔驴技穷，认识到对古蜀人的这一次探索，应该画上句号了。我也认识到这本小说已不再是我个人的心血，它已融汇了那么多作家及领导的学识、智慧、善良和热情。我学写小说的初心并不是要将作品发表出来，只是想就我的理解和想象尽可能还原一段古蜀国百姓治水求温饱的历史，解答我读《华阳国志》的疑惑。但我如何面对那么多热情帮助过我的陌生人？我似乎听到遥远的私语：那个学写小说的傻傻的大爷，他那个《百姓》写成啥样了？该不会是逗我们玩的吧？我甚至梦见望丛二帝，那神灵的巨眼直射我心底：当代蜀人们，喝着我们引来的甘甜水，可别忘了祖宗啊！

我惶恐焦虑，这个初学者写成的小说能达到发表出来的水平吗？我已八十岁了，所谓名利早已淡漠，但总得给那么多热心帮助我的人一个交代吧。现在这本《百姓》就摆在读者面前，诚惶诚恐，任你评说。望丛二帝治水的故事，《华阳国志》上只有不足百字的记载，一千个人来写会有一千个不同的版本，但载德载物，终是主题。

绝症绝境，并非绝路。人不自绝，天不绝人。八年书成，已年届八旬。修心正德，追逐阳光，病已全消。就此放下一切，了无挂碍。